DAMAS DE PEDRA

DAMAS DE PEDRA

Lloyd Devereux Richards

Tradução de Carolina Candido,
Gabriela Araújo, Laura Pohl,
Mariana Moura e Sofia Soter

Copyright © 2012 Lloyd Devereux Richards

Esta edição foi viabilizada a partir de um contrato de licença com a Amazon Publishing, www.apub.com, em colaboração com Sandra Bruna Agencia Literaria.

TÍTULO ORIGINAL
Stone Maidens

COPIDESQUE
Manu Veloso
Stella Carneiro
Thais Entriel

REVISÃO
Beatriz Seilhe

DIAGRAMAÇÃO
Julio Moreira | Equatorium Design

CIP-BRASIL. CATALOGAÇÃO NA PUBLICAÇÃO
SINDICATO NACIONAL DOS EDITORES DE LIVROS, RJ

R385d

Richards, Lloyd Devereux
    Damas de pedra / Lloyd Devereux Richards ; tradução Carolina Candido ... [et al.]. - 1. ed. - Rio de Janeiro : Intrínseca, 2023.

    Tradução de: Stone maidens
    ISBN 978-65-5560-689-8

    1. Romance americano. 2. Ficção policial. I. Candido, Carolina. II. Título.

23-83337

CDD: 813
CDU: 82-312.4(73)

Meri Gleice Rodrigues de Souza - Bibliotecária - CRB-7/6439

[2023]
Todos os direitos desta edição reservados à
EDITORA INTRÍNSECA LTDA.
Rua Marquês de São Vicente, 99, 6º andar
22451-041 – Gávea
Rio de Janeiro – RJ
Tel./Fax: (21) 3206-7400
www.intrinseca.com.br

Para Ritie, com amor e saudade.

PRÓLOGO

Era o fim do verão. Ele tinha dezessete anos. Fazia calor. Ele gostava daquele clima, apesar de trabalhar em uma fazenda e passar horas empilhando feno. Estava guardando os fardos para o inverno em um depósito. Da baia aberta, onde a polia da corrente balançava para içar a plataforma de carga, ele a viu — a jovem e atraente filha de um fazendeiro da vizinhança, com um vestido florido que ondulava de maneira graciosa. O corpete apertado marcava a cintura fina. A visão do corpo dela se movendo sob a roupa o fez tropeçar nos degraus de madeira e cair no ar enevoado de agosto.

Ela vagou pelo campo de trigo, pegou um atalho para casa e desapareceu por entre as longas folhas verdes de uma segunda safra que florescia. Ele a seguiu milharal adentro como se estivesse sendo puxado, empurrando as folhas e os caules para o lado, sentindo o calor sufocante do dia, e as botas de trabalho afundando no solo lodoso. Andou mais rápido e, duas fileiras depois, vislumbrou o vestido florido novamente. Seguiu-a por alguns minutos e esperou até que a jovem adentrasse mais na plantação. Aos poucos, ele foi entrando mais na lavoura de cheiro adocicado. As abelhas, zumbindo de planta em planta, faziam um barulho alto e contínuo.

A pele dele ficou arrepiada, como se estivesse coberta por formigas. Aquele zumbido penetrava em sua cabeça. Com a respiração entrecortada, apoiou-se em um joelho e tudo ficou escuro. Ele arranhava o chão, na tentativa de recuperar a visão perdida, agitando-se de quatro com o rosto na terra. Então, lentamente, a luz voltou — e com ela, um novo desejo.

CAPÍTULO UM

Havia uma fina camada de poeira no ar quando ela abriu os olhos. No meio da manhã, o calor do Quatro de Julho ficou mais intenso, quase sufocante. Missy Hooper desligou o celular, colocou-o na bolsa e a fechou com um suspiro. Um instante depois, verificou de novo para se certificar de que estava mesmo fechada. O parque de diversões estava lotado e, se não tomasse cuidado, poderia ser um alvo fácil para furtos.

E agora, o que fazer? Glenna fora cobrir o turno de uma garçonete que estava doente na lanchonete em que trabalhavam, e não poderia encontrá-la, como haviam combinado. Que saco. Ficar andando a esmo sozinha em um parque lotado, vendo casais em encontros, não era bem a ideia que ela tinha de diversão. Maldita Glenna. Por que não negou o pedido de Rickie? Missy suspirou de novo. Glenna sempre deixava as pessoas se aproveitarem dela, precisava aprender a se defender melhor.

Um jovem tatuado surgiu em seu caminho, exibindo três bolas de beisebol com um grande sorriso cheio de dentes.

— Que tal um jogo de azar, senhorita? Com prêmios fantásticos para uma garota bonita como você. Três bolas por um dólar.

Missy se virou para fugir dele e deu de cara com um jovem esguio de cabelos castanho-claros e olhos azuis brilhantes.

— Opa! O objetivo é derrubar as garrafas, não as outras pessoas. — Ele sorriu e passou a mão pelo cabelo de corte militar.

Missy deu um passo para trás.

— Me desculpe. — Ela gaguejou. — Acho que não vi para onde estava indo.

— Não tem problema. O que você prefere: buldogues ou macacos? Um desses prêmios ficaria lindo em uma prateleira no seu quarto. — Ele se aproxima. — É por minha conta. — E entregou ao jovem tatuado uma nota de cinco dólares.

— Como? — disse Missy, ruborizando. — Você está falando comigo? — O jovem tinha a aparência de alguém que trabalhava ao ar livre e foi castigado pelo clima, assim como seus dois irmãos. O rosto dele era estranhamente familiar, apesar de ela não conseguir se lembrar onde já o tinha visto.

— Claro que sim. — Ele fez uma reverência. Vestia jeans manchados e uma camiseta vermelha. As botas de trabalho laranja da Timberland estavam salpicadas de tinta. — Só me mostre qual prêmio você quer — complementou, confiante, os braços cruzados —, e será seu.

Missy puxou a frente de sua blusa azul, que subiu imediatamente, deixando o umbigo à mostra. Ela semicerrou os olhos para os bichos de pelúcia pendurados em ganchos.

— Até que esse buldogue é fofinho.

— Me deseje sorte, então — pediu dando uma piscadinha.

Missy deu uma risadinha.

— Boa sorte.

Ela o observou pegar a primeira bola de beisebol e apoiá-la na mão, analisando a distância em relação ao alvo. Virou na direção de Missy, oferecendo a ela um sorriso confiante.

O grito agudo de uma garota quando a montanha-russa começou a descer fez Missy se virar. Viu o carrinho se inclinar abruptamente e desaparecer atrás de uma tenda alta.

POW! O som das garrafas caindo a fez se virar de volta.

— Caramba, você me deu sorte mesmo! — O jovem ergueu o punho, obviamente satisfeito. — Dizem que a fé move montanhas, não é? — Ele piscou para Missy mais uma vez. — A sua com certeza move.

Missy remexeu os pés, desajeitada — ficava ao mesmo tempo desconcertada e lisonjeada com aquele rapaz se dirigindo a ela de forma tão direta. Um instante depois, tinha nos braços o buldogue azul-claro, tão grande quanto um fardo de feno.

— Tem um carro pra levar isso?

Ela revirou os olhos.

— Quem dera. Vim de carona. Era pra uma amiga vir me encontrar.

— Não tem problema. Pode deixar na minha caminhonete, se quiser. — Antes que ela pudesse responder, ele continuou: — Você está com fome? — Ele se aproximou de uma barraca de comida e virou a cabeça para ela. — Quer uma Coca-Cola ou um sanduíche?

De repente, ela sentiu o cheiro de gordura e de açúcar pairando no ar. Seu estômago roncou alto.

— Pode ser.

Ela chegou à conclusão de que gostava mais de ser servida do que de servir. Até o jeito como ele falava a agradava, como se estivesse cuidando dela. O rapaz voltou com as bebidas e dois sanduíches embrulhados em um papel gorduroso. Ela colocou o buldogue no chão, entre suas pernas.

— Obrigada. Eu posso te pagar.

— Seu dinheiro não vale nada aqui — brincou ele. As palavras eram simpáticas, mas o tom era de zombaria consigo mesmo. Ele era engraçado, percebeu Missy, magricelo, mas bonito de um jeito peculiar.

— Obrigada — disse. — Meu nome é Missy.

— Prazer em te conhecer, Missy. Eu sou o Jasper. Vamos deixar seu prêmio na caminhonete, então?

Quando terminam de comer, eles saem do parque.

— Olha, se você quiser, posso te levar pra casa. — Ele subiu no lado do motorista, inclinando-se sobre o banco para abrir a porta do carona, acrescentando: — Seria um prazer ter essa honra, Missy.

Ela estremeceu só de pensar em ligar para pedir que um de seus irmãos fosse buscá-la. Teria que esperar muito tempo no calor, pois Jimmy estava jogando boliche e Dean se encontrava em Odon, na casa da namorada.

— Claro. Acho que tudo bem.

— Caiu um pouco de tinta na caçamba. Ainda está meio bagunçado — explicou ele. — Por que você não coloca o buldogue na frente? — Ele apontou para o banco do carona.

Missy empurrou o prêmio pelo assento e entrou em seguida. O buldogue ficou preso nas rachaduras da cobertura de vinil; a espuma amarelada do enchimento escapou e um cheiro acre a atingiu.

Ele ligou o motor, empurrou o quebra-vento para fora e pediu para ela fazer o mesmo. A estrada serpenteava por uma floresta estadual. Ainda que o parque de diversões estivesse a apenas alguns quilômetros de distância, parecia que estavam em outro mundo. Tudo ali estava quieto, tranquilo. A luz do sol visível por entre as árvores.

— Você já esteve em Clear Creek? — perguntou ele, em meio à rajada de ar que entrava.

Ela olhou para ele por cima do bicho de pelúcia.

— Está falando daquele lugar para nadar?

Ele balançou a cabeça.

— Não. Outro lugar. Pra mim é o lugar mais legal que existe. — Jasper se virou para olhá-la e sorriu, quase timidamente. — Queria te mostrar, se você topar.

Eles estavam na Estrada Estadual 67. A casa dela ficava a apenas oito quilômetros ao sul. Ele parecia educado.

— Onde você disse que fica mesmo? — perguntou, os olhos semiabertos por causa da luz do sol que entrava pela janela do lado.

— Estamos quase lá.

Ela assentiu.

— Então acho que pode ser.

Olhou para ele de novo, tentando se lembrar de onde o reconhecia. O jovem parecia mastigar alguma coisa, e a ponta de algo brilhou entre seus dentes.

— Tem mais? — perguntou ela. — Desse doce que você tá comendo?

Ele entreabriu a boca. Uma lasca escura se projetou, reluzente e molhada.

— Não é o que você está pensando. — A lasca voltou para a parte interna da bochecha. — Sua mãe nunca te disse que açúcar faz mal para os dentes?

— Tá. Bom, mas o que é isso, então?

— Desde criança, sempre gostei de cortar pedras. Esculpir coisas pequenas, sabe, como rostos, formas de animais. Até fiz algumas pessoas de pedra. É complicado. — Ele olhou de soslaio para ela e depois na direção do para-brisa. — É fácil quebrar a pedra em duas se você não tomar cuidado.

Missy ficou quieta e olhou pela janela, sem saber direito o que responder. A caminhonete passava por paisagens familiares. Ela viu a casa de uma amiga em um monte do lado oposto da estrada. Estava prestes a pedir que ele parasse a caminhonete e dar a desculpa de que lembrara que precisava passar na casa de uma amiga naquela tarde quando ele apoiou a mão aberta perto do colo dela.

— Viu? — disse ele. — Terminei essa aqui ontem. Esculpido à mão em sílex, uma variedade de jaspe. — Ele sorriu para ela. — Quase igual ao meu nome.

Missy olhou para a pedra avermelhada, ainda molhada da boca dele. Era do tamanho de uma peça de xadrez. Em uma extremidade, fora esculpida uma cabeça com um rosto distinto. Sulcos ao longo da pequena pedra delineavam braços e pernas.

— Aposto que isso deve levar bastante tempo.

— Sim. — O homem fechou a mão e guardou o amuleto no bolso.

— Então, onde você trabalha, Jasper? — perguntou Missy, mudando de assunto. — Imagino que seja alguma coisa ao ar livre, porque você é bronzeado.

— Ora, veja só que mocinha inteligente — disse ele, assentindo devagar. — Pinto letreiros em diversos lugares, para estabelecimentos comerciais. Há quem ache que pintar letreiros a mão está fora de moda. Acho que sou o que você poderia chamar de retrô. — Ele sorriu e passou a ponta dos dedos com delicadeza nos ombros nus dela.

Ela se assustou com o toque tão íntimo de forma tão casual.

— Sou um artista clássico. Faço meus melhores trabalhos quando estou sozinho, sabe como é?

Ela olhou para a calça jeans manchada.

— Sei. Mas meio que parece que você trabalha na feirinha, pintando palhaços.

Ele riu, balançando a cabeça.

— Essa foi boa. A verdade é que o maldito Resort Sweet Lick não consegue me pagar o suficiente. Eu fico exausto de tanto trabalhar.

— Você está falando daquele campo de golfe chique? — indagou ela. — O tio de um amigo meu é jardineiro lá. Ele se chama Lonnie Wallace. Já ouviu falar dele?

— Não, acho que não o conheci. Mas também... — Ele arqueou a sobrancelha e hesitou, como se analisasse a pergunta dela. — Não consigo falar com ninguém enquanto estou trabalhando. Preciso me concentrar. — Ele remexeu as mãos no volante, apertando mais. — É como jogar aquela bola de beisebol para ganhar este prêmio pra você. — Ele puxou uma das orelhas do bicho de pelúcia. — Te conhecer dessa forma não tem preço, Missy.

A caminhonete deu um solavanco ao passar por uma lombada. Missy balançou para a frente e afastou o cabelo do rosto. Ele piscou os olhos para ela, e Missy riu. Ele contou como, no início do ano, havia sido encarregado de uma equipe de pintura que reformava um museu de Chicago — cem homens trabalhando sob seu olhar atento para repintar exposições primitivas, aquelas que exibiam canibais empunhando lanças em seus habitats nativos na selva.

— Sério? Deve ter sido incrível.

— Sério mesmo. — Jasper sentiu que ela o olhava e sorriu. — Sou simplesmente o melhor pintor de letreiros desse maldito planeta inteiro, sabia? Sem pressa, não senhora.

— Bem, sim. Claro.

Ela ficou intrigada. Primeiro ele havia dito que trabalhava sozinho durante grande parte do tempo e, logo em seguida, dissera que cem homens trabalharam para ele na reforma de um museu. Achou que poderia ser uma necessidade de se gabar, uma certa insegurança masculina. Além disso, ele era engraçado e doce à sua maneira. Então, ela finalmente descobriu por que parecia tão familiar.

Ele diminuiu a velocidade da caminhonete e estacionou sob a copa alta das árvores. O ar estava uns dez graus mais frio do que o do parque de diversões e cheirava a pinho.

Ela apoiou um cotovelo sobre o buldogue de pelúcia, esfregando uma de suas orelhas entre os dedos.

— Sabe por que eu vim com você? — Um sorriso tímido apareceu em seu rosto.

— Imagino que queira ver o Clear Creek.

— Você não se lembra de mim, não é? — indagou ela, abaixando o queixo timidamente. — Aula de ciências do ensino médio? — Ela olhou nos olhos dele. — Weaversville High?

Ele hesitou.

— Se você está dizendo.

— Ah, fala sério. De verdade, não se lembra de mim? Você era o único que tinha medo de cortar o olho da vaca. — Assentindo, cada vez mais segura do que dizia, ela continuou: — Você saiu da sala, com nojo até de tocar nele.

Ele coçou com força atrás da orelha.

— Admito que você tem uma memória boa para as coisas.

Ele abriu a porta da caminhonete e saiu.

Missy o seguiu até o capô, as mãos enfiadas nos bolsos de trás da calça jeans.

— Você era tão tímido na época. O que aconteceu?

— Acho — falou ele, cobrindo o rosto e espiando entre os dedos — que comecei a brincar demais de esconde-esconde! É melhor correr e se esconder antes que eu conte até dez — gritou.

Como um fogo de artifício aceso, Missy decolou. Ela se jogou na margem arborizada como uma criança faria, estimulada pelo charme juvenil de Jasper e seu nítido interesse por ela. Não havia nada além do farfalhar das folhas e o cheiro de nozes da floresta dizendo a ela que aquela era uma das raras ocasiões na vida em que os desejos poderiam se tornar realidade. Quando finalmente conhecemos alguém perfeito para nós. Era um momento mágico, estava acontecendo da forma certa, do mesmo jeito que a mãe de Missy conhecera seu pai e soubera, na hora, que aquele era o homem para ela.

O declive ficou mais acentuado. Missy deu passos mais rápidos e teve que se agarrar a galhos finos para não cair. Lá embaixo, ela vislumbrou a água brilhando entre as árvores.

Saía e entrava com habilidade do misto de faias e carvalhos do bosque. Ela correu tanto que foi parar no fundo arenoso de um leito de riacho parcialmente seco. Mais além, havia poças de água. Ela se agachou atrás de uma enorme figueira-do-faraó caída, empolgada e cheia de expectativa. Espiou o desfiladeiro arborizado que acabara de descer. Seu coração batia alto e frenético, então tentou ouvir com atenção os passos dele, mas não conseguia escutar nada.

Percebeu um baque abafado vindo de trás dela, do outro lado do riacho. Como ele havia chegado lá tão rápido? Missy fugiu do som através da bacia profunda e alagadiça, cada passo atrasado pela sucção da areia. Tinha alguma coisa errada.

Missy o ouviu dando braçadas em uma poça profunda atrás dela.

— Você é bem... rápida — disse, ofegante. A voz dele parecia zombeteira de alguma forma, nada charmosa, e uma pontada aguda de medo rasgou seu peito.

A luz do sol brilhava na água, dispersa. Por instinto, os olhos de Missy examinaram o que havia à frente, procurando uma saída. Encontrou uma rota de fuga: um trecho de terreno mais firme que percorria a orla da floresta. Balançou os braços para aumentar a velocidade, nervosa por não tê-lo ouvido se aproximar. Não ouvira nada desde que ele a deixara na margem oposta.

Enquanto corria, olhava para trás, então acabou tropeçando em uma árvore caída e desabando no chão. Agarrou-se à casca para se levantar e voltou para a margem arenosa, a blusa rasgando com esse movimento. O pânico se alojava em seu cérebro, quase fazendo-a cair de cabeça em uma poça profunda. A colisão com a árvore deixara um corte feio em seu joelho esquerdo, e o sangue escorria pela canela.

O som de um carro freando por perto a fez parar. Distinguia apenas a sombra bruxuleante da lata velha em movimento, passando entre as árvores que margeavam a ravina íngreme acima dela. Um caminhão que transportava carvão passou com uma carga da Minas Lincoln, onde seu pai trabalhava. O rosto gentil e envelhecido do pai surgiu em sua mente. O caminhão lento estava a apenas um campo de futebol de distância, mas o declive formava uma barreira quase intransponível.

Missy de repente percebeu que não era sua própria respiração que ficava mais alta, mas a de seu perseguidor, logo acima dela na margem. Ela olhou para cima, piscando.

— Achei que tinha te perdido por um instante.

A confusão fez a mente de Missy se revirar enquanto tentava entender o que estava vendo. O homem estava reclinado, braços cruzados e totalmente relaxado, na árvore que a fizera cair com tudo no chão. Seu rosto estava coberto por uma elaborada máscara de penas.

Ele tirou a máscara do rosto de novo, apoiando-a no alto da cabeça, e olhou para ela com simpatia.

— Ficou um pouco nervosa, não foi?

Apontou para a blusa rasgada dela. Uma pedra pendia do pescoço dele.

Ela cruzou os braços sobre a blusa rasgada e deu um passo para trás na água fria, tendo o cuidado de manter contato visual. Perdera um dos tênis naquela corrida desenfreada e o pé descalço escorregou nas pedras do riacho cobertas de algas. Ela cometera um erro terrível. Jasper não era o nome do aluno da aula de ciências, e o rosto olhando para ela não era nada parecido com o do garoto tímido que conhecera no colégio.

CAPÍTULO DOIS

Alguém bateu na porta. Uma mulher magra com cabelos grisalhos meticulosamente penteados para trás abriu a porta só o suficiente para enfiar a cabeça e disse:

— Christine, eles estão esperando.

— Só um segundo, Margaret — respondeu Christine Prusik, chefe de antropologia forense do Laboratório de Ciências Forenses do FBI, da região do Meio-Oeste. As responsabilidades jurisdicionais do laboratório abrangiam a maior parte da extensão principal dos Grandes Lagos até as fronteiras dos estados da Costa do Golfo, administradas por equipes forenses de Nova Orleans.

Prusik colocou o cabelo castanho curto atrás das orelhas, deixando à mostra dois brincos de ouro — a única concessão à vaidade que a agente especial se permitia — e continuou a examinar suas anotações de campo. De estatura mediana e com um belo físico devido aos anos como nadadora — fora campeã do condado durante a adolescência —, estava acostumada a repelir os avanços de homens que não liam corretamente o que ela tentava deixar evidente através de sua linguagem corporal: mantenha distância.

Sua mesa gigantesca não tinha espaço o suficiente para exibir todos os documentos de um caso no qual estava trabalhando — uma fortaleza de papéis ocupava a mesa inteira, não havia espaço livre para anotar nem um bilhete sequer. No chão, em volta da mesa, havia cadernos abertos, fotografias forenses e resumos *post-mortem* sublinhados e destacados com marcadores azuis e rosa. Prusik colocava toda a sua concentração nos mínimos detalhes e nuances das evidências e depois expandia a análise, levando em consideração a importância da localização geográfica, padrões da cena do crime e quaisquer semelhanças com outros casos.

Para Prusik, trabalhar em um caso significava que todas as informações tinham que estar à mão, para serem posicionadas no chão enquanto ela permanecia curvada, olhando para baixo, como uma ave de rapina caçando sua presa, procurando atentamente por um sinal revelador, qualquer coisa que parecesse suspeita.

O vento fustigava o edifício. As gotas de chuva escorriam pelas grandes janelas de vidro de seu escritório no décimo sexto andar, com vista para o centro de Chicago. Prusik recostou-se na cadeira, segurando um filme slide colorido contra a luz. Procurou na pilha de filmes por outro em particular que mostrava o ângulo de um pescoço. Gostava da sensação de segurá-los. Para ela, uma fotografia física revelava mais do que as fotos digitais que a maioria dos agentes de campo tirava com suas câmeras e celulares modernos.

Apoiou um dos pés na beirada da mesa. Puxou uma mecha de cabelo enquanto refletia acerca de uma foto em particular, que mostrava uma ferida roxa — um corte cruel — que imitava os contornos de uma boca aberta ao longo da cavidade abdominal. Nesse momento, um pânico angustiante a dominou, e a foto escorregou de seus dedos, indo parar no chão.

Seu coração estava acelerado e a respiração, ofegante. Ela abriu a gaveta da mesa e pegou a caixinha de estanho que tinha pertencido a sua avó. Christine se perguntou quais remédios ela costumava guardar ali. Engoliu um alprazolam sem água, colocou os fones de ouvido e uma música para tocar. Fechou os olhos e tentou se acalmar, esperando que os acordes que quase a deixavam em transe das Partitas no. 1 de Bach fizessem as coisas voltarem ao normal. Cerrou o punho direito. Os comprimidos não conseguiam apagar o fato de que a situação estava piorando.

Em poucos minutos, a combinação fez efeito e sua respiração voltou ao normal — o milagre moderno da neuroquímica agindo em conjunto com a genialidade de Bach.

O telefone do escritório tocou, acabando com sua paz e lhe dando um sobressalto na cadeira. Era Margaret, a secretária, chamando a sua atenção de novo. Mas ainda não estava pronta. Voltou a se concentrar na pequena pilha de filmes à sua frente e procurou por qualquer pista sobre o assassino. As fotos haviam sido tiradas no dia anterior, 27 de julho. Três meses haviam se passado desde o primeiro cadáver — três meses sem chegar perto de descobrir quem era o assassino. O corpo da primeira vítima, uma adolescente chamada Betsy Ryan, foi encontrado submerso perto do lago Michigan. Um lugar isolado, onde ninguém poderia ouvir por gritos de socorro.

A última vítima, não identificada, fora encontrada a duzentos e oitenta quilômetros ao sul de Chicago, em Blackie, Indiana, um distrito de mineração de carvão a sudoeste de Indianápolis, região dominada por florestas densas e ravinas íngremes. Quando foi descoberto, o corpo da vítima estava parcialmente exposto sob algumas folhas perto da margem de um riacho; não boiava nem estava submerso como o de Betsy Ryan. O corpo de Ryan aparecera na terceira semana de abril, preso à âncora de um barco pequeno que navegava pelo Little Calumet, em Gary, Indiana — praticamente na porta de Prusik. Não havia nenhuma evidência no corpo de Ryan; peixinhos e crustáceos que se alimentavam ali garantiram que nenhum DNA estranho fosse deixado para trás. Mas restava uma coisa que não podia ser apagada, e que ligava o primeiro crime ao segundo de forma irrefutável — um enorme corte abdominal que percorria todo o comprimento do lado esquerdo da vítima. Todos os órgãos internos foram removidos, deixando os corpos literalmente eviscerados. E ambos os assassinatos ocorreram perto da água.

A porta do escritório se abriu mais uma vez.

Sem erguer os olhos, Prusik disse à secretária:

— Sim, Margaret, eu sei. — O voo do chefe de Christine para Washington era dali a uma hora, e o carro para o aeroporto partiria em quinze minutos.

— Não, você não sabe — repreendeu Margaret num sussurro severo. A secretária entrou na sala. — É o Thorne. Ele está ligando de novo. — Ela fez uma pausa para enfatizar, apesar de não ser necessário. — Ele tem um voo daqui a pouco.

— Mande ele se acalmar, pelo amor de Deus.

Em seus dez anos na agência federal, Prusik adquirira a reputação de ser rabugenta e impaciente, o que demonstrava em momentos inoportunos, tanto com superiores quanto com subordinados. Impulsionada pelas grandes expectativas que tinha de si mesma, sobrava pouco espaço para tarefas ou esforços que eram, em sua opinião, de menor importância.

Prusik respirou fundo.

— Você pode dizer ao sr. Thorne...

As duas se olharam, apreensivas. Mais calma, Prusik respondeu:

— Obrigada, Margaret. Diga a ele que estou a caminho.

Christine observou a expressão da secretária relaxar conforme ela saía da sala, evitando a todo custo olhar para qualquer uma das fotos horríveis presas ao quadro de cortiça atrás da mesa. As fotos ampliadas de Betsy Ryan, a primeira vítima, pareciam mais abstrações coloridas do que restos quase irreconhecíveis de uma jovem. Ryan era uma garota de quinze anos que vivia em Cleveland e havia fugido da casa da tia, com quem morava. Haviam perdido o rastro da jovem logo após ela pegar carona com um caminhão de transporte da Allied Van Lines. O motorista a deixou em uma parada de caminhões em Portage, Indiana. O recibo de pagamento do combustível e a cabine do caminhão foram investigados, mas não encontraram nenhuma evidência que o incriminassem. Três semanas depois, em 21 de abril, o corpo dela foi recuperado da âncora de um barco, cruelmente enganchado na abertura que o homem fizera ao longo do lado esquerdo da vítima, não muito longe do lago do Parque Nacional Indiana Dunes. A análise celular revelou que era provável que os restos mortais da vítima tivessem ficado submersos por várias semanas, então Prusik deduziu que o agressor provavelmente a encontrou logo após o motorista deixá-la na parada de caminhões.

Ela passou o dedo em outro filme da cena do crime em Blackie. Este mostrava a pegada de um homem, tamanho quarenta e um, aproximadamente. Fora encontrada na lama ao lado do riacho pela polícia local. O assassino gostava de cometer seus crimes próximo à água. Ela engoliu em seco. O tempo estava passando.

O clima úmido tomou conta do Meio-Oeste durante a maior parte da primavera e do início do verão — condições péssimas para a preservação de evidências, que aceleravam a decomposição da carne. Prusik sabia que seria difícil encontrar alguma pista no corpo da vítima mais recente ou na área ao redor da cena do crime. O corpo já estava em decomposição devido às condições climáticas, e qualquer evidência que o assassino pudesse ter deixado na floresta Blackie já havia sido comprometida.

Prusik colocou os filmes no bolso do jaleco e contornou rapidamente a mesa, decidida a não deixar o caso escapar de suas mãos. Passou apressada pela divisória de sua secretária e saiu desenfreada pelo corredor.

— Já volto — disse por cima do ombro, distraída.

Prusik parou na porta da sala de conferências. Sua mão congelou na maçaneta ao ouvir o som inconfundível do diretor executivo, Roger Thorne, limpando a garganta alguns metros atrás dela.

Ela se virou e encontrou o olhar penetrante de Thorne por cima de seus óculos de tartaruga. O belo terno azul-marinho fazia Prusik se sentir desalinhada em seu suéter de tricô todo puído, que exibia mais do que algumas marcas de uso e manchas, resultado das muitas vezes em que precisou se abaixar para analisar vestígios *in situ*. Sua última excursão fora à cena do crime de outro agente de campo, onde um policial local fizera um péssimo trabalho em protegê-la da chuva com um guarda-chuva, deixando-a encharcada.

— Christine, posso falar com você um instante? — O tom de Thorne era formal. Ele curvou o antebraço, exibindo propositalmente o reluzente relógio novo do qual tanto se orgulhava, da mesma marca que a elegante caneta-tinteiro presa ao bolso da camisa: Montblanc. Ele bateu no cristal do relógio. — Está ficando tarde. — Thorne endireitou o punho sobre o relógio e arrumou a jaqueta que usava com frequência em suas viagens a Washington, o tipo de roupa escolhido por homens que colocavam placas de bronze estampando seus nomes na porta de seus escritórios. — Acabei de falar com a sede pelo telefone. Contei sobre a *segunda* vítima.

Ela assentiu.

— Estou indo atualizar a equipe. Existem muitas semelhanças entre os dois casos. Estou confiante de que *teremos* resultados com a perícia.

Thorne sorriu para ela.

— Ótimo, ótimo. Estou confiante de que você vai conseguir, Christine. É por isso que decidi atribuir esses casos a você. A persistência é uma de suas maiores qualidades. — Ele apertou o ombro dela. Ela ficou tensa sob o toque, e ele tirou a mão. — Você é uma cientista astuta, uma das melhores que temos. Sabe o quanto respeito suas habilidades de observação. Duvido que qualquer outro diretor administrativo na agência tenha uma unidade forense melhor.

Ela retribuiu o sorriso, satisfeita com o elogio, ainda que esperasse ouvir um "mas" a seguir.

— Obrigada por dizer isso, Roger.

Christine sempre gostou de ouvir os elogios dele. Sem dúvida Thorne era sincero ao reconhecer suas realizações como cientista forense. Isso, aliado à bela aparência e ao estilo elegante de se vestir, foi tudo o que ela precisou para se apaixonar por ele.

Suas sobrancelhas claras se ergueram um pouco mais acima dos óculos.

— Então, agora que você está no comando, posso falar sem rodeios. — As sobrancelhas se ergueram de novo. — Seria negligência da minha parte não informar que a diretoria está um pouco preocupada por eu ter deixado você assumir a liderança em um caso tão importante. — Ele ergueu a mão antes que ela pudesse responder. — Você é uma chefe de laboratório forense fantástica, faz um ótimo trabalho há dez anos... até agora, quer dizer. É a sua primeira vez liderando, e é compreensível que fiquem preocupados, já que você não tem experiência em gerenciar todos os aspectos de um caso: a logística, o direcionamento de pessoal de diferentes escritórios, o trato com a polícia local e as autoridades políticas. Você sabe do que estou falando, Christine.

Me deixado assumir a liderança? Ela mordeu o lábio, tentando manter em mente que Thorne estava apenas fazendo o próprio trabalho. Ainda assim, franziu a testa e disse:

— Você sabe que eu montei a melhor equipe. Eles estão trabalhando sem parar nesse caso. Ninguém cometeu um deslize, a menos que você conte as falhas da polícia local e estadual.

— Então é isso... falhas da polícia? — Thorne obviamente queria alguma novidade mais significativa. — Preciso relatar algum progresso, Christine, é isso que eles querem. Sei que sua equipe está tendo cuidado, trabalhando com informações fragmentadas, procurando por pistas. Me dê algo para mostrar a eles que tomei a decisão certa ao colocar você no comando deste caso. A diretoria pede informações sobre o andamento dos casos o tempo todo, eu preciso garantir que as coisas estão fluindo e que vamos encontrar uma solução. Acredite ou não, Christine, eles estão sempre de olho.

— Eu acredito.

Depois de alguns cortes orçamentários em 2010, o laboratório de Prusik assumiu mais responsabilidades, mas a verba para pesquisas continuou a mesma. Parecia que o FBI estava tentando copiar a mesma estratégia de administração da iniciativa privada após a grave crise econômica: obrigue seu pessoal a fazer mais com menos, e então exija que milagres aconteçam.

— Roger — falou, se esforçando para não demonstrar a frustração —, o corpo encontrado em Blackie tem a marca registrada do assassino. Tenho certeza de que é o mesmo criminoso, certamente um homem, por conta da natureza brutal do crime e da força necessária para cometer este assassinato. Infelizmente, pelo que vi nos filmes, o corpo deve estar em decomposição há mais ou menos um mês.

Thorne assentiu.

— O que você acha desse perfil até agora?

Ela achou mais fácil se concentrar na gravata com nó perfeito de Thorne do que naqueles olhos castanho-claros que ainda a desarmavam. Sua beleza inegável e a lembrança da intimidade que um dia compartilharam a deixou vermelha. Esperava que ele não tivesse percebido.

— Ele viaja. Escolhe suas vítimas com cuidado. A primeira era uma fugitiva. Achamos que essa vítima não identificada pode ser uma moradora local, uma jovem que desapareceu de um parque de diversões a alguns quilômetros de distância no Quatro de Julho. Vamos analisar a arcada dentária e fazer alguns raio X da mandíbula amanhã. Diga à sede que o suspeito provavelmente tem vinte e poucos anos, está em forma, mora sozinho ou fica sozinho a maior parte do tempo, talvez faça trabalhos temporários. Ele é reservado e planeja com cuidado os locais dos crimes. Não aceita qualquer interferência, o que explica o motivo de as vítimas não serem encontradas com rapidez. Ambos os corpos foram encontrados em locais isolados, onde ninguém pudesse incomodá-lo. Ele precisa de tempo para o que faz com elas.

— Que seria exatamente o quê? — Thorne cruzou os braços, ouvindo atentamente o que ela dizia.

— Você já leu meu relatório detalhado sobre o estado do cadáver de Betsy Ryan. A vítima de Blackie foi estrangulada, cortada de forma semelhante, um único corte longitudinal e abdominal. Os órgãos internos foram todos removidos e, de acordo com o relatório do legista local, não foram encontrados.

Eles se encararam. Thorne cerrou os lábios. Os tendões de ambos os lados do pescoço se contraíram. Ela sentiu o cheiro da colônia e, por um instante, prendeu a respiração. Após dois meses de encontros na hora do almoço, o caso deles terminara abruptamente, quase seis meses antes. Prusik se sentira incomodada; a intimidade foi demais para ela, então decidiu terminar tudo. Thorne se refugiou em seu casamento, que, pelo que dizia, já não estava dando certo havia muito tempo. Após tantos meses, ela já tinha superado aquilo, mas ainda sentia falta dos encontros intensos, a sensação do olhar dele em seu corpo. E ele era inteligente, mesmo aceitando as babaquices da diretoria. Ela sentia falta dos momentos de calmaria logo após fazerem amor, em que podia falar sobre os detalhes enigmáticos de um caso.

Com uma voz mais suave, Prusik disse:

— Minha equipe está fazendo tudo o que é humanamente possível para identificar esse criminoso. Estão esperando por mim agora.

Ela olhou para a porta.

— Mais uma coisa — disse Thorne, limpando a garganta. — Verifique com Bruce Howard esses detalhes de perfil que você levantou. Presumo que Howard vai liderar os técnicos de campo para o local do crime em Blackie, certo? Sinceramente, Christine, ele é excelente liderando equipes. Sabe conduzir as coisas. Faz o que deve ser feito. Você sabe como é. Vai precisar da ajuda dele, precisará focar em muitos detalhes agora. — Thorne espiou por cima de sua armação de tartaruga. — A cooperação e o trabalho em equipe são as chaves para o sucesso nesta organização... em qualquer organização bem administrada.

Christine sentiu o golpe das palavras.

— Tenho o sr. Howard e a unidade de campo sob controle, senhor — respondeu com firmeza.

Thorne olhou para o relógio, depois para ela, sem fazer nenhum movimento para sair.

— Não há mais nada que você possa me dizer, Christine?

Ela corou sob seu olhar intenso, o que a irritou.

— O assassino sabe usar uma faca, senhor. O que ele faz com as vítimas é altamente invasivo. Ele repete o mesmo movimento várias vezes, o que sugere algum tipo de padrão de ritual. A preferência por estripar é bastante fora do comum, diferente da de qualquer outro criminoso que verificamos até agora nos bancos de dados interestaduais de pessoas violentas. O sangue ao redor das incisões parece mínimo, sem coagulação. Ou seja, ele limpa as vítimas logo depois de matá-las. Vou saber melhor amanhã.

Prusik evitou dar detalhes forenses sangrentos demais. Ela sabe que Thorne detesta ouvir essas coisas.

— Você disse ritual?

— Nenhuma das vítimas parece ter sido agredida sexualmente — explicou Prusik. — Ele não faz nada com o rosto delas. O crânio das vítimas de ambos os casos está intacto. Diria que, para ele, a captura é uma experiência intensamente pessoal.

Prusik olhou diretamente nos olhos de Thorne.

Ele piscou duas vezes.

— Suponho que isso seja algo significativo a ser relatado.

Ele fez menção de sair. Estendeu a mão para apertar a dela, hesitou e deu outro aperto leve em seu ombro. Era o gesto deles, aquele que costumavam usar no trabalho como um sinal de intimidade, e repetir o gesto agora não parecia algo apropriado para Christine. Não foram apenas os medos dela que levaram ao fim do relacionamento. Depois de um tempo, não conseguiu deixar de ignorar a hesitação de Thorne e a crescente sensação de que o que tinham não iria além dos encontros na hora do almoço, porque ele nunca deixaria a esposa. O aperto no ombro de alguma forma desmentia tudo isso.

— Excelente trabalho, Christine. — Ele saiu às pressas em direção ao corredor, as solas de couro batendo contra o chão de mármore. — E bom trabalho da sua equipe. Passe isso para eles, pode ser? — Acenou, sem olhar para trás.

CAPÍTULO TRÊS

Prusik ficou parada em silêncio à porta da sala de conferências, recuperando a compostura. Não saberia dizer o que a perturbava mais: o contato físico com Thorne ou as insinuações sobre o papel de Bruce Howard no caso.

Não chegara tão longe por conta da sua capacidade de administrar um caso, mas por sua aptidão para a ciência e seu talento para decifrar ferimentos. Tinha doutorado em antropologia física, com especialização em assassinatos envolvendo mutilações. As formas e os tipos de marca indicavam quais instrumentos o assassino havia usado para transformar a vítima em apenas carne em decomposição. Para Prusik, o que fazia um criminoso recorrer à violência era tão interessante quanto os ferimentos mortais em si.

Suas habilidades forenses eram lendárias no FBI. Na década em que trabalhou no escritório do Meio-Oeste, deixou sua marca, uma mistura de intuição imaginativa e determinação. Brian Eisen e Leeds Hughes, seus companheiros de equipe neste caso e dois de seus técnicos mais competentes, também estiveram a seu lado em um dos casos mais famosos em que ela já trabalhou: o de Roman Mantowski. Graças às evidências forenses, o FBI conseguiu traçar o perfil da família do assassino e desvendar o caso.

Mantowski havia espancado as vítimas e esmagado as costas de suas mãos, quebrando cada osso de cada dedo. Depois, ele mergulhava a ponta do dedo indicador quebrado de cada vítima no sangue e desenhava uma cruz, sob a qual escrevia: DEUS NÃO GOSTA DE GENTE PORCA.

Quando leu a mensagem arrepiante pela primeira vez, Prusik começou a juntar as peças, então criou a teoria de que a estrutura familiar do assassino girava em torno de uma mania de limpeza angustiante e práticas religiosas rígidas. Quando sentiu o odor característico de cera para polimento impregnado nas vítimas de Mantowski, ela deduziu que o assassino era filho único e que fora criado numa casa muito organizada. Qualquer coisa fora do lugar naquela casa tinha graves consequências, teorizou.

Dentro de um mês, o assassino foi pego comprando curativos, gaze estéril e esparadrapo em uma farmácia a menos de um quilômetro e meio dos cadáveres de uma família de quatro pessoas que sofreu em suas mãos. Os nós dos dedos de Mantowski chamaram a atenção do farmacêutico. Ele notou que a mão direita do assassino estava tão inchada e machucada quanto as das vítimas nas fotos divulgadas pela equipe de Prusik aos lojistas da área. Mantowski batia em si mesmo após cada ataque, algo que Prusik também havia imaginado. Durante a infância, o assassino era punido por infrações pequenas como arranhar o chão com os sapatos. Fora criado pelos avós, protestantes fervorosos, que tinham o costume de forçá-lo a se apresentar ao pastor para ser admoestado por causa de suas transgressões. Mas as admoestações nunca eram suficientes e, após cada reunião sagrada, eles batiam repetidas vezes nos nós dos dedos do menino com uma escova de limpeza de fio de bronze até que suas mãos sangrassem.

A célebre captura de Mantowski elevou Prusik à posição de cientista forense sênior, mas ela nunca havia liderado uma grande investigação antes.

Entrou na sala de conferências e desceu apressada o corredor entre as fileiras de cadeiras até o cavalete montado ao lado de uma tela de projeção.

— Desculpem pelo atraso. Vamos começar?

Os membros de sua equipe estavam sentados ao lado de um retroprojetor. Assim como ela, os homens usavam jalecos e crachás de identificação. Eram especialistas em análise química e de materiais, testes de DNA, impressões latentes, identificação de fibras e tecnologias de computador, e todos eram comprometidos com o que faziam. Leeds Hughes e Brian Eisen tinham trinta e poucos anos, quase a mesma idade de Prusik. Leroy Burgess e Pernell Wyckoff, ambos grisalhos e ficando carecas, tinham netos e estavam prestes a se aposentar, mas não davam sinais de desistir. O último rosto era o de Paul Higgins, novo membro de sua equipe, um ás cibernético da nova geração que Eisen, o técnico-chefe de Prusik, a convencera a contratar. Ela olhou para o jovem com desconfiança. Logo de cara, o cabelo comprido não a agradou.

— Senhores, as coisas estão acontecendo rápido. — Ela olhou diretamente para cada um deles. — Parece que temos um *serial killer*. A morte da vítima não identificada de Blackie foi resultado de estrangulamento, uma fratura grave da terceira e da quarta vértebras cervicais. As marcas opostas do aperto na garganta se assemelham em tamanho e intensidade às de Ryan. Uma inspeção rápida desses slides — continuou ela, dando um tapinha no bolso do jaleco — deixa poucas dúvidas de que é trabalho da mesma pessoa. Este homem tem mãos fortes. Os calos são mais acentuados nos dedos do meio, o que significa que ele provavelmente é um trabalhador braçal e transita com liberdade. É eficiente, senhores. Ninguém relatou tê-lo visto. Ninguém viu nenhuma briga.

Os olhos de Prusik pousaram no recruta novato.

— Alguma correspondência no computador, Higgins?

O jovem endireitou-se na cadeira. Uma longa mecha escura caía sobre um olho. Colocou-a atrás da orelha e folheou uma pilha de papéis impressos.

— Verifiquei todas as agressões com mutilações envolvendo mulheres e todos os agressores conhecidos de dezoito a quarenta e cinco anos. Quarenta e um casos correspondentes foram apontados, entre Chicago e Nova Orleans. Treze deles estão presos, sobrando então vinte e oito.

— Sim, eu sei quanto é quarenta e um menos treze, sr. Higgins. — Prusik cruzou os braços. — E os não solucionados?

Ele ergueu os olhos do laptop.

— Quem? Eu?

— Vamos, sr. Higgins.

Prusik fez sinal para que ele continuasse.

Higgins abriu uma série de planilhas. Uma de suas pernas começou a tremer de nervosismo. Eisen o avisara para estar preparado.

— Não recebi confirmações sobre o paradeiro deles nas datas em questão. Só quatro têm os últimos endereços registrados em Indiana e Illinois.

— E?

Leroy Burgess pigarreou alto. Prusik olhou para o químico e para o especialista em fibras, Pernell Wyckoff, sentado ao lado dele. Costumavam compensar sua falta de habilidade de comunicação entregando resultados. Porém, até agora, não haviam encontrado quase nada além de areia metálica, possivelmente ferrugem de um porta-malas ou carroceria de caminhonete.

Ela voltou a olhar para o novato.

— E? — repetiu.

— Ainda estou esperando uma resposta das autoridades locais sobre isso, senhora — disse Higgins. — Não há nenhum mandado atual ou pendente.

Ela se aproximou do homem.

— Higgins, você é novo aqui?

— Dezoito meses na agência, senhora.

Era a resposta errada.

— E você foi transferido para a perícia apenas na semana passada, certo?

— Sim, senhora.

— Você pode ser habilidoso com programação, mas você só é útil pra mim se produzir resultados. Eisen aqui acha que você consegue. Você consegue?

— Sim, senhora.

— Quando trago relatórios de campo ou, digamos, te atualizo sobre os desdobramentos recentes de um caso, preciso saber que você vai pegar essa informação e fazer alguma coisa a respeito. Isso significa tomar a iniciativa sem que eu precise pedir. — Ela completou em voz baixa: — Estamos entendidos?

Higgins assentiu, os lábios franzidos, visivelmente desconfortável.

— Ele anda trabalhando até tarde, Christine — Eisen ressaltou com suavidade. — Todos nós estamos.

— Trabalhar até tarde não é o suficiente. — Sem tirar os olhos de Higgins, Prusik continuou: — Isso aqui é ciência com um senso de *urgência*, senhores. Eu trabalho até tarde. Vocês trabalham até tarde. Mas não podemos nos dar ao luxo de atrasar nossos resultados. Estou encarregada da investigação deste caso. Enquanto for o meu que estiver na reta, o de vocês também estará. Entendidos?

— Sim, senhor. — As bochechas e o pescoço de Higgins ficaram ruborizados. — Quer dizer, senhora.

— Ele gosta de enseadas, senhores. — Ela tampou a caneta e encarou a equipe. — Para poder fazer a limpeza depois. Dizem que é uma dádiva quando um desconhecido sabe como encontrar rápido o caminho para o coração de uma jovem. Esse cara tem charme de sobra. Ele não está saindo na mão com elas ao ar livre. Não estamos lidamos com um bandido grosseiro. As vítimas oferecem pouca ou nenhuma resistência. Vão de bom grado para lugares bem escondidos, perto da água, para morrer.

Prusik olhou para Eisen.

— Luzes, por favor, Brian.

Eisen foi até o interruptor próximo à porta enquanto Prusik arrumava os slides na superfície de vidro do retroprojetor.

— Estas foram tiradas ontem pelo escritório do legista local em Blackie.

Eisen apagou as luzes. A lâmpada do projetor iluminou a tela com um branco brilhante, que se transformou um segundo depois nas horrendas listras roxas de uma garganta cortada. Uma bochecha esfolada apareceu parcialmente sob uma folha de carvalho marrom.

— Ele é destro — disse Prusik, exibindo o próximo slide, que mostrava o abdômen da segunda vítima. — Ele se deita sobre as vítimas para fazer os cortes, o que pode explicar os vestígios de fragmentos de tinta recuperados no tórax e na parte inferior do abdômen. Vou saber melhor amanhã.

A equipe de coleta de Prusik, liderada por Bruce Howard, estava trabalhando para recuperar todas as pistas que conseguissem encontrar na cena do crime e ao redor, incluindo as folhas na área em que o corpo fora encontrado, conforme solicitado por Leeds Hughes, especialista em DNA. Mas ela percebera que, com a remoção do corpo, poderiam ter perdido evidências úteis. Embora a análise genética fosse uma ciência sofisticada que avançava cada vez mais, o DNA poderia ser facilmente contaminado pela chuva ou pela falta do uso de luvas. Se a equipe de Prusik tivesse a sorte de descobrir qualquer porção de DNA não contaminada, ela seria verificada no sistema nacional de indexação, que incluía amostras da maioria dos criminosos condenados. Após o exame *post-mortem*, Prusik interviria por preempção federal, assumindo a jurisdição da polícia local, que tinha poucos recursos para investigar os assassinatos bizarros que agora se estendiam por metade de Indiana.

— A mesma técnica abdominal? — perguntou Eisen, tirando os óculos de armação grande demais para seu rosto. Ele soprou em cada lente e as limpou em seu jaleco.

— Sim. — Ela apontou com o laser. — A julgar pela decomposição, é provável que a garota tenha sido morta no mesmo dia em que foi sequestrada, por volta do dia 4 de julho. A entomologia sugere que foi assassinada onde a encontramos e que o assassino não moveu o corpo. Vamos falar disso daqui a pouco. Observem as marcas de pressão ao longo do pescoço.

A equipe murmurou entre si. O próximo slide mostrava uma foto tirada diretamente acima do torso nu. As cores bonitas das folhas pareciam embaçadas ao lado da vivacidade dos restos mortais. Aquilo fez com que todos na sala ficassem em silêncio. Em seguida, havia uma visão lateral do torso que exigia que o cinegrafista se aproximasse bastante. Prusik ampliou a imagem ao longo do extenso corte de faca, que emitiu um brilho iridescente.

— O que acha, Pernell? — Ela deu zoom e focou a lente em um determinado organismo.

— Família de Calliphoridae, *Lucilia sericata,* com certeza. A mosca-varejeira verde, variedade comum de varejeiras que põem seus ovos à sombra e perto de água corrente. No calor de julho, é provável que as fêmeas adultas ponham ovos dentro de vinte e quatro horas após a morte, com as pupas eclodindo talvez oito ou nove dias depois. A larva ali já escureceu, um estágio avançado de pupa, e parece ter cerca de nove milímetros de comprimento, o que significa que se passaram de dezoito a vinte e seis dias desde que a fêmea adulta pôs os ovos. Mas claro, isso tudo não passa de um palpite.

— Obrigada, Pernell — disse Prusik. — Então, de acordo com sua análise, o crime deve ter ocorrido em algum momento durante a primeira semana de julho, como eu suspeitava.

O slide seguinte mostrava uma mistura de moscas-da-garrafa adultas e larvas que se alimentavam ao longo de uma abertura no lado esquerdo da vítima. As moscas estavam reunidas em um frenesi de alimentação, como se tivessem sido coladas no lugar. A fenda ia da décima primeira costela até o osso do quadril.

Prusik passou a luz do laser sobre um pedaço difuso de larvas quase transparentes, capturadas enquanto devoravam ferozmente o cadáver.

— As varejeiras têm um apetite notável por carne humana, mas o nosso assassino também, e por isso não sobrou muito para as moscas se banquetearem lá dentro. — Prusik exibiu a próxima foto tirada mais perto do corte.

A prancheta de Higgins caiu no chão. Ouviu-se um suspiro abafado. O jovem esbarrou em algumas cadeiras dobráveis antes de abrir a porta dos fundos e desaparecer no corredor.

No escuro, um sorriso pequeno e perverso surgiu no rosto de Prusik.

— Você tem algum close melhor do tecido ao redor das lacerações do pescoço? — Eisen ergueu os óculos, concentrando-se. Ele era o melhor analisador digital de fotografias de crimes que Prusik conhecia. Eisen conseguia converter digitalmente as imagens e sobrepor as impressões digitais aos dos vastos bancos de dados do FBI. Ele desenvolvera uma técnica engenhosa para calcular a altura aproximada de um criminoso a partir de uma impressão digital nítida, muitas vezes com precisão de alguns centímetros. No entanto, até agora, nenhuma impressão digital fora encontrada.

— Em breve virá um — disse ela. — Sabia que você ia perguntar.

Ele analisou uma série de contusões profundas no pescoço contorcido da vítima, resultado de um puxão violento. Enquanto todos na sala estudavam as marcas cruéis, Prusik percebeu que sua mão latejava. Seu punho estava cerrado com tanta força que dois de seus dedos tiveram espasmos. Ela respirou fundo e se forçou a relaxar, então, abruptamente, acendeu as luzes e voltou para a frente da sala.

Eisen foi o primeiro a falar, batendo um lápis nos dentes.

— Manchas ao longo da incisão em Betsy Ryan sugerem que o criminoso usou uma lâmina de aço carbono.

Higgins voltou para a sala e se sentou perto da porta.

— Seria interessante verificarmos agentes funerários e os ajudantes deles? — perguntou Hughes, esfregando com força a ponta do nariz.

— Imaginei que Higgins estivesse fazendo isso — respondeu Prusik. — Verifique também os funcionários do necrotério nos hospitais da região, sr. Higgins.

O jovem se mexeu em seu assento.

— Sim, senhora. — Ele limpou a garganta. — O que você acha que ele está fazendo com os órgãos delas?

Prusik passou a mão sobre os olhos.

— É bom ter você de volta entre os vivos, Higgins. Respondendo a sua pergunta, não sei dizer. O fato de não haver nenhum órgão interno na cena do crime indica que o assassino os remove do local. E como ele está sempre perto da água, pode se lavar a qualquer hora. Acredito que o fascínio do nosso criminoso pelos órgãos das vítimas vá além. A remoção deles deve fazer parte do seu esquema.

Prusik ansiava por descobrir o que seria.

— Nos dois casos, o corpo das vítimas foi encontrado longe de qualquer estrada ou ponto de fácil acesso, o que me faz acreditar que ele tenha atraído as duas e convencido as garotas a irem com ele, de carro, para um lugar mais seguro e favorável a ele. O relatório criminal da polícia de Blackie descreve uma trilha íngreme e arborizada com pilhas de folhas espalhadas. Acredito que nosso homem gosta da perseguição, deve ser algum tipo de jogo para ele. Verifique os registros psicológicos de criminosos soltos nos últimos cinco anos com qualquer histórico de crueldade contra crianças ou que foram pegos stalkeando elas. — Prusik continuou, num tom de voz baixo e firme: — Na natureza, a caça é uma característica marcante entre os predadores. Uma mãe chita sempre deixa que o filhote se defenda sozinho. No começo, ele não consegue matar. Por que você acha que isso acontece, Higgins?

A cabeça do recruta balançou frouxamente para trás, revelando uma testa brilhante.

— Fal... Falta de experiência... talvez?

— Ele precisa deixar a presa correr primeiro. Quando ela corre, ele entra em ação. O instinto de matar está ligado à corrida. Ele espera que a presa assustada se movimente antes de terminar o trabalho.

Ela parou a poucos metros do jovem.

— A presa precisa de coragem o bastante para correr desenfreada. Quando isso acontece, a chita consegue parar ela com uma mordida. Enquanto a presa estiver parada, a chita estará em um impasse. *Não pode* matar a menos que a presa corra. Talvez nosso criminoso seja assim, Higgins. Talvez ele precise que as vítimas corram para matar. É o que acende a chama.

De pé no meio da sala, ela juntou as mãos como se estivesse rezando, levando a ponta dos dedos à boca, os olhos fechados, imaginando um estado de quase transe. Então, olhou para cima.

— Não se enganem, senhores. Nosso assassino explora a fragilidade humana. É assim que ele age. Ele ganha a confiança delas. E não há jeito melhor de atrair uma jovem do que seduzindo-as. Ele se apresenta como um cara sensível e fala qualquer coisa que atraia uma mente jovem, o que o torna irresistível. Elas devem cair nisso, acreditam no afeto, na bondade, são seduzidas de alguma forma.

Prusik apertou o dedo mindinho com força.

— A questão é que é bem provável que essas garotas o acompanhem por vontade própria, sem lutar e sem chamar atenção indesejada para o nosso assassino. Ele seleciona bem e depois as engana. Um alvo vulnerável está necessariamente sozinho.

Prusik fez uma pausa.

— Se não tiverem mais perguntas, senhores, vamos voltar ao trabalho. Não preciso lembrar que a pressão sobre nós está aumentando e imagino que vai piorar mais ainda.

Ela saiu da sala de conferências e voltou para o escritório, sonhando em nadar de costas na água morna da piscina do clube, as narinas preenchidas pelo forte cheiro de cloro, o corpo relaxando com o torpor suave característico pós-natação.

Alguém bateu na porta. A cabeça de Margaret apareceu.

— Bruce Howard está na linha um. Diz que é importante. — Ela revirou os olhos.

Prusik respirou fundo, pegou o telefone e se forçou a parecer simpática.

— Oi, Bruce. Como posso te ajudar?

CAPÍTULO QUATRO

Ele parou atrás de uma caçamba de lixo na clínica Wilksboro e desligou o motor da caminhonete. A semana de chuvas contínuas tinha deixado o ar da região sul de Indiana com um cheiro doce. A clínica ficava nos arredores de Weaversville, a sede do condado localizada no chamado bico do estado de Indiana, perto da convergência entre a grande Ohio e o rio Wabash, e paralelo a St. Louis e Chicago; é possível chegar a qualquer uma dessas cidades de carro em menos de três horas.

David Claremont tinha uma consulta marcada às sete horas. Ele não quis jantar com os pais, estava sem apetite. O rapaz respirou fundo e bateu na porta do consultório com a plaqueta: DR. IRWIN WALSTEIN.

O médico cumprimentou Claremont e acenou para que o rapaz se sentasse na cadeira acolchoada diante de uma mesa grande de mogno. O dr. Walstein abriu uma pasta.

— A medicação tem ajudado você a dormir melhor?

— Tem. Mas acordo bem tarde. Nem escuto o alarme. A minha mãe precisa ficar socando a porta e isso a deixa irritada.

— Certo, tente tomar um Melleril de cinquenta miligramas meia hora antes de se deitar. Veja se funciona. Continue com a amitriptilina, um comprimido antes de cada refeição.

Claremont percebeu uma pequena pintura na prateleira atrás da mesa do psiquiatra que não tinha notado antes. Ele viu um rosto abstrato, parecia incompleto, olhando para baixo. Sentiu-se desconfortável de repente.

Walstein deu a volta na mesa e se sentou na poltrona de couro no lado oposto ao de Claremont.

— E os devaneios? Teve mais algum desde... 4 de julho, que foi o último?

— Não. Nada que valha realmente a pena mencionar.

O rapaz começou a balançar a perna.

Claremont abriu o tubinho de protetor labial e passou na boca. Fazia mais de três semanas desde que o sol tinha batido pesado sobre seus ombros enquanto capinava tomates no jardim de sua mãe. Três semanas desde aquele momento indescritível em que a enxada erguida que segurava congelou no ar, e o jovem encarou os montinhos de terra, movendo-se como se estivessem sendo esculpidos. Uma pontinha úmida de solo compacto tinha ficado protuberante: uma língua metade para fora, com o resto do rosto se formando, semelhante a um rosto humano. Só de lembrar, seu coração batia mais forte. Lá estava ele de novo, em meio a uma ravina cheia de carvalhos e rodeado pelo cheiro de nozes das folhas do ano anterior. Uma ravina como aquela entalhada na mata atrás dos campos de plantio de seu pai nas redondezas de Weaversville. Então ele a viu: a terra tinha se moldado em um rosto que gritava, o de uma garota, seus olhos grandes e inocentes, ficando cada vez mais arregalados e apavorados. Sentiu seus dentes rangendo e sua mão empurrando as costelas dela ainda mais para baixo.

— Você parece tenso. — Walstein pegou uma caneta e a girou entre o indicador e o polegar. — No que está pensando, David? Não falamos muito sobre o Quatro de julho da última vez.

— Não, não falamos. — Claremont engoliu em seco e fez o possível para sair daquela visão medonha.

— Fale comigo, David. Não há mal em conversar. Só o silêncio mata.

— Pode não fazer mal, mas será que ajuda mesmo? — Claremont fez um contato visual breve com o médico antes de voltar a olhar para o retrato na prateleira. Deu de ombros. — Não ajudou a mulher que acabou de sair.

— Entendo. — Walstein abriu um leve sorriso, assentindo. — Então você lê mentes agora.

— Tanto faz. Ela não parecia melhor.

Ele analisou rapidamente a salinha: a mesa, o chão, o tapete. Checou outra vez, para ter certeza do que estava a sua volta, e que o que quer que fervilhasse em sua mente não estava à espreita nas sombras, escondido atrás da mesa do dr. Walstein, esperando para sabotá-lo. Mas checar tudo não o deixou mais tranquilo. Se a terra no jardim de sua mãe conseguia se mexer, então a mobília, os tapetes e até mesmo as paredes também poderiam.

— Então. — O médico espalmou as mãos nas coxas. — A medicação parece estar funcionando; os devaneios ruins parecem ter parado por ora. É um bom começo. Parece que está progredindo.

— Não quer dizer nada. Nada. Vai continuar acontecendo. Como aconteceu em março. Como eu te falei na última vez. — Claremont olhou para baixo e percebeu que seu pé estava batendo no chão freneticamente.

— Está bem então, David. Me ajude a entender melhor. Não posso te ajudar se não estiver disposto a compartilhar o que amedronta você. Todos nós temos sonhos e devaneios. Os seus são muito importantes. — Walstein se inclinou para a frente. — Os sonhos são parte da nossa vida tanto quanto, digamos, dirigir um carro, ter um filho ou ir trabalhar. Sonhos dizem algo único sobre cada um de nós e, se conseguirmos decodificar seu idioma, podem nos oferecer informações valiosas.

Claremont fechou os olhos. Ele não queria irritar o médico. Ele queria a *ajuda* do médico. Sempre fora uma pessoa reservada, mas ultimamente vinha desejando companhia. O único problema era que temia que seu sofrimento o taxasse como instável, estranho demais para que qualquer garota quisesse sair com ele ou o levasse a sério. O rapaz desejava em especial o afeto de Bonnie Morton, sua linda vizinha com quem ele costumava brincar de pique-esconde quando eram crianças. Depois que Bonnie o reconheceu no centro de Weaversville na semana anterior, e o cumprimentou com um aceno, mostrando um sorriso grande, Claremont sentiu esperança. Por dias ele havia revivido o breve encontro, fingindo que o cumprimento e o aceno tinham significado algo a mais, que ela de fato gostava dele e queria que ele a procurasse.

— Oi? — Walstein o cutucava na perna com delicadeza. — David? Perdido em pensamentos novamente.

— Desculpa. — Claremont se endireitou na cadeira. — Eu meio que estava.

— Já ouviu a expressão "é só um sonho"? — Os olhos de Walstein eram gentis, mas as palavras não fizeram com que David se sentisse melhor.

— Mas mesmo durante o dia? — rebateu Claremont, a imagem momentânea de Bonnie oscilando. — E se eu estiver dirigindo e então de repente... parecer como se eu não estivesse? — Ele ficou analisando o chão. — Mal conseguir estacionar ou nem mesmo parar a caminhonete.

O médico assentiu.

— Isso deve ser difícil.

— Sinto o cheiro de coisas, coisas reais, coisas terríveis; acontece de verdade, doutor. Tem que acreditar em mim. Tem que me ajudar.

Walstein refletiu sobre as palavras de Claremont, girando a ponta da caneta entre os dentes.

— Isso parece vívido. Posso entender por que é algo que o chateia tanto. — O médico se inclinou para a frente e tocou o joelho de David. — Pode me contar o que exatamente vê e qual cheiro sente, David?

— Não consigo — disse Claremont com a voz rouca e num tom tão baixo que o médico não compreendeu se era uma pergunta ou uma afirmação. — Não tem a menor chance de eu sequer...

— Como assim? — questionou Walstein, focando o olhar em Claremont. — O que exatamente está imaginando, David?

Claremont assentiu de maneira vaga. Sentiu novamente o chão de uma floresta remota sob seus pés e o movimento da água dominando os seus ouvidos.

O relógio na parede do consultório mostrava que eram oito da noite. A sessão deveria ter acabado havia dez minutos,

Walstein se atrasaria para buscar a filha na casa da ex-esposa. Claremont estava em algum perigo imediato? Era difícil definir. Achava que não.

— Desculpe, David, mas teremos que parar por aqui. Vamos continuar a conversa na próxima sessão?

Walstein retirou um pequeno calendário do bolso da camisa.

— Acho que seria bom você voltar ainda esta semana. Que tal, digamos, na quinta-feira, às sete?

— E se eu não conseguir chegar até quinta? — O homem conturbado deixou a cabeça pender ainda mais. — E se...

— Não deixe de me ligar antes se precisar, David. Estarei aqui. — Walstein escreveu o número do celular no cartão de visita e entregou ao rapaz. — Se tiver mais visões perturbadoras, ligue para o meu celular a qualquer hora do dia ou da noite e logo lhe retorno. Vejo você na quinta às sete.

CAPÍTULO CINCO

A cidadezinha de Crosshaven ficava bem no meio da região sul do distrito montanhoso de Indiana. As cavernas de calcário formavam colmeias pelas ravinas florestais e mantinham a temperatura em doze graus celsius ao longo do ano, frio o bastante para armazenar carne por dias. Um intervalo na onda de calor de julho transportava uma massa de ar suave atípico descendo do Canadá e, com ele, uma intensa queda de umidade.

A sandália de Julie Heath fazia barulho contra a entrada íngreme da casa da amiga Daisy Rhinelander na calçada da estrada Old Shed. A jovem de catorze anos passara a maior parte da tarde de bobeira no quarto da amiga ouvindo um álbum da Taylor Swift.

Era quinta-feira, o que significava que sua irmã mais nova, Maddy, sairia para encontrar a equipe de escotismo. A mãe delas a levaria, então a casa estaria vazia quando Julie chegasse. Ela decidiu pegar um atalho pela mata. O clima estava perfeito para isso. No fundo da ravina, o riacho arenoso levava a uma área debaixo de sua casa. Ela cortou caminho cruzando a estrada para dentro da floresta. Um galho atravessou a sandália, machucando seu pé. Ela reconsiderou e voltou para a calçada.

Uma brisa fria soprou o cabelo loiro frisado de Julie para dentro da boca e levantou a saia verde-neon que usava, expondo os joelhos magricelos. Julia cantarolava a música "You Belong With Me" de Taylor Swift, enquanto caminhava:

— *I'm the one who makes you laugh when you know you're 'bout to cry...*

Virando a curva, ela avistou uma caminhonete velha estacionada de qualquer jeito. Parecia quebrada e abandonada. Olhou ao redor e então voltou a cantarolar a melodia mais baixo enquanto passava ao lado do veículo.

A garota ouviu uma voz e parou de cantar. Havia alguém por perto. Na base de um carvalho grande, a menos de quinze metros de distância, um jovem estava ajoelhado, banhado pela luz do sol. Ele vestia um macacão, o mesmo usado por mecânicos, e segurava algo entre as mãos, próximo ao rosto. Estava falando com a coisa com uma voz gentil. Ele não parecia tê-la notado.

Julie encostou a bochecha em uma faia de galhos lisos para ver melhor. O jovem afagava a coisa com delicadeza e falava com a voz tranquila. Que fofo, pensou ela. A caminhonete devia ser dele. Talvez tivesse parado para que um filhote atravessasse a estrada. Esquilos e coelhos sempre apareciam por ali. Quantas vezes sua mãe tinha pisado firme no freio? Mas a mãe nunca tinha saído e reconfortado a pobre criatura como aquele cara estava fazendo. Nunca havia parado para evitar que o animal se machucasse e entrado na mata para devolvê-lo à natureza.

O jovem aproximou as mãos do peito e aninhou com carinho a criatura assustada.

— Com licença, senhor. — Ela pigarreou e falou um pouco mais alto. — O que está segurando? — Ela se aproximou, caminhando pelas folhas da altura de seus tornozelos. — O bichinho está machucado?

Ele girou a cabeça na direção dela, dando um sorriso agradável. Julie chegou mais perto.

— O que tem aí?

Uma tartaruguinha, Julie agora podia ver. Ela gostava de tartarugas, principalmente da forma que esticavam o pescoço para fora para ver se a barra estava limpa antes de se afastarem devagar.

— Ela estava atravessando a estrada? — perguntou a garota, adivinhando o que acontecera.

Ele ergueu a mão, assentindo.

— Isso mesmo. Essa aqui quase bateu as botas. O carro na minha frente desviou de propósito. É chocante a crueldade do homem com os animais. Somos todos filhos de Deus. Não é mesmo?

Julie assentiu, ficando mais confortável depois que ele mencionou Deus. Ela e a família iam à igreja quase todo domingo.

— Ele se perdeu. — O jovem analisou a tartaruga na altura dos olhos. — Acho que deve ter um irmão ali descendo o riacho. — Ele acenou com a cabeça mais adiante para a ravina dentro da mata.

Julie percebeu que a roupa dele estava bastante manchada, respingada com camadas de tinta.

— Meu nome é Julie. Julie Heath — revelou a garota, parando a três metros dele.

— Este aqui é o Dentinho. — Ele aproximou a tartaruga do rosto de novo, maravilhado. — Porque ainda não sei o seu nome verdadeiro.

Julie via que a criatura tinha um casco bem rígido.

— Ah, é um filhote de tartaruga-mordedora — concluiu a menina com um sorriso.

— É, acho que é isso, esse pirralho metido. — O jovem olhou para ela, então voltou a atenção total ao réptil.

Julie diminuiu a distância entre eles pela metade, mais devagar dessa vez.

— Foi por isso que parou a caminhonete, para salvar a tartaruga?

— Ela é esperta — disse ele à tartaruga. — É uma coisa boa, não é, Dentinho, quando outra pessoa se importa tanto? — Ele mostrou o animal na palma virada para cima. — Quer que essa garota legal segure você um pouquinho? Leve você para tomar um pouco de água?

O jovem não olhou para Julie daquela vez. Manteve os olhos fixos na tartaruga. Quando enfim olhou para ela, a garota estava ao alcance da mão.

Ele ofereceu a tartaruga.

— Aqui, pode segurar.

Só a ponta do pequeno focinho do animal estava para fora.

— Obrigada — respondeu Julie em um sussurro.

Ele inclinou a mão para ir de encontro à dela. Julie segurou a tartaruga com cuidado por cima do casco. A cabeça, a perna e a cauda do animal permaneceram escondidas.

O jovem se levantou depressa e começou a seguir pela inclinação sem dizer mais nada. Julie ficou parada, observando-o ir. Ele desceu pelo declive até ela conseguir ver apenas o topo da cabeça dele. A garota começou a descer, prestando atenção em onde pisava. Logo o declive ficou mais íngreme. Ela olhou para trás, mas não dava mais para ver a estrada. Esfregou a testa com as costas da mão.

A tartaruga colocou a cabeça para fora. Os olhos brilharam. Quando Julie ergueu o olhar, o jovem estava agachado diante dela com as mãos nos joelhos, aguardando. Ela hesitou, tomada por sentimentos conflitantes. Ficaria tudo bem com a tartaruga se ela fosse deixada ali mesmo. Não precisava ser colocada ao lado do riacho. Tartarugas sabiam encontrar a água por conta própria. Ela conseguia ouvir o barulho tênue de algo gotejando. O riacho estava próximo.

Uma sensação de rastejar... a criatura quase caiu da sua mão. Ela curvou os dedos ao redor do casco e sussurrou:

— Está tudo bem. Vou deixar você ir. Não quer um pouco de água?

Sua própria garganta estava seca; ela precisava de algo para beber em meio àquele calor de fim de verão.

O jovem seguiu na frente, passando por folhas, as mãos no bolso. Julie seguiu devagar ouvindo as folhas fazendo barulho debaixo de seus pés, sem querer assustar a tartaruga. Maddy e ela brincavam de pular em uma pilha profunda de folhas, tão macia quanto um edredom, na mata atrás da casa delas.

O jovem foi mais adiante. Julie teve um vislumbre do brilho da água. Então, de repente, ele sumiu. Não havia nada além de uma ravina cheia de troncos de árvores e um oceano de folhas entre ela e o riacho. A tartaruga arranhou sua mão em desespero.

Um enxame de gralhas passou por cima de sua cabeça. O frenesi de seus chamados e assobios preencheu uma árvore próxima. Sentia como se tivesse areia em sua garganta. Ela se virou na direção da subida que levava de volta à estrada. Um anfiteatro de carvalhos em colunas a cercava. Ela deu uma volta inteira, os olhos indo de árvore em árvore.

Onde ele está?

Seu olhar se ateve a algumas folhas que tremiam e se destacaram atrás de um carvalho grande. Ela estreitou os olhos, incrédula. Através de dois buracos nas folhas, um par de olhos escuros estavam fixos nela.

— Achou — disse o jovem, a voz de repente diferente.

Julie saiu correndo de volta para a colina com a tartaruga nas mãos. Ela o ouviu bem atrás dela, avançando, pisoteando as folhas e chamando seu nome. Ela também conseguia ouvir sua própria respiração, alta e pesada. Logo ela estava a quatro metros da segurança do topo da colina. Três metros. Dois metros.

Ele segurou seu tornozelo e a derrubou no chão, rindo.

— Só estava brincando com você, doce Julie — comentou ele baixinho. — Não achou mesmo que eu ia te deixar escapar, achou? Nada disso.

Ele segurou o tornozelo dela com tanta força que Julie deu um grito de dor e derrubou a tartaruga no chão. O animal parou, esticou o pescoço todo para fora, olhando para a garota. Piscou uma vez e então se afastou por entre as folhas da floresta.

O homem colocou o corpo sobre o dela e segurou sua mandíbula.

— Tenho outros planos para você, pequena Julie. Planos especiais.

A garota focou o olhar no casco rígido da tartaruga, os olhos embaçados por causa das lágrimas. Não podia gritar; não podia se mexer. Tudo o que podia fazer era observar a criatura fugindo sem fazer barulho.

* * *

Uma hora depois de Julie Heath ter caminhado sozinha pela estrada Old Shed, Joey Templeton estava voltando para casa do ensaio da banda em sua bicicleta azul nova. A capa pesada do trombone amarrada às suas costas balançava de um lado para o outro, fazendo o pneu dianteiro da bicicleta cambalear. O garoto era pequeno para sua idade, mais baixo que a maioria dos jovens do sétimo ano, e os óculos grossos aumentavam os olhos que observavam o mundo grande e assustador. O peso das lentes o fazia precisar ajustar os óculos no rosto com frequência.

O menino fez uma curva íngreme, então parou de pedalar quando viu a caminhonete estacionada de um jeito torto. O garoto desviou, quase batendo no meio-fio do outro lado. Um homem estranho estava encostado na traseira da caminhonete, enfiando algo ali. O homem endireitou a postura depressa, encarando Joey. O macacão dele estava sujo e manchado.

Joey passou e olhou para ele com inquietação. Seus olhos eram profundos demais para se ver com nitidez. O rosto taciturno do homem de repente se abriu em um grande sorriso e ele assentiu e acenou. Mas Joey não se convenceu: aquele homem não ficou feliz com a sua aparição. Encontrar um estranho naquela estrada isolada deixou o menino nervoso. Aquele não era o caminho que a maioria dos jovens que saía do treino costumava pegar, então sempre pedalava mais rápido ao passar por ali.

Joey chegou à casa sem fôlego.

— Vô, vô! — berrou ele, correndo para dentro da cozinha.

O vô não estava lá. Era como chamava o avô, Elmer Templeton, que, quatro anos antes, tinha ido morar com Joey e o seu irmão mais velho, Mike, após a morte dos pais dos garotos.

Quando ouviu o som da porta de uma caminhonete batendo, Joey saiu correndo todo desengonçado até o jardim lateral. Virando a cerca viva, lá estava ele, o homem mais gentil do universo, seu vô, andando devagar até o garoto.

Joey pegou a mão grossa de Elmer, quase derrubando o homem mais velho, e a levou à bochecha, sentindo o cheiro de nozes da loção que o avô sempre usava.

— O que houve, filho?

Elmer se agachou para falar com o neto. Usava um macacão jeans desbotado, não tinha barba e era magro, assim como Joey.

— Vô, eu sei que você e o Mike acham que fico falando bobagem o tempo todo — começou Joey. — Mas vi um homem muito estranho, quer dizer, ele era esquisito. Só Deus sabe o que ele estava fazendo em uma caminhonete velha bizarra. Ele não é daqui, tenho certeza. — Joey parou para respirar, o peito subindo e descendo. — Ele fez cara feia pra mim, vô, e logo depois sorriu pra eu não pensar que tinha algo de errado com aquela cara esquisita. Ele não me enganou nadinha. Não volto mais por lá!

— Calma. Do que está falando? — Elmer segurou o ombro do garoto. — Alguém mexeu com você? O que esse homem estava fazendo?

Elmer estava acostumado com as histórias exageradas do neto, mas o rosto aflito do garoto estava mais sério do que o normal. Juntos, os dois subiram os degraus do alpendre para se sentar no banco de balanço. Elmer queria muito que o neto superasse os próprios medos, o garoto vivia atormentado desde o acidente de carro que matou seus pais.

— Você precisa acreditar em mim, vô. Juro, ele não estava fazendo nada de bom. Tinha uma caminhonete velha, bem ferrada, bem pior que a sua, estacionada toda torta perto da mata, longe de tudo. Sabe aquele caminho longo que às vezes passo de bicicleta? — Joey franziu a testa, encarando Elmer. — Aquele trecho grande onde não tem quase nada? A estrada Old Shed?

Elmer assentiu.

— Sei qual é.

— Ele estava lá cobrindo alguma coisa na traseira da caminhonete. Não queria que eu visse. Mas eu vi sim, vô.

— O que você viu?

— Era... — Joey analisou o chão do alpendre como se visse algo se esgueirando para perto de si. — Uma coisa que ele estava tentando esconder. — Joey voltou a olhar para o avô. — Ele não queria que eu visse, tenho certeza. Ele ficou irritado porque eu vi.

Elmer balançou a cabeça em afirmação, considerando a questão.

— Acho que o que precisamos fazer é pegar o Mike e ir comer alguma coisa na lanchonete da Shermie.

— A caminhonete estava estacionada toda errada — repetiu Joey, a testa franzida de preocupação. — E a roupa dele estava bem suja, como se ele tivesse cavado na mata ou algo do tipo. Ah, por que ele estaria fazendo isso? Por que, vô? — O menino estremeceu, relembrando o olhar hostil do homem. — Tem alguma coisa errada, vô, alguma coisa muito, muito errada.

CAPÍTULO SEIS

— É uma floresta íngreme. O corpo dela estava bem longe da estrada. Eu diria quase quinhentos metros e talvez quase cem metros acima do nível da rodovia. A vítima estava literalmente se afogando em folhas no chão, o que tornou quase impossível discernir alguma coisa perto da cova — disse Bruce Howard ao telefone. Todos os dias ele fazia um relatório estritamente objetivo para Prusik. — Recolhemos trinta e sete sacolas de amostragem ambiental ao redor da cova. É basicamente isso. Nada realmente relacionado à perícia.

Prusik se levantou da mesa, analisando uma imagem ampliada da vítima. Existia a hipótese de a vítima ser Missy Hooper, de dezenove anos, uma garota da região que tinha desaparecido um mês antes.

— Então os locais não contaminaram demais as coisas? — perguntou Prusik, esforçando-se para manter o mesmo tom neutro de Howard, ainda que sua mente estivesse a mil por hora.

Era difícil manter a paciência quando parecia que não surgiriam outras pistas.

— Difícil dizer, Christine. Como falei, é um terreno complicado. É fácil tropeçar na droga de uma raiz debaixo das folhas — respondeu Howard como se aquilo tivesse acabado de acontecer com ele. — Imagino que não tenha sido uma tarefa tranquila remover o corpo. É impossível afirmar que os locais não tenham contaminado nada na região. Que azar, né?

Ela ponderou as condições da cena do crime: a área pisoteada pela polícia local e depois Howard e sua equipe tropeçando em raízes camufladas. Tudo aquilo poderia impedi-la de descobrir outra peça do quebra-cabeças e complicar ainda mais a questão. Estava cada vez mais difícil manter qualquer resquício de cordialidade com Howard pelo telefone.

— Pode ao menos confirmar que o corpo está protegido, Bruce? — O celular de Howard tinha um eco irritante, ressoando a voz da própria Prusik toda vez que falava. — Você foi ao gabinete do legista?

— Eu não chamaria aquilo de gabinete do legista, não como um habitual...

— Sim, entendo. Mas ela está devidamente embalada e em uma câmara frigorífica?

— Olha aqui, Christine, tenho uma unidade de campo no local. Tenho ordens para selar a cena do crime e coletar evidências — retrucou o homem de modo seco. — Presumi que você mesma inspecionaria o corpo. Afinal, é essa a sua especialidade.

Christine ficou chocada com a resposta de seu subordinado. Forçou a si mesma a respirar fundo.

— Você tem toda razão, agente especial. Vou mesmo. E tenho certeza de que não preciso lembrá-lo de que essa operação requer, *sim*, trabalho em equipe, tanto no laboratório quanto em campo. — Sua voz firme reverberou pelo telefone com um tom metálico. — O que tem de errado com seu telefone, Bruce? Caiu no riacho? — Ela encerrou a ligação, sem esperar resposta, e desabotoou o colarinho da camisa.

Bruce Howard tinha sido transferido do escritório de Boston fazia apenas quatro meses. Era bom com o público e ótimo com os policiais, um daqueles caras de quem a galera gostava; havia muitos como ele no escritório. Ela já tinha notado como Howard costumava falar direto com Thorne em vez de procurá-la primeiro — Howard provavelmente nunca havia sido chefiado por uma mulher —, e como Thorne não fazia muito esforço para desencorajar aquele comportamento.

Prusik respirou fundo, relaxou o punho e se perguntou se deveria ter lidado com as coisas de forma diferente ao telefone. A equipe de Howard não tinha recolhido nenhuma evidência física, a menos que por acaso houvesse alguma dentro dos sacos de amostra. A integridade do corpo da vítima era de suma importância e ela estava *certa* em demonstrar preocupação e questioná-lo a respeito. Prusik precisava ser firme e severa às vezes. Era o primeiro caso em que trabalhavam juntos e já estava virando uma disputa de território, Howard só se importava consigo mesmo e não via o quadro completo. Seu ego e orgulho eram evidentes. Mesmo com um sinal de celular bem ruim, ficou nítido que Howard não tinha qualquer pingo de espírito de equipe nem reconhecia o fato de que ela estava no comando, gostasse ele ou não. Mas Prusik não poderia deixar que a sua frustração pessoal com o agente ofuscasse a maior questão: eles precisavam descobrir mais informações sobre o assassino. O mais rápido possível.

Seu telefone tocou.

— Christine?

— Bem, quem mais seria? — Ela passou os dedos pelo cabelo curto. — Desculpe, Brian, não me leve a mal. Descobriu alguma coisa?

— Acho melhor você vir ao laboratório e ver com os próprios olhos.

Ela mal terminou de dizer "estou indo" antes de sair apressada do escritório.

Prusik desceu os três andares de elevador e passou a sua identificação CASI, o Instituto Especializado em Acesso Certificado, no leitor magnético da porta do laboratório. Eisen estava inclinado sobre uma grande mesa de exame de aço inox. Ele usava lentes de proteção por cima dos óculos de grau.

— Christine. — Eisen lhe ofereceu um sorriso largo, mostrando com cuidado um grande pedaço de vidro curvado entre o indicador e o dedão enluvados. — Recuperamos uma impressão digital parcial do polegar.

— De onde?

— Lembra que estávamos tentando localizar onde Betsy Ryan fora assassinada?

Como ainda não haviam descoberto o local de crime, Prusik tinha concordado em fazer um estudo de tempo e movimento, considerando as condições atuais e locais do clima, para tentar identificar onde o assassinato havia ocorrido. Mas nada fora descoberto.

— Achei que não tinha dado em nada — respondeu ela.

— Max, meu amigo que é bom com números, não tinha calculado que este ano o gelo derreteria com atraso perto da margem do lago. Uma corrente superficial incomum também mudou os cálculos, resultando em uma zona de varredura pela praia a mais de um quilômetro e meio de onde checamos da primeira vez. Encontramos uma faixa de areia remexida não muito longe da margem e este pedaço de frasco de vidro quebrado com uma digital parcial.

— Você não está me contando tudo, Brian. — Ela se inclinou mais para perto, analisando o fragmento. — Uma digital parcial é uma evidência bem questionável.

— Beleza, sim, você está certa. Mas o que deveria estar me perguntando é como consegui ligar o vidro quebrado ao assassinato. — Eisen estava animado. — A superfície interna do frasco está coberta com o DNA da vítima. — Eisen continuava animado.

Prusik parecia confusa.

— Tem certeza?

— Tenho. E sei o que está pensando: por que o vidro? O que estava fazendo ali? Não acho que ele o tenha usado como arma. Não encontramos DNA nas pontas quebradas, então não parece ter sido usado para cortar nem dilacerar a pele da vítima.

Eisen levantou a evidência segurando pelas pontinhas para que Prusik pudesse ver com mais facilidade.

— E, sim, estou me referindo a "ele". A largura da digital corresponde à escala normal de um homem adulto.

— É uma praia, Brian — comentou ela. — Qualquer pessoa passando por lá poderia ter tocado no vidro.

Ele assentiu, já esperando o questionamento.

— Sim, verdade. Mas a digital foi preservada em uma espécie de secreção, provavelmente da vítima, enquanto ainda estava sensível, o que significa que foi na hora ou perto da hora da morte. E, outra coisa, a parcial ficou protegida dentro do frasco. — Eisen tirou as lentes de proteção. — É um lugar muito isolado, Christine. Em um nível bem baixo entre as dunas da praia, longe da orla e do movimento dos carros. Um lugar realmente ermo — destacou Eisen.

O coração de Christine começou a bater mais forte e sua respiração ficou entrecortada. Ela se sentou e apertou os braços da cadeira. Outra paisagem florestal remota lhe surgiu à mente, uma muito isolada e muito longe de casa, cheia de insetos que não ficavam nada perto das dunas marítimas do lago Michigan. Por um momento achou que estava perdendo os sentidos. Onde estava o maldito remédio para a ansiedade quando precisava dele?

— Christine, eu disse algo errado? — questionou Eisen, em um tom espirituoso. — Tudo bem?

— Estou bem, Brian. Tudo certo. — Prusik se levantou rápido demais, lutando com a tontura e um impulso irracional de sair correndo do laboratório. — Ótimo trabalho. As digitais deram em alguma coisa?

— Estamos analisando a digital agora mesmo — revelou Eisen.

O dedo mindinho de Prusik latejou de dor. Não percebera que estivera cerrando a mão direita aquele tempo todo.

— Bom trabalho, Brian, mesmo. Excelente. Por favor, me conte o que descobrir.

Ela atravessou a porta do laboratório, olhando para trás, vendo Eisen ainda parado, observando-a com uma expressão perplexa, até a porta se fechar.

Christine voltou para o seu escritório, pegou a bolsa e as chaves do carro, e desceu de elevador até o estacionamento. Entrou no carro e seguiu em direção ao clube e às águas relaxantes da piscina, que estaria vazia naquele horário. Tudo o que ela queria era que apenas o som das próprias pernas batendo na água preenchesse seus ouvidos.

* * *

— Departamento do Xerife de Crosshaven — Mary Carter, a despachante, falou com a voz calma.

Trabalhava ali havia dez anos e já estava habituada ao trabalho burocrático da polícia. Usava um cinto de balas grande e um coldre de couro que machucava a sua pele toda vez que ela se mexia para a frente na cadeira, o que fazia com frequência, considerando que quase nunca saía dali.

— Sua filha ainda não chegou em casa, Karen? Entendo. A Julie tem catorze anos, certo? E tem cabelo loiro frisado. — A despachante digitou os dados na tela de desaparecidos, enquanto lia uma série de perguntas no monitor para Karen Heath, a mãe da garota desaparecida.

Apesar de trabalhar na polícia, o máximo de agitação que ela testemunhava era nos suspenses policiais que lia com seus grandes óculos pretos. Passava o dia se acabando com rosquinhas cobertas com calda de açúcar do restaurante da Libby e se limpando com lenços umedecidos com aroma de limão que ela adorava.

— Onde disse que a Julie estava mais cedo? — Mary digitou *Daisy Rhinelander, estrada Old Shed, número 6, telefone 426-9807*. — Ela tem alguma característica ou marca que chame a atenção?

Pequena cicatriz no cotovelo direito por ter caído de uma árvore, registrou Mary, depois de ouvir muitas reclamações e pedidos de Karen para que ela parasse de enrolar e ligasse logo para o xerife McFaron.

A despachante permaneceu na linha, paciente.

— Desculpe, Karen, não entendi. — Ela ajustou os fones de ouvido. — Quanto tempo faz que a Julie desapareceu? Várias horas, entendo. Você checou com a sra. Rhinelander duas vezes. A sua filha saiu de lá mais ou menos às três da tarde.

Mary sabia que, a menos que fosse um caso extremo, ela não poderia registrar um desaparecimento antes de vinte e quatro horas, mas deixou Karen esperando na linha enquanto contatava o xerife pelo rádio.

— Xerife, Mary aqui. Câmbio.

— O que houve? — respondeu o xerife Joe McFaron de sua caminhonete Ford Bronco 1996, o modelo 4x4 de que ele mais gostava.

No momento ele estava parado ao lado do escoadouro na fazenda Beecham a vários quilômetros na direção sul da cidadezinha, observando o sr. Beecham, pálido e sentado no chão ao lado de seu trator. O fazendeiro parecia ter sofrido um leve ataque cardíaco. McFaron estava esperando a ambulância chegar.

— Estou com Karen Heath na linha. Ela está bastante preocupada, quer que você envie um alerta de criança desaparecida. A filha dela sumiu há três, talvez quatro horas, segundo ela. Parece que não há sinal dela em lugar nenhum. Câmbio.

O xerife empurrou o chapéu para trás e passou a mão pela testa. Ele sabia que Karen Heath poderia ser uma pilha de nervos. Mesmo no ensino médio, ele ainda se lembrava de como ela desmaiara quando Henry Small, o atacante no time do colégio, prendeu a perna entre dois jogadores do time adversário. O som da perna de Small se quebrando fez Karen despencar na lateral do campo.

— Faça uma chamada de rádio para a polícia estadual. Devo estar de volta ao escritório dentro de uma hora. Quem foi mesmo que você falou que desapareceu, Julie ou Maddy Heath?

— Julie.

— Se ela aparecer, você vai precisar ligar para os caras do estado bem rápido ou eles vão dar um chilique por eu ter ido atrás disso antes da hora. Cá entre nós, Karen Heath sempre foi um poço de nervosismo, abençoada seja. Câmbio.

Mary mandou um alerta para o escritório do distrito da polícia estadual e então se recostou na cadeira, mastigando uma rosquinha de maçã quente bem fresca. Era pequena o suficiente para ser enfiada inteira na boca, ideal para preencher os silêncios solitários entre as chamadas de rádio de despacho.

Mary soltou o botão do mudo e avisou a Karen Heath que havia notificado o xerife e enviado um alerta, então completou:

— Karen, se Julie aparecer, agradeceria se me ligasse para avisar. Se soubermos de algo, entraremos em contato imediatamente.

Karen Heath não respondeu. Mary imaginou que talvez a ficha de Karen estivesse caindo só agora: ela acabara de registrar uma ocorrência de pessoa desaparecida para a própria filha.

— Karen, ainda está na linha? — A voz de Mary foi mais suave daquela vez, menos pragmática.

— Estou aqui.

— Vamos manter contato, Karen. Tente descansar um pouco.

Mary desligou e balançou a cabeça. Julie era uma boa menina, responsável. Ela era esperta demais para se meter em problemas. Provavelmente não aconteceu nada, pensou Mary, pegando outra rosquinha. Então mudou de ideia e fechou a caixa.

Os garotos e Elmer se sentaram em uma mesa longe da fumaça que emanava do monte de homens em banquetas diante da grelha aberta. Shermie Dutcher, o dono da lanchonete, ergueu a cabeça da grelha, murmurou algo para Karla, a única garçonete no lugar, então voltou a cozinhar, os braços magros agitados.

Karla colocou três guardanapos bem enrolados ao redor de talheres em frente a Elmer e aos garotos.

— Oi, Karla — cumprimentou Elmer. — Como vai hoje?

— Bem — respondeu a garçonete. — O que aconteceu com o caçula aí? Viu um fantasma?

Mike bufou.

— Tipo isso.

Joey lançou um olhar feio para o irmão mais velho.

— Não vi um fantasma, mas vi *sim* alguma coisa.

Mike, de dezesseis anos, apertou o braço do irmão com força.

— Para com isso, Joey. — Os olhos perfurando o menino.

Ele já havia avisado Joey várias vezes que não devia tirar conclusões precipitadas sobre as pessoas e espalhar boatos.

Vendo o rosto magoado do mais novo, Elmer interveio:

— Certo, certo, Mike. Deixe o Joey em paz. Ele e eu vamos pescar amanhã cedo. Não é, Joey?

"Pescar" era o código que eles usavam quando Joey precisava conversar. A companhia do avô era importante para o garoto, Elmer era a única pessoa que o deixava falar o que quisesse e que o escutava de verdade. Mike não fazia aquilo.

Joey esfregou os olhos. Aqueles segundos paralisantes diante da caminhonete na estrada Old Shed passaram novamente pela sua cabeça. Ele olhou para Karla e soltou:

— Vi um cara...

— Joey, o que eu te falei? — falou Mike, sobrepondo-se à voz do irmão. — Você não conhece esse cara. Precisa parar de inventar histórias sobre as pessoas.

Mike se inclinou para mais perto de Joey para que Karla não ouvisse.

— Na última primavera foi não-sei-quem... Johnny Shannon, aquele babaca que deixava você todo agitado na escola. Então não fique espalhando boatos de pessoas que não conhece. É a última vez que vou te avisar sobre isso.

— Certo — disse Elmer. — Ele já entendeu, Mike. Viemos aqui jantar, não criar problemas para o seu irmão. O garoto não fez mal a ninguém.

Todos eles escolheram o especial do dia: bolo de carne, batatas assadas e anéis de cebola.

Os olhos de Joey se fixaram em um homem sentado no balcão, vestindo o mesmo macacão jeans que Elmer usava, mas enquanto o do avô ficava pendurado ao redor do corpo magro, o do homem deixava evidente o corpo mais gordo. O homem girou na banqueta e olhou bem na direção de Joey.

— Você tem pulso firme com esses garotos, Elmer? — O corpo do homem tremeu enquanto ele ria. — Karla me contou que o garoto viu um fantasma.

Percebendo que o homem estava zombando dele, Joey levantou o queixo com raiva.

— Não foi fantasma nenhum. Nunca falei isso! — Ele virou a cara, magoado. — Foi verdade, vô.

60

Elmer tamborilou na mesa.

— Sei que não está mentindo, filho. Não dê atenção ao sr. Barnes. Mas Mike tem razão, é melhor você não ficar se expondo para os outros. Eles sabem como te provocar, brincam e zombam como querem.

Joey estava de saco cheio de ouvir tudo aquilo. Tirou os óculos e usou as mãos sujas para esfregar os olhos com força.

— Vou no banheiro.

Ao menos lá ninguém o repreenderia nem riria dele.

Enquanto esfregava devagar o sabonete entre as mãos, Joey ouviu a conversa na lanchonete pela parede fina. O homem que tinha rido dele estava dando risadinhas como os valentões da escola faziam. Joey odiava aquilo. Pensar em Johnny Shannon, seu arqui-inimigo nos corredores da escola, lutando com ele no chão e lhe dando um chute no saco enquanto os amigos imbecis de Shannon riam era demais para ele.

Joey apoiou os braços na pia. O cheiro do sabão se misturou com o das batatas gordurosas. Alguém entrou na lanchonete com pressa, um homem ofegante.

— Escute, pessoal, Julie Heath está desaparecida. Acabei de ouvir no rádio. Já lançaram um alerta para ela. Ela desapareceu sem deixar rastros há algumas horas. Depois de visitar uma amiga lá na casa dos Rhinelanders, na estrada Old Shed. Ninguém a viu no restaurante da Libby, no mercadinho do Harris nem em lugar nenhum. O relatório policial disse que ela está usando uma saia verde e uma camisa branca de botão.

Joey derrubou o sabonete, as mãos cheias de espuma branca. Ele observou o próprio reflexo no espelho arranhado pendurado acima da pia, então se lembrou de ver algo. Como estampa de bolinhas. Ele lutou para se acalmar, do jeito que Mike sempre o dizia para fazer. Colocou os óculos entre as torneiras da pia e jogou água gelada no rosto. Ele precisava ter certeza. Piscou para afastar o excesso de água, então recolocou os óculos.

A caminhonete velha estivera parada como se estacionada às pressas, com um pneu em cima do meio-fio. Ele jamais esqueceria o olhar que o homem lhe lançara quando passara de bicicleta. Foi logo depois que viu, quando o homem se virou para enfiar algo na traseira da caminhonete.

Sem se secar, o menino se virou e segurou a maçaneta da porta. O homem que dera a notícia estava parado ao lado de Barnes na banqueta.

Interrompendo-os, Joey perguntou:

— Ei, o senhor falou Julie Heath?

O homem encarou o menino de cima. Os outros homens no balcão também.

Fred Barnes percebeu as mãos de Joey pingando.

— Garoto, esqueceu de secar as patas, foi? — Então riu, fazendo um som parecido com um trombone.

Joey não lhe deu atenção. Secou as mãos na calça, ainda olhando para o homem ao lado de Barnes. Em uma voz firme, Joey continuou:

— Ela pega o mesmo caminho que eu pra ir pra casa. O mesmo lugar onde eu vi um homem estranho na estrada Old Shed.

Ele engoliu em seco, sem se importar com a irritação de Mike ou qualquer coisa além do misterioso homem de cara feia. Do que ele poderia ter feito.

— Ele estava enfiando alguma coisa na traseira da caminhonete. Não queria que eu visse. — O menino ajeitou os óculos no nariz. — Mas eu vi, sim. Um tecido pra pintura coberto de bolinhas vermelhas.

O lugar ficou em silêncio. Todos ouviram as palavras. Era um daqueles momentos dos quais as pessoas se lembrariam depois, algo que pausava o tempo, palavras que fluíam, mantendo o ritmo. O lugar permaneceu silencioso até que o homem que dissera que Julie estava desaparecida agachou ao lado de Joey e perguntou:

— Garoto, tem certeza?

Barnes deslizou para fora da banqueta, com a respiração pesada. Os outros homens formaram uma multidão ao redor. Joey ouviu Mike praguejando atrás deles, então a voz de seu avô foi ficando mais alta:

— Espere um pouco, Mike!

Outro homem foi até o telefone público ao lado da porta. Joey ouviu uma moeda caindo dentro do aparelho. Os homens diante dele impediam a aproximação de Elmer e Mike. Outros faziam perguntas rápido demais, uma em cima da outra.

O rosto de Elmer sobressaiu acima da cabeça e dos ombros deles, então o homem mais velho conseguiu passar.

— Licença, por favor — pediu ele. — Deixem-me ir até o meu garoto.

Com a mão de Elmer em seu ombro, Joey encarou diretamente o homem agachado ao seu lado e respondeu:

— Tenho certeza. Tenho muita, muita certeza.

Daquela vez, não era possível ouvir nem a respiração das pessoas ao redor; nem mesmo o Engraçadinho Barnes se mexeu. As palavras não quebraram o encanto, mas o complementaram, quase como se Joey fosse um maestro silencioso e os clientes da lanchonete, sua orquestra, representassem as cordas. Mas a música deles era composta pela respiração abafada, apenas o som de muitas respirações abafadas.

CAPÍTULO SETE

O xerife Joe McFaron acelerou seu Ford Bronco. O celular vibrou na base em cima do túnel central. McFaron pegou o aparelho.

— Joe na linha — atendeu o homem com a voz grave.

— Xerife, está tendo uma comoção na lanchonete do Shermie. Parece que Joey Templeton sabe de alguma coisa sobre Julie Heath. — Mary se lançou para trás na cadeira, revelando sua barriga ao departamento vazio.

Seu peito largo era um pouco diferente do de um homem corpulento. O uniforme policial concedia a Mary uma qualidade andrógena, o que a ajudava a disfarçar o desejo que nutria em segredo pelo xerife. Ela se inclinou à frente no assento, levando as mãos ao teclado, então abriu uma tela de detalhes diários do relatório enquanto conversava com McFaron.

— Estou a dois minutos do lugar. Vou dar uma passada lá — respondeu McFaron. — Câmbio e desligo.

McFaron desabotoou o colarinho. Pela janela do motorista, viu uma colheitadeira fazer uma curva larga, engolindo uma fileira inteira de espigas de milho. Corvos grasnavam e avançavam atrás. O ângulo do sol do fim da tarde tinha lançado um tom de sépia intenso em cima de tudo. Ele sempre gostava de como a luz do crepúsculo suavizava as arestas das árvores e dos campos. No ensino médio, quando chegava o fim da tarde, ele corria em volta do campo depois de todos irem para casa, corria até o céu ficar rosado, então se sentava na arquibancada. Para ele, o efeito tranquilizador se aproximava mais da adoração do que a experiência que tinha na igreja.

McFaron estacionou em frente à lanchonete e saiu do carro. Com quase um metro e noventa e bonito como um caubói, o xerife tinha um peito bem mais largo do que a cintura. Com trinta e cinco anos, tinha um cabelo escuro ondulado bem cheio que na maior parte do tempo ficava coberto pelo chapéu de abas largas. Muitas vezes, tarde da noite, ele pegava no sono no sofá do escritório ainda usando o chapéu.

McFaron abriu a porta da lanchonete e a comoção lá dentro se aquietou por ora.

— Oi, Joe — cumprimentou Shermie. — O Wilson aqui falou que a Julie Heath está desaparecida.

— Sim, isso mesmo — confirmou o xerife, com o rosto sério. — Então escutem. — Pigarreou. — Julie tem catorze anos, um metro e sessenta, é magra, com cabelo loiro frisado e comprido e está usando uma saia verde. Foi vista pela última vez saindo da casa de Daisy Rhinelander, na estrada Old Shed, perto das 14h45 de hoje. A mãe dela, Karen, nos comunicou. Atenção, gente, fiquem de olhos abertos. Ela pode estar machucada perto da estrada ou pode ter caído em uma vala. Liguem imediatamente para a delegacia se virem ou ouvirem algo.

— O Joey aqui viu uma coisa — alertou uma voz alta.

Logo várias vozes sussurradas começaram a zumbir baixinho pelo lugar.

— Só um instante, por favor, pessoal.

McFaron foi até a mesa em que Joey Templeton estava sentado com o irmão e o avô.

O xerife tocou a cabeça do menino.

— O que você viu, filho?

Os olhos de Joey focaram nos de McFaron do jeito que sempre se fixaram nos do avô, com total confiança.

— Um cara muito esquisito. Passei por ele no caminho pra casa.

McFaron assentiu.

— Onde foi isso?

— Eu estava de bicicleta saindo do ensaio da banda, pouco depois das três e meia da tarde, na estrada que começa no final do campo da escola.

— Sei qual é. A estrada Old Shed. — McFaron empurrou a aba do chapéu para cima. — O que aconteceu depois?

— Vi a caminhonete dele estacionada toda torta e ele estava parado lá. Atrás do carro. Bem perto daquele poste telefônico quebrado com o novo aparelho preso nele.

— Aquele que a tempestade de gelo destruiu no ano passado?

Joey fez que sim com a cabeça.

— Ele não gostou de eu ter visto ele, xerife. — O garoto estreitou os olhos.

— Consegue descrever o homem para mim?

Joey ficou encarando o espaço escuro debaixo da mesa, conjurando uma imagem mais vívida, vendo tudo outra vez. Olhou para o rosto bronzeado e forte do xerife.

— Ele estava cobrindo alguma coisa na traseira da caminhonete. Não queria que eu visse. — O menino engoliu em seco. — A roupa dele estava muito suja.

McFaron se lembrava de ter visto Joey em uma festa de aniversário no Echo Lake State Park um tempo antes. Uns garotos o provocaram, e ele ficou muito nervoso por causa disso. Um sabichão tinha implicado com ele por estar brincando com as meninas. Por sorte, o avô do menino estivera lá para consolá-lo e o levara para dar uma volta e se acalmar.

— Viu o rosto do homem? — O xerife se sentou de frente para Joey e tirou o chapéu. — Consegue descrevê-lo?

Um silêncio tomou conta da lanchonete. Karla deixou a bandeja de lado e Shermie se afastou da grelha.

— Ele era meio novo. Nunca tinha visto esse cara na minha vida. Estava usando um daqueles macacões de mecânico, sabe? Bem imundo e respingado na frente. Parecia que estava molhado.

— Descreva o físico dele — pediu McFaron. — Qual era a aparência do homem?

— Não muito alto, bem magro. Tinha sobrancelha grossa; não dava bem pra ver os olhos dele. Juro, xerife, acho que a Julie estava enfiada na traseira da caminhonete.

— Por que acha isso? — McFaron observou o menino com atenção.

O que Joey vira era importante. O timing da coisa também. Era óbvio que o garoto estava abalado, rasgando o guardanapo de papel debaixo da mesa.

Os olhos de Joey se encheram de lágrimas de repente e a voz ficou mais baixa quando acrescentou:

— O que mais podiam ser aqueles respingos, xerife?

Mike pigarreou, mas acabou ficando em silêncio. Joey não ligava para a bronca que com certeza tomaria do irmão mais velho quando estivessem a caminho de casa. O que Joey havia visto era mais importante... e o que ele estava fazendo não era a mesma coisa que reclamar dos valentões ou de quem o provocava na escola. Aquilo não tinha a ver com ele não conseguir se defender dos Johnny Shannon do mundo. Ele tinha visto algo. Estava dizendo a verdade.

McFaron coçou o pescoço, logo abaixo da linha da barba.

— Descreva a caminhonete se conseguir. Era de que cor?

Joey respirou fundo e se concentrou.

— Manchada e bastante enferrujada, uma tinta meio cinza, acho. Velha, com certeza. Os para-lamas estavam bem ferrados. Tinha uma grade escura e um para-choques enferrujado grande todo solto.

O garoto fez um movimento de "S" com a mão.

— Ótimo, filho, está indo muito bem. Se eu lhe mostrasse fotos de caminhonetes, acha que conseguiria identificar qual era?

— Consigo sim.

Joey tinha uma memória boa, conseguia recitar sem titubear o nome e o sobrenome de todos os presidentes e vice-presidentes dos Estados Unidos.

Joey olhou para os homens perto do balcão. Os rostos pareciam todos iguais: de queixo caído. Naquele momento parecia que o próprio Fred Barnes tinha visto um fantasma.

A mente de McFaron apurava as informações: o homem desconhecido que Joey vira estivera na mesma estrada em que ficava a casa dos Rhinelander. O relato de Joey parecia genuíno e a descrição da caminhonete, plausível. Ainda assim, ele era conhecido por ser uma criança assustada, com uma imaginação muito fértil. O xerife pediria a Mary para checar se alguém na estrada Old Shed tinha chamado um pintor ou outra pessoa para fazer um serviço em casa naquele dia.

O rádio portátil no cinto de McFaron tocou, seguido por uma voz feminina.

— Pode falar, Mary. Câmbio — respondeu ele, abaixando o volume do aparelho o máximo que podia.

— Bob Heath acabou de ligar. Quer que você entre em contato com ele assim que puder. Câmbio.

McFaron olhou ao redor da lanchonete.

— Ligo de volta em um minuto. Câmbio.

Ele afagou a cabeça de Joey.

— Filho, você ajudou muito. — Ele olhou para Elmer. — Vou levar as fotos das caminhonetes mais tarde, sr. Templeton, a não ser que a garota apareça primeiro. — Ele olhou de novo para Joey. — Pode ajudar alguém a fazer um retrato do homem?

— Sim, senhor, posso.

O fato de o xerife acreditar nele encheu Joey de coragem.

— Não tem problema — respondeu Elmer a McFaron. — Vamos ficar no aguardo.

McFaron se levantou e avisou aos outros para o comunicarem de imediato se vissem a menina. Então foi em direção ao seu carro e ligou para Mary.

Ele estava dando partida no Bronco quando Joey Templeton e o irmão, Mike, saíram da lanchonete com o avô. McFaron admirava Elmer, ele o lembrava do próprio avô, que tinha sido o primeiro xerife de Crosshaven da família. Quando o pai de McFaron morrera em decorrência de um infarto, seu avô o acolheu. Na época, McFaron tinha apenas dezesseis anos. Nada no mundo era capaz de diminuir a dor de ter sido privado de um pai quando tão jovem. Será que Maddy Heath também tinha sido privada tão jovem?, ponderou ele. Privada de uma irmã? E será que a própria Julie tinha sido privada de mais do que aquilo?

CAPÍTULO OITO

A poeira no acostamento rodopiava com a mudança de tempo. Prusik pagou ao taxista rapidamente e inclinou o corpo contra o vento, apertando os olhos. Uma nuvem em forma de bigorna pairava há quilômetros à frente, em algum lugar muito acima da altitude das rotas de voos comerciais. O ar estava abafado, e a previsão era de tempestade. Ela voara de Chicago até o pequeno aeroporto de Blackie pela United Express — uma companhia aérea local que havia sido engolida por uma empresa maior para atender aos campos rurais e às enormes florestas de madeira que cobriam o centro dos Estados Unidos por centenas de quilômetros, ladeados pelo Mississippi a mais de trezentos quilômetros a oeste, e pelo golfo do México praticamente a oitocentos quilômetros ao sul.

Ela entrou na van que havia se tornado laboratório móvel para Bruce Howard e sua equipe.

— Stuart Brewster. É um prazer conhecer a senhora. — Ele se levantou da pequena escrivaninha onde uma tela de computador exibia a cena do crime.

Prusik colocou a mala no chão e apertou a mão do homem.

— É um prazer te conhecer, agente Brewster. Onde está o sr. Howard?

— Ele está na cena com outros três agentes desde hoje de manhã. Estão fazendo uma segunda perícia, procurando por evidências que possam ter passado batido ontem. — Brewster era um homem corpulento e de pernas curtas. Ele inclinou a cabeça através do batente e observou com certa apreensão as nuvens tempestuosas que se formavam. — Melhor fazer isso antes que o temporal comece e a ravina se transforme em um campo de erosão.

Ótimo, pensou Prusik. Howard estava sendo minucioso. Prusik não conhecia Brewster. Ele era relativamente novo no escritório do Meio-Oeste do FBI. Thorne havia permitido que Howard trouxesse mais alguns agentes para completar seu time de campo. Brewster retirou um lenço de algodão do bolso de trás da calça e espirrou, o que deixou seu rosto e seu pescoço muito vermelhos por algum tempo.

Ela olhou de novo para a área de armazenagem dentro do veículo. Havia sacolas de coleta cheias de detritos retirados da cena do crime e que preenchiam as prateleiras, cada uma devidamente catalogada e identificada. Com sorte, alguma pista estaria presa ali entre o mofo de folhas.

Ela ouviu um chamado abafado vindo de algum lugar abaixo da ravina íngreme. Saiu do laboratório e andou até a beirada da estrada, protegida sob o toldo natural de diversas cicutas enormes. Dois homens estavam esquadrinhando a ladeira repleta de folhas mortas de carvalhos, faias, freixos e árvores de pau-amarelo que se intercalavam com as grutas escuras de cedro e cicutas. Varriam a área usando uma lanterna de luz ultravioleta e o termômetro magnético, tentando detectar qualquer objeto de metal ou outra pista que pudesse estar escondida debaixo das folhas ou próximo do chão.

Ela ouviu um grito e reconheceu a voz de Howard: ditatorial, quase idêntica à de Thorne. Um dos homens que estavam fazendo a varredura se virou para o chefe. Prusik não conseguia ver Howard, mas ela o ouviu dando instruções ao agente. Ela permaneceu perto da estrada, sem interferir.

Conseguiu ver a cabeça de Howard balançando de um lado para outro enquanto ele subia o aterro íngreme. Uma camada fina de suor cobria sua testa. Ele aprumou os óculos estilo aviador no nariz.

— Oi, Bruce. Como está? — cumprimentou ela conforme ele se aproximava.

Prusik rapidamente avaliou a aparência do agente. Ele parecia preocupado. O vinco entre as sobrancelhas era profundo, e os olhos estavam cansados. Sem dúvida, aquele caso também o deixava inquieto.

— Chegou há muito tempo? — perguntou ele, se apressando para cumprimentá-la. Eles trocaram um aperto de mãos.

— Acabei de chegar. — Um retumbar de trovão soou ali perto, e de repente o céu ficou mais escuro. — Que bom que começou cedo hoje — disse ela. — Acho que não deveríamos ficar assim tão perto das árvores altas.

Ele assentiu e permitiu que os cantos da boca formassem um meio-sorriso.

— Acho que não.

— Alguma coisa nova a relatar desde que conversamos da última vez?

— Não tenho muita certeza. Você provavelmente já viu a quantidade de coisas que coletamos e ensacamos — comentou ele, retirando os óculos escuros e esfregando a testa. — Brewster mostrou a pena que encontramos?

— Pena?

— Estava presa no casco de um galho caído, logo acima do lugar onde o corpo foi encontrado.

Prusik esperou que ele continuasse. Como ele não disse nada, ela perguntou:

— Por que você acha que isso é relevante? Que está conectado ao crime?

— Não sei se está. Você que é a antropologista forense — disse ele, parecendo na defensiva. — Pode não ser nada. Certamente há pássaros o suficiente nas redondezas.

— Tenho certeza de que você não mencionaria sem motivo, Bruce.

— De novo, eu não sou nenhum especialista em pássaros. Mas nesses últimos dois dias não vi nenhum pássaro com penas azuis-esverdeadas voando pelo céu, ou se empoleirando por aqui.

Prusik pigarreou.

— Muito interessante, Bruce. Gostaria de ver a pena agora, se não se importar.

Dentro da van, Prusik colocou o plástico transparente que continha a pena sob uma lâmpada halogênica de alta intensidade. A raque parecia pertencer a uma pena da asa, com a ponta cortada e moldada. Não era o que ela estava esperando encontrar, e não parecia ter caído de um pássaro no meio de um voo. Também estava levemente entortada na direção contrária do que seria a natural para o voo. Talvez devido a alguma briga? E o mais interessante de tudo, a pena era azul-esverdeada. Que tipo de pássaro azul-esverdeado voava pelos céus no sul de Indiana?

Uma gota de suor escorreu por sua têmpora. Ela secou com a manga da camisa.

Certa vez ela lera que alguns fazendeiros mantinham pavões perto de seus galinheiros ou currais de ovelhas para que eles os alertassem para a presença de raposas e outros predadores. Pavões tinham um trinado muito alto que poderia ser ouvido a quilômetros de distância. As penas da cauda, muito valiosas, possuíam um brilho azul-esverdeado. Só que não havia fazendas por ali, e aquela pena não era longa o bastante para ser de um pavão. O fato de ter sido encontrada perto da cena do crime, próxima a uma ravina cheia de árvores, era significativo.

— Não tem nenhum sinal de sangue a olho nu — disse ela. De qualquer forma, Prusik iria pedir para Eisen fazer uma análise à procura de DNA humano.

— Sob a luz ultravioleta também não encontramos nada — respondeu Howard. — Mas certamente não parece pertencer ao local. Não é o que eu esperaria.

— Concordo, Bruce. Essa é uma pista relevante. — Debaixo da mesa de análise, e longe das vistas de Howard, Prusik fechou o punho e flexionou o dedo mindinho com força.

Seu celular tocou.

— Boa tarde, senhor. — Era Thorne, querendo um relatório com as atualizações.

Howard saiu da van, e Stuart Brewster o seguiu.

— Como vai, Christine? Tem certeza de que estamos lidando com o mesmo assassino?

— O time de Howard coletou uma amostra grande da cena, incluindo uma pena atípica de pássaro. Não é algo comum de se encontrar nas florestas de Indiana.

— E como isso se encaixa no caso, Christine?

A mesma distorção no sinal que ela tivera falando com Howard no dia anterior agora interferia na ligação com Thorne, cuja voz parecia se elevar e diminuir como se estivesse falando através de um longo tubo.

— Não sei, senhor. Precisaremos fazer testes no laboratório em Chicago. Ainda não consegui examinar o corpo da vítima.

— Me ligue quando tiver algo concreto para relatar.

Thorne desligou.

Imediatamente, Christine retirou a caixinha de comprimidos de dentro da bolsa. Segurou o pequeno recipiente de metal por um instante. Ela estava recorrendo ao alprazolam cada vez mais, desde a descoberta do corpo da primeira vítima. Aquilo não era um bom sinal, para dizer o mínimo. Mas ela precisava controlar sua ansiedade para conseguir pensar melhor. Ao menos foi isso que disse a si mesma. Ela retirou um comprimido de lá e o engoliu.

O vento ricocheteava na van com violência, lançando poeira da estrada contra a lataria. Algumas gotas de chuva escureceram o asfalto. Stuart Brewster não estava à vista. Howard andava em círculos do lado de fora da van, parecendo alheio ao tempo ruim que se assomava. Estava falando no celular, e Prusik pensou tê-lo ouvido rir. Ela distinguiu as palavras "ela acabou de chegar", seguidas de mais risadas. *O que era tão engraçado, afinal?*

O clarão de um relâmpago, seguido por um trovão, afastou o pensamento de sua mente. A chuva começou a cair mais forte. Ela tinha um corpo a examinar e um caso para resolver. Prusik saiu para a paisagem escurecida e se preparou para o que viria a seguir.

* * *

Desde pequeno, David Claremont havia demonstrado um dom para entalhar madeira. As prateleiras em seu quarto exibiam uma grande variedade de animais selvagens, alguns entalhados a partir de fotos em livros, e alguns de memória. Descansando acima da lareira no andar debaixo estava um par de tigres que sua mãe tinha adorado, duas de suas melhores criações. A imagem dos enormes felinos havia ficado gravada em sua mente desde que o pai o levara ao circo anos antes. O domador estava dentro de uma jaula com dois tigres, que se equilibravam em cima de barris, apenas com um chicote para protegê-lo daqueles dentes de mármore que pareciam prestes a mordê-lo. O chicote estalava uma vez atrás da outra. Uma das feras havia se tensionado, franzindo o focinho cheio de bigodes, e então dera um impulso na direção dos céus, sibilando, batendo com a pata do tamanho de uma luva de beisebol contra a jaula acima.

Logo depois do seu vigésimo segundo aniversário, seis meses atrás, os interesses de Claremont haviam abruptamente mudado para entalhar em pedra. Certa manhã, ele sonhou que adentrava um saguão cavernoso, no qual grandes colunas se erguiam para juntar-se às sombras acima, muito parecido com a caverna de Ely Jacob ali perto, que ficava aberta a visitantes. Só que, no sonho de Claremont, ele não tropeçava por degraus de madeira em direção ao escuro. O enorme saguão era feito de um mármore liso. As vozes ecoavam contra o teto em domo, tão alto quanto o de uma catedral. Quando ele tentou lembrar o que o atraíra tanto no sonho, tudo que ele conseguia visualizar em sua mente era uma série de estatuetas entalhadas em granada, jade e turmalina.

No dia seguinte, Claremont começara a entalhar pedras. Ele passou horas coletando pedras ao longo dos riachos que passavam pelas ravinas. Às vezes dirigia até lugares que ele conhecia só para procurar por pedras melhores. Obsessivamente, ele colocava pedras dentro de latinhas de café cheias de areia, depois as rolava pela calçada para alisá-las, e por fim conseguia transformá-las em uma estatueta do tamanho de um dedo. Sua mãe dizia que suas estatuetas eram tão boas quanto peças de um jogo de xadrez, mas Claremont não ligava para isso, ele não gostava de jogos. Ele gostava de carregar as pedras entalhadas nos bolsos da frente do jeans. Considerava-as um amuleto da sorte, como um pé de coelho, apesar de não saber o motivo.

— David? — a voz rouca de Lawrence Claremont interrompeu. — Você vem?

Um tremular veio de cima das vigas do antigo celeiro, onde uma coruja estava cochilando. A voz do pai a assustara. David passou vigorosamente a lixa de aço entre os dedos, sem precisar olhar. Sabia só pelo tato a quantidade de pedra que ele precisava remover. Estava quase terminando outra peça.

O pai entrou, atravessando as tábuas de madeira cobertas de palha a passos curtos na direção da porta do quarto de hobbies de David.

— David? Você ouviu, filho? Sua mãe está pronta para ir.

— Já vou.

David ergueu a pedra contra a luz da bancada. Era uma ametista de um roxo incrivelmente translúcido que ele cavara de uma fossa de cascalho ali perto.

— Vamos logo, filho. A glicemia dela está no limite. Você sabe disso. — O velho deu uma batidinha em um poste no celeiro. — Se não formos até o Beltson nesse instante, ela vai sair do carro procurando aqueles malditos doces de laranja que ela deixa escondido na cozinha.

David colocou a pedra entalhada na prateleira da oficina, desligou a luz e seguiu o pai até a caminhonete parada na entrada. A mãe acenava no banco de trás, pedindo para se apressarem.

A estrada estava praticamente deserta. Lawrence acompanhou pela janela lateral a enorme expansão de plantação de milho que chegava ao horizonte. O sol surgiu de trás de uma camada baixa de nuvens. Raios passavam pelo para-brisa com furor.

— Droga! — resmungou o velho. — Abaixe o visor, por favor, filho.

David ouviu o pai, mas um minuto depois a luz intensa do sol encontrara mais uma vez o rosto de Lawrence. Hilda se inclinou para a frente, arrumando o colarinho do filho.

— Agora lembre-se, David — falou ela baixinho perto de seu ouvido. — Se perguntarem qualquer coisa na fila sobre como você está, lembre-se sempre de sorrir. É o mais educado a fazer. Mesmo se não parecerem pessoas agradáveis.

Todo mundo na cidade sabia que ele estava com "problemas" e precisava ir a um "médico da cabeça" para tratar daquilo.

— Não precisa responder ninguém se não quiser — acrescentou ela. — Ninguém espera que você continue uma conversa.

Ela deu um tapinha em seu ombro como se fosse uma treinadora de boxe.

Ninguém espera que uma pessoa louca consiga fazer nada certo. Era isso que a mãe estava pensando, mas não o que disse. David virou a cabeça de lado para dizer que compreendera e viu a ruga de preocupação entre as sobrancelhas. No geral, ela era uma completa estranha para ele, e o mimava de uma forma que ele não entendia.

— Não deixe que te incomodem. Você só quer jantar, como todo mundo. — Ela cruzou os braços acima da barriga. — Não se importe com os olhares. Sempre vai haver algum chato querendo perturbar todo mundo.

O que ela queria dizer era que todo mundo na cidade estaria pensando "lá vai o doido que desmaiou no meio da mesa da competição de comer tortas no festival do Quatro de Julho".

— Ah, Hildy, não deixe o menino nervoso! — Lawrence se intrometeu. — Aqueles desgraçados podem fofocar o que quiserem. Ele não fez nada de errado. Além disso, já está se tratando.

A mão pesada de Lawrence repousou na coxa de David.

— Depois do jantar, vamos ter tempo o suficiente para terminar as tarefas, filho. E você provavelmente terá tempo para entalhar mais umas coisas também.

Eles entraram no centro de Weaversville, passaram por vários mercadinhos e uma loja de autopeças. O peito de David estava pesado dentro do casaco. Ficou ainda mais difícil controlar sua ansiedade ao ver a movimentação no centro da cidade.

A cafeteria Beltson ficava no meio de uma quadra de prédios de tijolinhos que exibia as marcas das inundações dos últimos anos. Era um restaurante estilo bufê, o favorito de sua mãe.

Conforme se aproximavam do restaurante, um calor desconfortável começou a fazer a pele de David coçar sob o colarinho. Suas mãos começaram a tremer. O zumbido no ouvido se intensificou.

O pai dele estacionou na frente do estabelecimento. Hilda deu um empurrão nas costas do assento de David, querendo sair.

— Vamos, vamos — disse ela. — Preciso comer alguma coisa.

David tropeçou para fora, sob o sol de fim de tarde, que parecia brilhante demais para seus olhos. Aquilo era um mau sinal. Os contornos dos prédios e carros, até mesmo as pessoas sentadas diante dos janelões comendo, pareceram estremecer. Sua respiração ficou irregular. Outra visão estava vindo. Ou era só a sua consciência o importunando? Ele temia cada vez mais que estivesse vivendo uma vida dupla, e que os outros fossem notar que ele estava estranho, somariam dois e dois, e aquilo seria o começo do fim. Mas o que ele podia fazer?

— Você está bem, querido? — A mão úmida de Hilda tocou sua nuca. — Nossa, David, você está tão quente.

— Eu estou bem. — Ele se afastou do toque dela, se afastou do mundo todo, que de repente parecia esmagá-lo. — Não estou com muita fome.

Ele se inclinou contra a lateral da caminhonete, quase soando convincente.

O pai foi na frente e abriu a porta para Hilda. Lá dentro, ela passou bruscamente por uma garçonete carregando uma bandeja e quase a derrubou. Rapidamente tirou o casaco e o colocou nas costas de uma cadeira, então foi em direção à fileira de comidas quentes com a mesma urgência de uma criança que precisava ir ao banheiro.

David se deixou cair em uma cadeira, cedendo sob aquela sensação de sufocamento, sua visão esmaecendo em vários pontos, como espirais. As pessoas vão ver! Mas o que ele poderia fazer a não ser se sentar?

— Pegue uma bandeja e coma um pouco de feijão-verde — sussurrou o pai, inclinando-se para a frente. — Vai acalmar seu estômago.

David se levantou, trôpego. Alguém atrás dele estava murmurando. Ele olhou de soslaio para as sombras borradas de duas mulheres na mesa vizinha. O murmúrio cessou. Elas estavam encarando. Ele já era um espetáculo — uma prova de que era louco!

Ele seguiu o pai até a fila das comidas. Foi o que pôde fazer para conseguir passar pelas mesas sem trombar nas pessoas. Hilda já estava lá no começo da fila, encarando feliz uma variedade de sobremesas, instruindo uma garçonete a colocar uma colher maior de crumble de maçã no prato.

Olhar para baixo fez com que ele ficasse tonto. A bandeja entrava e saía de foco.

— Posso ajudar? — perguntou alguém.

A voz soava a quilômetros de distância. A pele dele formigava. O coração desgovernado o impedia de respirar direito. Tudo estava acontecendo ao mesmo tempo. Ele estava descendo a ravina, perseguindo uma garota que gritava enquanto corria o mais rápido que conseguia — e não tinha nenhum controle sobre o maníaco em sua própria cabeça.

O rosto da garota, a boca aberta em meio a um grito agudo, o fez voltar a um assento vazio. Em sua cabeça corria um filme em alta velocidade, arremessando-o em uma cena de perseguição em meio a carvalhos e árvores de cicuta, além de gritos incessantes. *Droga!* Ele deixara as pílulas dentro do porta-luvas da caminhonete depois de ir a Crosshaven mais cedo naquele dia.

Uma mulher em uma mesa próxima engoliu uma colherada de bolo de carne. David olhou para a própria bandeja, que agora estava coberta por um tapete de folhas de carvalho. Um som terrível de algo sendo rasgado o fez engasgar. Ruídos à esquerda e à direita o cercavam como se a cabeça possuísse um equipamento de som próprio apenas para seus ouvidos. O suor não parava de escorrer por suas bochechas.

Tremendo, ele olhou para a mulher que comia o bolo de carne. O garfo na mão dela se transformara em uma mangueira emborrachada que brilhava com algo vermelho. David arfou, incrédulo. *Não aqui no Beltson*. Ela mordeu um pedaço grande da mangueira, rasgando-a entre os dentes como se fosse uma daquelas balas em formato de canudo gigantes.

David cambaleou para a fila, forçando a si mesmo a não olhar para a mulher, mas sua mente não era capaz de interromper a visão que preenchia sua cabeça. Uma colherada de feijão-verde pulou em cima dele: o verde puro gritando, o verde iluminado sob respingos de vermelho, e agora um cansaço tomava conta do seu corpo.

David não conseguia expirar no mesmo ritmo em que inspirava. Dentro dele, o demônio estava tomando conta. Ele não conseguia mais impedir que a visão completa o consumisse. Na fila logo à frente, o pai murmurou algo, apontando para um prato de legumes protegido por uma tampa. A palma das mãos coçava. De repente, começou a se sentir muito fraco. A bandeja caiu primeiro. Então, as luzes se apagaram.

CAPÍTULO NOVE

O xerife McFaron virou na estrada Old Shed sob um céu ardente. Os restos da luz do sol se desvaneciam entre arvoredos de carvalho e cicuta. Ele desacelerou, ligou os faróis altos, jogou a luz do Ford Bronco sobre a calçada e estacionou.

Repassou a história da testemunha em sua mente. O garoto Joey Templeton dissera ter visto um vislumbre de algo vermelho. Como um tecido de bolinhas. Karen Heath reportara ao despachante que Julie tinha ido até a casa de Daisy Rhinelander, na estrada Old Shed. McFaron colocou o celular no bolso do casaco, pegou a lanterna e iluminou o pavimento, em busca de marcas de pneu ou qualquer outra coisa. O garoto mencionara que uma das rodas da frente da caminhonete passara em cima do meio-fio.

Ele projetou a luz na beirada da calçada e notou uma marca cinzenta, de cerca de vinte centímetros de largura. Parecia recente e correspondia ao tamanho de uma roda de caminhonete. McFaron ajeitou a luz da lanterna e conseguiu discernir um padrão de sulcos.

O garoto falara a verdade sobre a caminhonete. Um traço leve era visível no centro da marcação, o que significava que o pneu poderia estar careca nas laterais. McFaron foi até o banco de trás e pegou a câmera Polaroid que utilizava para registrar acidentes. Não a usava desde o acidente com o trator de Henry Beecham, então ainda havia sete filmes sobrando.

O xerife tirou uma foto de cima e algumas das laterais. Com o brilho do flash, uma marca vermelha chamou sua atenção. Ele jogou o feixe da lanterna em cima de algumas linhas de gotas vermelhas que desapareciam embaixo de uma pilha de folhas, e então se ajoelhou para olhar mais de perto. Definitivamente eram respingos de sangue, mas não havia pegadas nem marcas de nenhum outro tipo.

Um grito agudo o fez levantar. McFaron iluminou o outro lado da rua com a lanterna. Brilhos fluorescentes o encararam dos galhos mais altos de um grande carvalho. Melros estavam aninhados, mas ele os assustara. Sobressaltado, o xerife ergueu a luz na altura do peito ao redor do perímetro da floresta e não viu nada. Aliviado, McFaron voltou a examinar o sangue, tentando imaginar o que tinha acontecido e o que aquilo significava. A superfície da gota maior parecia pegajosa.

McFaron digitou o número do Dr. Henegar no seu celular. Era o médico geral e legista daquela área, que atuava em Crosshaven há pelo menos trinta anos.

— Doutor? — disse McFaron. Ele conseguia ouvir Henegar mastigando do outro lado.

— O que aconteceu, Joe?

— Julie Heath, uma aluna do nono ano, desapareceu hoje. Foi vista pela última vez saindo da casa dos Rhinelander lá na estrada Old Shed.

Ele listou os detalhes do testemunho de Joey Templeton. Então fez uma pausa para examinar o sangue iluminado pela lanterna.

— O motivo de estar falando tudo isso, doutor, é que encontrei um pouco de sangue na estrada Old Shed mais ou menos a quatrocentos metros da interseção principal. O atalho que os garotos às vezes usam para sair da escola. Conhece o lugar?

— Conheço. Precisa de assistência médica?

— Pode ser que haja alguma coisa — disse McFaron. — E, doutor...

— Hum?

— Não conte isso a ninguém. A última coisa de que preciso é Karen ou Bob Heath tirando conclusões precipitadas.

— Já, já chego aí com o meu kit — disse Henegar.

McFaron enfiou o celular de volta no bolso do casaco. Se Julie Heath tivesse sido machucada, por que não havia nenhum sinal de luta? Não fazia nenhum sentido.

Alguns minutos depois, os faróis de um velho Ford Granada iluminaram a floresta perto da curva da estrada. O médico desacelerou até estacionar atrás do Bronco do xerife, desligando o motor. A porta do motorista fez um rangido alto. Os pássaros nas árvores ali perto chiaram e esvoaçaram, perturbados pela comoção.

McFaron gritou no escuro:

— O Sparky não tem um carro usado decente para você trocar logo?

— E fazer o quê, me livrar de um carro perfeitamente bom? — O corpo atarracado do Dr. Henegar surgiu da penumbra. Apenas as sobrancelhas grossas e a barba visíveis. — Não gosto quando meu trabalho envolve meninas jovens.

O xerife emitiu um grunhido e dirigiu o feixe da lanterna do doutor para baixo.

— O lugar é ali. E não vamos presumir que é um caso encerrado logo de cara. Só disseram que a menina está sumida.

Henegar depositou sua maleta na calçada. McFaron manteve o feixe da lanterna nos respingos de sangue.

— Joey Templeton disse que havia um homem parado ao lado de uma caminhonete, ali perto do poste. — McFaron iluminou a marca do pneu rapidamente. — Que o cara estava enfiando alguma coisa na caçamba. O menino também disse que viu pontinhos vermelhos no rosto e na roupa do homem.

— Só desaparecida, hein? — disse Henegar, balançando a cabeça e se abaixando mais para inspecionar o sangue. — Parece mais um caso encerrado.

— Ei, você é o médico — disse McFaron. — Eu sou o policial aqui.

Henegar pegou algo na maleta.

— Aponte a lanterna para cá, Joe, por favor.

Ele pegou um kit para raspagem de sangue e passou o material absorvente sobre algumas manchas para coletar o DNA e determinar a tipagem sanguínea.

— Isso deve funcionar. O médico da família de Julie Heath deve ter o tipo sanguíneo dela documentado. Se não, o sangue dos pais ou dos irmãos pode determinar qualquer consanguinidade — grunhiu Henegar enquanto se erguia.

— Espere um pouco — disse McFaron. — Não precisa ligar para o Dr. Simington ainda. Para começo de conversa, o que isso aqui parece para você?

O xerife iluminou a evidência.

— Sangue. O que mais poderia ser?

— Sim, doutor. Estou falando da forma como está jogado, como se fosse respingos. Não tem arranhões, borrões nem mesmo uma única pegada ou qualquer outro indício de um embate. Só esse espirro de sangue. — McFaron se aproximou mais de Henegar. — Para ser sincero, não tenho certeza do que encontramos aqui.

— Talvez ela tenha mordido o agressor no pulso, cortando uma artéria? — disse Henegar. — Um respingo vermelho vivo normalmente indica sangue arterial.

— Você acha mesmo que a mordida de uma criança é capaz de produzir esse tanto de sangue?

Henegar ergueu as mãos.

— Você perguntou e eu respondi. Olhe, consegui coletar uma amostra decente. Vamos ter algo mais definitivo depois da análise do laboratório criminal. Presumo que já tenha fotografado tudo, não?

— Sim — respondeu McFaron. Então, ele avisou: — Isso fica entre nós dois até novas ordens.

— Se for confirmado como sangue humano — disse Henegar, lançando um olhar sério para o xerife —, você sabe que vou precisar saber o tipo sanguíneo da menina, Joe, ou vão retirar minha licença de médico-legista.

— Ninguém está fazendo nada contra seu trabalho. Só estou pedindo que fale comigo antes de contatar outra pessoa.

Até agora, havia mais perguntas do que respostas, e o xerife não queria aumentar desnecessariamente a angústia da família Heath.

— E só para você saber, xerife — Henegar lembrou a McFaron —, se a garota não aparecer por algum motivo, eu provavelmente vou precisar de amostras sanguíneas de todos os membros da família Heath para comparar o DNA com essa amostra também.

McFaron se virou para encarar o médico.

— Quanto tempo até receber os resultados?

— Quer levar pessoalmente? Vai nos poupar um dia — disse Henegar. — Os resultados da tipagem sanguínea devem levar menos de vinte e quatro horas. A análise do DNA vai demorar mais, talvez uma semana.

— Eu levo — disse McFaron.

Henegar entregou a amostra para ele no saco plástico com dupla proteção. O celular de McFaron tocou no seu bolso. Era Mary, querendo saber quando ele iria visitar a casa dos Heath. Ele disse que iria imediatamente.

— Mais alguma observação? — perguntou McFaron.

Dr. Henegar estava parado em pé segurando a maleta, pronto para ir embora.

— Apenas coisas que você não vai querer ouvir se for visitar os Heath agora. — Henegar se abaixou para entrar no veículo decrépito. O motor chiou como um bebê com cólica.

O xerife o acompanhou.

— Muito obrigado por ter vindo tão rápido, doutor.

O brilho suave do painel iluminou o rosto barbado de Henegar.

— Não se dê ao trabalho de mandar lembranças a Karen e Bob por mim. Meus pensamentos e preces vão estar com eles essa noite.

Ele acenou para McFaron e foi embora.

McFaron ficou observando as luzes traseiras do carro do médico desaparecerem após a curva.

— Meu Deus — disse ele em voz alta, e então pegou um rolo de fita policial, enrolando-a diversas vezes ao redor de dois cones laranja de tráfico para marcar o local da pista.

Apesar de Julie estar desaparecida havia apenas quatro horas, a descoberta do sangue deu a McFaron a munição de que precisava para exigir que a polícia do estado mandasse toda a equipe disponível, incluindo policiais que estavam de folga, o mais rápido possível para começar uma busca, varrendo as áreas dos bosques entre a escola e a casa da menina. Eles se encontrariam no posto policial para uma reunião dali a uma hora. Ao dirigir até a casa dos Heath, o xerife considerou o que poderia dizer a eles. Ele reiteraria o óbvio: que estavam fazendo de tudo para encontrar Julie, que talvez ela tivesse se perdido na floresta enquanto tomava o atalho para casa. As crianças frequentemente acabavam encrencados pelos motivos mais bobos.

E tudo isso seria mentira. Em seu âmago, ele sabia que alguém machucara Julie, ou fizera coisa pior. Ter consciência disso só aumentou sua vontade de encontrá-la. Ele nunca desistira de nada, apesar de alguns já o terem acusado disso. Doze anos atrás, ele abandonara a faculdade de direito depois do primeiro ano e concorrera à eleição de xerife no seu condado natal. McFaron se sentia frustrado com as burocracias que permitiam que os réus saíssem impunes e com o desrespeito pelas leis. Fora o desgosto que o tirara da faculdade, e um desejo de fazer o bem; ele não desistira. No fim das contas, porém, resolver disputas entre donos de terra briguentos, manter motoristas constantemente bêbados longe das estradas e intervir em briguinhas domésticas eram as coisas que ocupavam a maior parte do seu trabalho.

Ele desacelerou o carro ao virar na calçada da casa dos Heath. O calor subiu por seu corpo. Ele sempre se sentia assim em momentos importantes, desde quando vencer os jogos de futebol americano eram seu objetivo mais importante. Não decepcione os fãs. Estão dependendo de você. Não decepcione

Julie ou os Heath. Só que, naquela noite, ele não tinha nenhum truque mágico em seu repertório para impedir que isso acontecesse. Ele seguiu no caminho até a casa e estacionou.

McFaron se olhou no espelho retrovisor. Certificou-se de que estava apenas demonstrando preocupação e que não falaria nada que fizesse Karen Heath cair em prantos. Ele seria breve. A garota desaparecera, era só isso. Ele os tranquilizaria, mas, mais do que tudo, escutaria o que tinham a dizer. Ele devia isso aos Heath.

McFaron fechou a porta do carro e inalou o ar noturno profundamente, sem ter certeza do que diria primeiro. A única coisa da qual estava certo é que ele não falaria nenhuma palavra sobre o sangue encontrado. Não até ter sido identificado.

Bob Heath pigarreou, surpreendendo-o. O homem havia saído silenciosamente pela porta da frente e estava parado esperando pelo xerife.

— Oi, Bob. — McFaron inclinou o chapéu de xerife na direção dele.

— Descobriu alguma coisa? — Heath parou, sentindo que não haveria boas notícias. As mãos continuaram enfiadas nos bolsos da frente da calça. — A coisa é, xerife... A Karen...

Ele falou devagar, como se falar fosse um esforço grande demais.

— Por enquanto nada, Bob. Mandamos um boletim de ocorrência. Os policiais do estado e eu vamos começar a varrer a área. Ela vai aparecer.

Heath franziu a sobrancelha.

— O que isso significa, que ela vai aparecer?

— Que provavelmente ela está perdida em algum lugar. Nós vamos encontrá-la, Bob.

Heath meneou a cabeça, baixando os olhos.

— Bob, me escute — McFaron falou com uma voz mais suave. — Ela provavelmente pegou um atalho pelo bosque saindo da casa de Daisy. Talvez ela tenha caído e torcido o tornozelo. Acredite em mim, nós vamos encontrá-la. Estou indo pra lá agora.

O xerife não mencionou Matusalém, o cão farejador de Clyde Harmstead, que a polícia usaria caso Julie não aparecesse na manhã seguinte.

— Karen já deu uma boa descrição para Mary. — McFaron evitou dizer a Bob que eles a trariam com vida para casa. — Eu não vou descansar até ela voltar para casa, ou nós a encontrarmos. Você sabe que não vou.

— Quero me juntar à busca.

O xerife delicadamente pousou a mão no ombro largo do pai da menina.

— Por mais difícil que seja, Bob, vou pedir a você para ficar em casa e cuidar de Karen e Maddy. Elas precisam de você.

Heath sacudiu a cabeça, o lábio inferior sobressaltado. McFaron estava agradecido por ter que lidar apenas com Bob. Encarar Karen teria sido mais difícil com aquela lembrança do sangue encontrado pairando em sua mente.

— Agora preciso ir. Estou me dedicando exclusivamente a isso, Bob. Vou ligar assim que tiver notícias.

McFaron voltou a entrar no carro, esperando que Bob Heath voltasse para dentro de casa. Parada na janela ao lado da porta da frente estava a filha mais nova dos Heath, Maddy. O rosto dela estava grudado no vidro, encarando o xerife. Era fácil notar que ela tinha chorado.

McFaron deu ré e saiu da casa. Depois de um quilômetro e meio, ele seguiu para a estrada, virando em direção a Monroeville, onde ficava o laboratório criminal da região. Ele ligou para o escritório e Mary atendeu. McFaron disse a ela que iria direto para o laboratório e depois voltaria para a reunião, e que só conseguiria levar as fotos das caminhonetes para os Templeton na manhã seguinte. Mary disse que avisaria a Elmer e que ficaria à disposição enquanto ele precisasse dela. Dessa vez, ele não a dissuadiu a fazer horas extras.

A placa dizendo DELEGACIA DA POLÍCIA ESTADUAL apareceu a quatrocentos metros antes da saída. McFaron virou o carro e estacionou perto do anexo do laboratório, um prédio cinzento acoplado à delegacia. O laboratório fazia tipagem sanguínea, reconhecimento de digitais, preparava amostras e as enviava para o laboratório principal em Indianápolis, onde faziam testes de DNA. McFaron tinha estado lá antes, porém, sempre levava digitais, nunca havia levado sangue.

McFaron se lembrou de Missy Hooper, a garota que desaparecera no parque de diversões em Paragon. O corpo em decomposição tinha sido encontrado a menos de setenta quilômetros dali. Parecia um mau sinal — e a amostra de sangue apoiada ao seu lado no carro também não parecia um bom presságio.

CAPÍTULO DEZ

As luzes espalhadas pela fuselagem estreita do avião comercial Saab 340 piscaram quando ele levantava voo, deixando para trás o pequeno aeroporto em Indiana, mas não o nervosismo de Prusik. Ela verificou o relógio — eram sete e meia da noite — e ajustou o colarinho do terno azul-marinho de poliéster que ela sempre usava para visitar cenas de crime e fazer autópsias. Ela passara um longo dia debruçada sobre um cadáver decomposto em uma sala abafada no escritório de um médico em Indiana. As larvas de mosca incrustadas no corpo já não eram mais larvas, e agora voavam constantemente contra sua máscara no necrotério improvisado. A carne apodrecida não fora capaz de disfarçar a crueldade da morte da garota.

O brilho pós-crepúsculo atravessava as janelas do avião, colorindo a cabine em um tom laranja-rosado. Em uma hora, um motorista iria buscá-la no Chicago O'Hare e levá-la de volta até a sede para enfrentar uma série de perguntas de Brian Eisen e do resto de seu time. Roger Thorne estava impaciente à espera de algum progresso. Ele já havia enviado três mensagens pedindo atualizações. Apesar de saber que mantê-lo informado fazia parte do trabalho de liderar a investigação de um caso importante, Prusik não estava com vontade de falar com Thorne. Ela precisava de ar puro para pensar.

O céu ardente se transformou em uma penumbra cinzenta. A garota morta tinha um nome: Missy Hooper. Os registros dentários confirmariam o que os pais da menina haviam dito. Ela fora dada como desaparecida no dia 4 de julho, há quase um mês, e fora vista pela última vez por uma amiga, que a deixara na frente de um pequeno parque de diversões em Paragon, em Indiana. Dali, ela fizera uma ligação para Glenna Posner, sua melhor amiga, uma garçonete que deveria encontrá-la no parque, mas que cancelara no último minuto. Posner se sentia tão culpada que mal conseguia falar, mas, mesmo assim, conseguiu colaborar com uma informação importante: Missy não tinha namorado. Seja lá com quem ela tivesse ido embora naquele dia, provavelmente era alguém que ela acabara de conhecer. Os funcionários do parque não viram nada fora do normal. A família Hooper recentemente se mudara de Weaversville, uma cidade que ficava a cento e cinquenta quilômetros ao sul de Paragon, a uma cidade de distância de Blackie, onde o sr. Hooper trabalhava como separador de carvão em uma mina.

Durante a autópsia, Prusik precisou aguentar os choros inconformados de uma criança na recepção do escritório. Entre abanar as moscas e precisar escutar os soluços da garota, que a mãe ficava chamando de chorona por não querer cooperar, Prusik teve vontade de correr até lá, usando máscara e um avental manchado, para exigir que a mãe fosse embora. Mas ela apertara os lábios e apenas continuou levantando os dedos da garota morta com delicadeza, cuidadosamente raspando a terra embaixo de cada unha suja para colocar em um saquinho, antes de tirar as digitais, que estavam miseravelmente viscosas.

Uma onda de calor acelerara a decomposição, deixando a carne gelatinosa. Prusik confirmara o tempo de morte estimado: aproximadamente vinte e quatro dias. As larvas mais novas coletadas do cadáver definitivamente já eram da segunda geração, o que significa que o corpo vinha se decompondo no calor úmido desde a visita de Missy Hooper ao parque de diversões. A quantidade de larvas se contorcendo sob o tecido a deixou perturbada.

Mas o que a perturbou ainda mais foi o que descobriu ao fim do exame. Com a cabeça a mil, Prusik não conseguia acreditar nas conexões bizarras que aquela descoberta estava proporcionando. Ela se sentiu ofegante e tentou se acalmar tomando um alprazolam.

Conforme terminava o trabalho, o drama na recepção continuava. Uma enfermeira tentava ajudar a mãe, repetindo que a vacina não doeria nem um pouco e prometendo para a menina um pirulito de cereja quando tudo acabasse. Prusik balançou a cabeça, desgostosa. Ela odiava mentiras, especialmente as contadas para crianças.

Muita coisa tinha dado errado antes que ela chegasse a Blackie. A polícia havia varrido as folhas para longe da cena do crime, à procura de uma arma, quando era óbvio que o pescoço da menina havia sido quebrado. Ela se perguntou por quanto tempo o local do crime ficara desprotegido. Quantos transeuntes tinham aproveitado para dar uma olhadinha e ver onde o crime acontecera? Prusik não acreditava nas afirmações da polícia de que ninguém tinha feito isso. Quantas fotos foram tiradas da menina morta sem autorização, e então vendidas a tabloides que oferecessem uma boa quantia? Aquela confusão a estava enlouquecendo.

Ela duvidava que a unidade de Howard conseguiria descobrir como a vítima fugira pela floresta, o que poderia revelar evidências essenciais. Howard fizera seu melhor trabalho com um local contaminado, ele era um profissional minucioso. Mas a questão da pena a incomodava — por que ele tinha dado aquela informação de uma forma tão relutante se era algo tão significativo? No entanto, ela notou que parara de se sentir ameaçada por ele. Howard tinha seus próprios medos e inseguranças; se ela o alienasse, não ajudaria em nada. Apenas perderia qualquer descoberta ou análise que ele pudesse fazer. Novos casos estavam surgindo em locais diversos, se ela quisesse obter sucesso, precisaria de toda a ajuda possível.

O avião sacudiu violentamente, jogando a maleta de Prusik no chão do corredor. A luz de apertar os cintos se acendeu, e o capitão anunciou que estavam passando por uma turbulência. A língua dela estava latejando, e ela sentiu o gosto metálico de sangue. Tinha mordido a língua por acidente.

— Senhora, está tudo bem? — Um homem corpulento usando um terno se inclinou no corredor, entregando a maleta para ela.

— Estou bem — murmurou ela com uma voz engraçada, tentando poupar a língua.

Mas a verdade é que ela não estava nada bem. Com o coração pesado, aquele sentimento desconfortável de estar afundando se abateu novamente sobre ela. Ela se sentiu ofegante, assim como acontecera no necrotério improvisado, enquanto o braço estava enterrado até os cotovelos nos restos viscosos. Quando a mão tocara a garganta dilacerada de Missy Hooper, ela encontrara uma coisa dura enroscada com força ali. Ao pegar o objeto com as luvas de borracha, segurando-o entre o indicador e o polegar, ela sentiu uma adrenalina que não experimentava havia dez anos tomar conta do seu corpo.

Seus olhos focaram e desfocaram na parte de trás do assento à sua frente. *O passado nunca desiste*, pensou ela. Ela o escondera com muito sucesso de todas as pessoas no FBI durante todos esses anos, mas foi preciso apenas uma coisinha. *Uma coisinha?* Ela interrompeu seu próprio monólogo interno. *Uma coisinha? Isso não foi só uma coisinha.* Ela fechou o punho direito, enterrando a unha do mindinho na palma da mão cheia de calos.

Prusik verificou o resto da cabine. Nenhum passageiro estava olhando. Ela abriu os fechos da maleta. Papéis saíram das pastas e caíram em seu colo. Um frasco de plástico rolou por cima delas, caindo aos seus pés. Prusik rapidamente o pegou do chão, rasgando uma costura do blazer no processo.

Ela pressionou a testa contra a janelinha do avião. Apenas a escuridão encarou seu olhar. O frasco na mão a levara diretamente de volta para o calor, para a água, para o terror.

Onze anos antes, ela estivera sentada de pernas cruzadas entre as prateleiras da biblioteca na Universidade de Chicago quando encontrara um caderninho de notas, costurado à mão. As notas eram de uma pesquisa de Marcel Beaumont, um estudante de antropologia biológica, o mesmo departamento em que ela atuava, no começo dos anos 1960.

93

Beaumont fizera um trabalho de campo por dois anos nas altas terras de Papua-Nova Guiné. Em maio de 1962, o departamento recebera a notícia de que o jovem pesquisador desaparecera dentro das vastas florestas tropicais. Depois de ler as últimas passagens fascinantes de sua viagem para lá, Prusik deduziu que ele estava em busca de um clã das montanhas conhecidos por praticar o canibalismo. Não havia nenhuma explicação sociológica para esse comportamento nem disputa por territórios que o justificassem. Pelo que Prusik sabia, as guerras entre clãs geralmente se davam por uma questão econômica, para reequilibrar o ambiente, uma troca entre vilarejos — não eram originadas por conta de uma violência inerente. Os ataques eram aleatórios e não havia nenhuma testemunha para relatar suas brutalidades, já que eram tão temidos.

Para Prusik, aquilo soava fantástico demais — um grupo de *serial killers* nas florestas de Papua-Nova Guiné. Ela leu e releu os relatos ferozes e chegou à mesma conclusão tentadora que o próprio Beaumont especulara — esses canibais sofriam de uma inclinação inata ao assassinato. Seriam eles a prova de que existiam psicopatas entre povos originários? Ou que o impulso de matar poderia ser hereditário?

Os membros desse clã enfiavam um amuleto ou pedra mágica dentro dos cadáveres de suas vítimas, um ritual antigo, normalmente feito em respeito aos ancestrais da vítima morta. Mas Prusik desconfiava que eles não consideravam essa prática um ato de virtude.

A história contada por Beaumont a impressionou. Depois de ler as passagens dele, Prusik elaborou sua própria proposta de tese: estudar os comportamentos dos povos que vivem nos vilarejos montanhosos de Papua-Nova Guiné. Ela estava morta de curiosidade para descobrir se esses canibais ainda andavam pela floresta tropical. Seis meses depois de sua primeira leitura das notas de campo de Beaumont, Prusik saiu de um avião para adentrar o calor ardente da bacia do rio Turama.

Prusik fechou os olhos. Calafrios percorreram seus braços. Com a mão direita, ela apalpou a lateral esquerda de seu corpo, abaixo das costelas, traçando com a ponta dos dedos a cicatriz comprida que seguia até o quadril. Anos depois, durante o breve caso que teve com Roger Thorne, quando ele perguntara sobre a cicatriz, ela mentira. Dissera que sofrera um acidente na faculdade, no qual atravessara uma porta de vidro.

Ela tinha certeza de que aquela mentira afetara seu relacionamento. Ele nunca duvidara da palavra dela, mas ela sentia um enorme abismo entre eles cada vez que ele tocava na cicatriz.

O som do motor do avião mudou, sacudindo os painéis acima. O pequeno avião começou sua descida, fazendo seus ouvidos estalarem. Ela olhou através da janela. À distância, as luzes brilhantes dos prédios mais altos de Chicago sobressaíam como um recife fosforescente contra um horizonte escuro. Uma série de lâmpadas urbanas repentinamente se materializou debaixo da asa, parecendo tão ordenadas quanto as luzes de uma placa de circuito integrado — o que não podia ser mais diferente da realidade. Aparentemente, o caos estava em todo lugar. O *Tribune* e o *Herald* só raspavam a superfície, relatando o último homicídio, batida de drogas, tiroteio entre gangues ou escândalo de abuso. Para Prusik, tudo isso era como um papel de parede, um pano de fundo barulhento para o papel que tinha em meio à confusão. E o seu passado, impossível de esquecer.

A voz do piloto surgiu no sistema de comunicação, anunciando que iriam pousar no O'Hare em breve. Prusik segurou a maleta com força. Ela fechou os olhos, desejando o silêncio de uma piscina. Quase conseguia sentir o ar quente tomado pelo cheiro de cloro do clube no centro onde ela nadava, às vezes depois da meia-noite. As sessões noturnas eram suas favoritas, quando ela tinha a piscina só para si, nadando uma volta atrás da outra até perder a conta. Perder a conta era sempre o melhor.

Os pneus do avião tocaram o asfalto, e os freios guincharam quando o avião parou. Prusik abriu os olhos, saboreando a própria boca; ela não comera nada desde o café. De repente, sua mente voltou ao corpo da garota — o corte afiado e profundo que descia pela lateral do corpo. Não houvera hesitação nenhuma naquela execução. Ela fora eviscerada, deixada vazia como uma bolsa roubada. Exceto pela estatueta de pedra presa na garganta. A estatueta que agora estava guardada dentro de um frasco na maleta de Prusik.

Ela desembarcou e foi em direção à saída do aeroporto. Do lado de fora do terminal, o escapamento de uma dúzia de ônibus pareceu soprar contra seu rosto. Prusik passou rapidamente pela fileira de táxis estacionados na rua. O sedã do FBI com suas placas brancas estava logo à frente.

Ela entrou no banco de trás e cumprimentou o motorista, Bill, com um aceno cansado.

— Dia difícil, agente especial Prusik?

— Você não tem ideia, Bill. Como está Millicent?

— Ah, indo. Ela está indo.

Casada com o motorista há trinta e um anos, Millicent ainda trabalhava como secretária no departamento de comunicações quando Christine entrou no FBI. Ela se aposentara cedo, dois anos antes, e seis meses depois fora diagnosticada com câncer de pulmão. Ela nunca fumara um cigarro.

— Por favor, diga que mandei lembranças.

— Vou falar, sim. Ela é uma grande fã sua, sabe? Ela sabe que não é fácil para uma mulher se sobressair nesse meio. E acho que no fim eu sei também, já que ela repete isso o tempo todo.

Os dois riram, e Christine se sentiu um pouco mais leve. Ela pegou o celular e ligou para Brian Eisen.

— Brian? — A voz de Prusik voltou ao tom de trabalho assim que ouviu Eisen atender. — É mesmo o nosso homem. Ela estava em um estado horrível. A epiderme praticamente deslizou para fora só de colocá-la na mesa. Larvas de segunda geração estavam em pupa dentro do saco. Moscas adultas surgiram por todo lado depois que abri o zíper. — Um enorme avião sacudiu a pista ao lado da rampa de saída, suplantando todos os outros sons. — O que foi que disse, Brian?

— Apareceu inesperadamente — repetiu ele.

— O que apareceu? — Ela colocou a bochecha contra o vidro frio da janela. Do lado de fora, o trânsito da estrada estava a mil, os carros acelerando em direção ao centro da cidade.

— Um saco de evidências que havia sido perdido...

Ela percebeu que a hesitação deliberada de Eisen era porque ele estava esperando uma reprimenda dela. Aquilo não era bom. Não era o tipo de líder que queria ser. Ela controlou a voz.

— Continue, Brian.

— Continha evidências da primeira vítima. No cabelo de Betsy Ryan havia fragmentos de tinta a óleo. O cara pode ser um pintor, ou ao menos estava pintando recentemente.

Eisen parecia cuidadosamente otimista. Prusik conseguia ouvi-lo batendo um lápis contra os dentes da frente. Era um bom sinal, significava que tinha algo importante a compartilhar. O corpo de Ryan estivera debaixo da água por quase um mês. A tinta precisaria ser fresca para ficar grudada no cabelo dela por tanto tempo assim.

— Você já fez alguma análise?

— Aqui vai a boa notícia — disse ele. — A cromatografia de gás de Wyckoff detectou algumas propriedades químicas muito únicas.

— E isso quer dizer...?

— Quando ele aplicou eléctrodos na amostra, resultou em uma presença maior do que o esperado para ouro e prata. Tenho quase certeza de que a tinta é de uma marca especial usada para pinturas chiques de placas.

— Que bom, Brian. Peça a Higgins para verificar todas as lojas de tinta na área. Imediatamente.

— Ele já está trabalhando nisso há quatro horas, Christine — declarou Eisen, sem se dar ao trabalho de esconder a irritação.

— Eu também tenho algo importante a relatar.

Ela descreveu o exame de autópsia e sua descoberta da estatueta de pedra cuidadosamente entalhada dentro da garganta de Missy Hooper.

— Esse desgraçado está decorando as vítimas, Brian. Ele está usando a pedra como um marcador, para nós sabermos que é ele. Vamos precisar exumar Betsy Ryan para verificar se há abrasões no tecido do esôfago dela. Eu aposto que a pedra caiu do corpo dela enquanto ela estava mergulhada.

Ela fez uma pausa.

— Brian?

— Ainda estou aqui.

— Essa coisa da pedra...

A pedra colocada na garganta dilacerada de uma menina do Meio-Oeste — o que os rituais das montanhas de Papua-Nova Guiné poderiam ter a ver com essas mortes em Indiana? Era inexplicável, e era loucura pensar que poderia ser qualquer outra coisa além de uma coincidência. E ainda assim...

— Sim? O que você ia dizer sobre a pedra? — perguntou Eisen sem rodeios.

Prusik soltou o ar devagar.

— Deixe para lá. E aquela especialista em sementes do museu? Ela já ligou relatando o que encontrou?

— Ainda não. E, ah, recebemos o alerta de mais uma pessoa desaparecida, uma menina em Crosshaven. Parece que ela desapareceu quando voltava para casa, depois de visitar uma amiga. O nome dela é Julie Heath. Provavelmente não é nada, mas considerando a proximidade com Blackie, eu pensei...

— Jesus, Brian! Você podia ter me ligado mais cedo, mandado uma mensagem. Fica a menos de uma hora de Blackie de carro, pelo amor de Deus!

Prusik bateu no teto acolchoado do carro com a mão livre. Bill virou o rosto. Ela encolheu os ombros, e então passou os dedos pelos cabelos, já bagunçados.

— Esse desgraçado. — Ela tinha certeza de que o assassino atacara mais uma vez, a certeza deixou seu estômago vazio ainda mais embrulhado. — Tá. Tá. Onde você disse que a denúncia foi feita? A denúncia de desaparecimento?

— Veio da delegacia do xerife de Crosshaven — disse Eisen. — Tem um posto da polícia não muito longe dali. Quer que eu peça mais informações?

— Sim... Espere, melhor não. — Ela pensou em todos os erros que a polícia de Blackie cometera. — Não quero que a polícia local se envolva mais do que o necessário, a não ser que haja um bom motivo. Você está certo. Provavelmente não é nada, e crianças aparecem normalmente. Desculpe por ter reagido assim. Chego no escritório em meia hora — disse ela, assim que o trânsito de Chicago começou a desacelerar.

Prusik desligou. Ela não conseguiria apenas nadar para escapar dessa. Talvez esse fosse o problema. Não havia nenhuma perspectiva de comemoração na piscina à vista tão cedo.

Ela lentamente se inclinou para a frente conforme o carro parava no meio do engarrafamento na via rápida. À frente, ela conseguia ver as luzes azuis piscando nos prédios altos ao redor do lago. Por um momento, ficou aliviada de estar presa no trânsito. Do lado da janela esquerda, um espaço se abriu nas luzes, e se transformou em uma escuridão vasta, esticando-se em todas as direções: o grande lago. Algumas luzes de navios piscavam no horizonte da margem oeste do lago Michigan.

Seu celular tocou.

— Agente especial Prusik.

— Oi, Christine, sou eu.

A voz de Thorne parecia baixa e confortável em meio ao barulho no fundo de conversas e copos tilintando — um dos eventos sociais da esposa dele, no bairro chique na margem norte, em Lake Forest, sem dúvidas. A forma como ele ainda a tratava com intimidade incomodava Prusik. E também fazia seu coração se apertar.

— Oi, Roger. Acabei de sair do voo. Estou indo para o escritório agora.

— Estava curioso para descobrir o que encontrou em Indiana. Tem alguma coisa a relatar? É de Blackie, é isso?

— Sem dúvida foi a última vítima dele, e o padrão segue. Foi eviscerada da mesma forma. — Prusik relatou o que sabia, da forma mais completa possível. — É cedo demais para saber se conseguiremos recuperar alguma evidência de DNA, ou pegá-lo pelo CODIS.

O CODIS era o sistema combinado de indexação de DNA, uma base de dados nacional de mais de seiscentos e cinquenta mil perfis de DNA de infratores condenados, e quase trinta mil amostras forenses para corresponder a qualquer material biológico recuperado.

— Entendo.

— Ela ficou muito exposta por mais de um mês — disse Prusik. — Choveu muito em Blackie. Ela estava praticamente soterrada sob as folhas. Eu encontrei algumas partículas de tinta e Wyckoff recuperou fragmentos de tinta no cabelo de Betsy Ryan.

Ela não mencionou as últimas notícias que recebera de Eisen sobre a menina desaparecida. Poderia não ser nada.

— Fragmentos de tinta são algo bem comum — disse Thorne. — Já faz quase quatro meses, Christine. A diretoria não vai ficar quieta por muito mais tempo só recebendo informações sobre fragmentos de tintas se as coisas continuarem assim.

Alguém o interrompeu, e ele cobriu o celular com a mão. Prusik tentou escutar o que Thorne estava desajeitadamente tentando bloquear.

— Enfim, escute — disse Thorne —, eu sinto muito sobre o outro dia. Gostaria que pudéssemos nos dar melhor. Mas vou precisar de algo além de fragmentos de tinta até a reunião de quarta-feira. A diretoria já está com um time preparado para voar para lá e assumir o caso. Sinto muito dar a notícia dessa forma.

Nas sombras do banco de trás, Prusik ficou em choque.

— Mas estamos perto, Roger. Consegui juntar evidências cruciais conectando as vítimas. Na quarta-feira já devo ter conseguido mais detalhes. — Ela hesitou. — E tenho mais uma coisa. Uma coisa que ainda não estou pronta para compartilhar, mas vai satisfazer a diretoria caso eles tenham dúvidas de que sou qualificada para esse trabalho.

Prusik parou para respirar. Thorne ficou em silêncio. Ela sentiu o rosto corar até o pescoço, descendo até o peito. Como ele conseguia simplesmente arremessar essa bomba assim tão casualmente?

— Ainda está aí? — perguntou Thorne, fazendo sua melhor voz de chefe.

— Ainda estou aqui — respondeu ela, se recompondo. — Como disse, eu de fato tenho mais uma coisa para relatar. Eu só não estou preparada para dar uma análise completa sentada no banco de trás de um carro.

— Vamos lá. Me conte o que você descobriu, Christine.

Ela ouviu mais risadas das pessoas na festa. Thorne cobriu o celular e, com uma voz abafada, respondeu alguém que o chamava.

Prusik sabia que o emprego dela estava em risco. Ao mesmo tempo, estava furiosa por Thorne estar falando com ela no meio de uma festa. Ele não poderia ter escolhido um lugar mais silencioso para a ligação, um lugar em que não pudesse ser interrompido por distrações tão banais? Ou ele escolhera ligar da festa para avisá-la com antecedência que agora Howard estava no comando e seu time tinha sido descartado?

— Desculpe, estão me chamando aqui. Minha esposa vai fazer um discurso — disse ele.

— Prefere esperar até de manhã? — perguntou Prusik.

— Boa ideia — respondeu ele. — Quero o seu relatório pela manhã.

O desinteresse aparente de Thorne em sua nova evidência não era um bom sinal. Estava implícito que seu cargo como líder do caso estava em risco.

— Acho que deveria saber que eu encontrei evidência ritualística — disse ela rapidamente. — É uma informação decisiva, Roger. O assassino inseriu uma pedra entalhada no esôfago dilacerado da vítima em Blackie. É a marca registrada dele. Abrirá toda uma nova linha de investigação.

— Pedra entalhada? — A voz de Thorne voltou a soar interessada.

— Tem pouco mais de três centímetros de altura, mais ou menos do tamanho e do formato de uma peça de xadrez. Entalhada a mão — disse ela. — É muito bem-feita.

— Fascinante. Melhor verificar isso com Howard. Confirme as observações que fez com ele quando a unidade de campo dele voltar.

Prusik mordeu o lábio.

— Perdão? — disse ela. — Tem um acidente bem ruim aqui do lado. Está difícil ouvir.

Thorne estava sugerindo que ela, a antropóloga forense, deveria comparar as suas observações com Howard, que era só um *funcionário de escritório?*

— Já está tarde, Christine. Durma um pouco. Você fez um bom trabalho. Estou animado para receber o relatório completo pela manhã.

— Mas, Roger, eu fiz a pesquisa...

Ele desligou antes que ela pudesse completar a frase com "em Papua-Nova Guiné".

Ela cerrou o punho no colo, mais uma vez apertando o mindinho. Agora não, Christine. Agora não. Grunhiu, frustrada com a conversa que acabara de ter. Ela não sabia se estava mais incomodada pela falta de profissionalismo, ou pelo tom pessoal. A forma como Roger intercalava entre o íntimo "sou eu" no telefone, e então o condescendente "melhor verificar isso com Howard" a deixava confusa. Prusik se perguntou o que ela significava para ele, se é que ainda significava alguma coisa. Mas tinha certeza de que Thorne não sentia mais nada por ela, se sentisse a defenderia contra a diretoria.

Ah, vê se cresce, Christine, ela rebateu a si mesma. Ele foi seu primeiro relacionamento em anos, você confiou nele, pensou que ele a amava. Já chega. Já está na hora de seguir em frente. Ela olhou para a noite de Chicago através da janela. O engarrafamento do acidente estava começando a desanuviar. Mais dez minutos e ela estaria de volta no escritório.

Se ela fosse afastada do caso como investigadora principal, então tudo bem. Ela não era a marionete de ninguém e não queria entrar em joguinhos políticos, mas poderia chegar na questão central desses assassinatos. Mesmo se Howard assumisse sua posição, ela ainda assim faria de tudo para ajudá-lo a prender o assassino. Se ele e Thorne não apreciassem as contribuições dela, ainda assim ela faria um bom trabalho.

Só que ela não desistiria da sua posição sem lutar. Ela precisava resolver aquele caso. Estava em seu corpo agora. Em seus ossos. Estava alojado em sua garganta.

CAPÍTULO ONZE

Ele não conseguiria esconder a notícia do sangue por muito tempo — a qualquer momento alguém veria a fita de isolamento policial na estrada Old Shed. McFaron imaginava que tinha no máximo uma ou duas horas até Bob Heath aparecer, exigindo saber por que a área tinha sido delimitada. Ele falaria com o homem em sua melhor voz de policial, mantendo-se sério o tempo inteiro. A última coisa que queria era que a cidade inteira entrasse em alvoroço. Precisava de mais tempo.

Eram sete da manhã ainda. McFaron pegou uma pasta com as fotos de caminhonetes e entrou no carro rumo à casa dos Templeton. A estrada desceu em uma inclinação íngreme, envolvendo o Ford Bronco do xerife em bruma. Ele ligou o limpador de para-brisa. A caixa de correio dos Templeton surgiu à luz amarela enevoada dos faróis.

— Que manhã triste para andar por aí, xerife — disse Elmer Templeton ao cumprimentar McFaron, na varanda.

— Joey já levantou?

McFaron esfregou as mãos, a pasta debaixo do braço.

— Está escovando os dentes — disse Elmer, apontando com a cabeça. — Tem notícias da menina Heath? — acrescentou, em voz baixa, olhando para McFaron com o semblante cansado.

McFaron hesitou. A busca durara a madrugada inteira, sem resultado, mas o xerife não se sentia à vontade para falar daquilo com ninguém além dos Heath. Ainda não.

— Não — disse, simplesmente.

— Nossa senhora, Joey! — disse Elmer, quando o menino desceu correndo para a varanda. — Se continuar assim, vai acabar com a energia antes do dia começar.

Joey esticou a mão, e o xerife a apertou.

— Achei *mesmo* que fosse seu carro pela janela — comentou Joey, ajeitando os óculos.

— Trouxe as fotos que mencionei, filho.

Joey engoliu em seco. Os dois dentes de cima apareceram, proeminentes.

— Estou pronto.

O homem mais velho os conduziu à cozinha, onde Mike preparava o café.

— Trouxe várias fotos de modelos mais antigos. Talvez reconheça o certo.

— Oi, xerife — disse Mike, mordendo uma torrada.

McFaron o cumprimentou com o chapéu.

— Seu irmão talvez seja nossa melhor chance de encontrar Julie rapidamente.

Mike olhou com atenção para Joey, que deu de ombros e se sentou à mesa, fazendo bico.

O xerife botou as fotos na mesa.

— Aqui tem uns modelos clássicos dos anos 1950. Olhe bem.

O menino analisou cada imagem. Era difícil identificar. O que voltava à memória dele era o para-choque enferrujado, mas aquelas fotos eram de caminhonetes novas e reluzentes.

— Está vendo algum da mesma cor? Você disse que era cinza.

— Não sei bem. Isso aqui é tudo tão novo. A caminhonete que vi era bem velha. Não tinha nada de brilhante.

— Pode analisar com calma.

O xerife mostrou outras fotos de modelos mais antigos. Joey abaixou ainda mais a cabeça, examinando as imagens, mas nenhum era igual.

Depois de mais dez minutos, o xerife falou:

— Vou deixar as fotos aqui. Se encontrar alguma coisa, ligue para mim imediatamente.

— Pode deixar, xerife — disse Joey.

— Por sinal, ontem na lanchonete você falou que viu bolinhas? No peito do homem?

McFaron passou os dedos no peito, indicando a área que o menino mencionara.

Joey engoliu em seco com tanta força que o xerife escutou.

— É, quando ele estava botando alguma coisa na caçamba — respondeu o menino, abaixando tanto a voz que ficou quase inaudível. — Será que era sangue, xerife?

— Você disse que o homem estava usando um macacão sujo de mecânico, né?

— Estava imundo. Acho que vi umas manchas escuras.

Elmer apoiou a mão no ombro de Joey de leve.

— O senhor já sabe quem foi? — perguntou o garoto, esperançoso.

— Não, filho. Mas o que você descrever certamente será útil.

McFaron começou a se levantar.

Joey abaixou a cabeça.

— Desculpa, xerife — falou, e olhou para Elmer. — Será que eu me lembraria melhor se fosse hipnotizado? Li na aula de ciências — explicou, e se virou para o xerife. — Ajuda a relembrar coisas esquecidas.

McFaron sorriu.

— Você já ajudou muito, Joey. Vamos deixar a hipnose para lá, por enquanto.

O som de um carro chegando chamou a atenção deles. Mike entrou, trazendo um policial. Outro homem o acompanhava, carregando um bloco grande de papel e materiais de desenho.

— Oi, xerife — disse o policial, tirando o chapéu. — Esse aqui é Floyd Walters, desenhista técnico da polícia estadual. A central disse que eu podia trazer ele para cá. Que o senhor estaria aqui.

McFaron olhou para Joey.

— Está pronto para descrever aquele homem para o sr. Walters?

— Claro, xerife. Não esqueceria aquela cara bizarra nem se quisesse.

Walters abriu o bloco e pediu para Joey se sentar à sua frente.

— Foi bom ver o senhor, xerife — disse Mike, da escada. — Vô, vou trabalhar.

Mike era sério e discreto, fazia McFaron lembrar dele mesmo quando era mais novo. O pai de McFaron também tinha sido assim. Carregava o peso da vida dentro de si. Era uma arte não revelar demais, guardar tudo, uma arte que o pai quase aperfeiçoara antes de seu coração desistir. Seria aquele o destino de McFaron também, ser um herói corajoso e silencioso até o corpo não aguentar mais? Noite após noite, pegando no sono no sofá, em casa, de botas — o padrão que tinha dominado desde que voltara a Crosshaven para se tornar xerife. Esperando mais alguma coisa da vida.

— Seu menino tem as melhores informações — disse McFaron para Elmer. — Se conseguirmos divulgar logo uma descrição do homem, vamos pegá-lo. Pode ter certeza.

Walters pediu para Joey fechar os olhos e se imaginar na bicicleta. Ele sabia que crianças costumam imaginar melhor de olhos fechados.

Joey descreveu o momento em que se aproximou da caminhonete e viu o olhar duro do homem. O artista pediu para ele detalhar o instante exato em que parou diante do veículo. A cabeça do homem ficava acima ou abaixo do teto? Na sombra ou na luz? Tinha barba ou a cara limpa? O cabelo desgrenhado ou curto? Estava ficando careca, ou o cabelo ia até a testa? O desenhista fazia mais ajustes no rosto do suspeito conforme Joey respondia.

Na cozinha, McFaron e Elmer bebiam café. O xerife vez ou outra olhava para a sala, onde via o movimento do braço de Walters atrás do bloco. Estava ansioso para ver o retrato. Finalmente, sem conseguir resistir, entrou na sala e olhou por trás do artista. Walters estava ocupado com o desenho da boca, segurando lápis e borracha na mesma mão. Traços embaçados de borracha iam estreitando a cabeça do homem, e um nariz protuberante emergia entre dois olhos próximos.

De volta à mesa da cozinha, o xerife levantou as sobrancelhas.

— Ele ainda tem trabalho a fazer, parece.

O desenho não se parecia com ninguém que ele já tivesse visto.

— Joey é um menino alerta — disse Elmer. — Esperto, sensível, e tem boa memória. Mas, como qualquer criança, a cabeça dele é capaz de inventar todo tipo de horror.

— Os comentários do menino são consistentes — declarou McFaron, se lembrando do sangue na calçada. — Um bom retrato falado vai chamar atenção.

Ele mal podia esperar para mandar o desenho por fax para a central estadual. Circularia por Indiana e para a polícia do resto do país imediatamente.

— O queixo — ouviram Joey dizer, roçando o próprio queixo com o polegar e o indicador — era um pouco menor.

O artista manipulou o grafite, trocando-o pela borracha com agilidade, e poliu o desenho até Joey dizer tão alto que fez McFaron e Elmer se levantarem:

— É ele mesmo! É o cara!

David tremia, em silêncio, no Taurus da mãe durante todo o percurso, como Pepper, sua antiga cadela, tremera naquele último trajeto até o veterinário quando ele tinha doze anos. Pepper sabia. Olhando para ele, no colo, e tremendo descontrolada, ela sabia. Ele tinha abraçado a cadela velha o caminho todo, absorvendo o tremor. E agora era a vez dele, sem ninguém que absorvesse por ele.

Hilda Claremont estacionou o carro diante da Clínica Wilksboro.

— Estamos marcados para às duas — disse ela, se debruçando na bancada da recepção. — O dr. Walstein está nos esperando.

Hilda deu um tapinha no braço do filho e abaixou o rosto para perto dele.

— Vou ficar com você no início da consulta. O médico disse que eu podia — falou, procurando confirmação no rosto dele. — O médico precisa saber. É para te ajudar, David.

Ele se sentou, sem conseguir responder, já se entregando. Notou os olhares curiosos de um casal idoso sentado na sala de espera.

— Você sabe que só penso no melhor para você.

Por que ela não deixa para lá?

— Seu pai e eu só queremos o melhor — continuou ela.

— Tá, tá, chega.

David sabia que não era culpa dos pais que ele fosse um homem adulto sentado com a mãe naquele lugar deprimente, à espera de um psiquiatra inútil. Os acontecimentos das últimas noites os tinha obrigado àquilo. No início da manhã do dia anterior, ele havia perdido a consciência no volante do trator preferido do pai, e caído em uma vala. Arremessado do assento, ele tinha se salvado de lesões graves. Já o trator tinha capotado, perdendo o assento e amassando seriamente o volante. Aquilo tinha sido a última gota. O pai teria que se virar para consertar o trator. David tinha acordado no meio do mato e visto o pai parado, imóvel, em uma rampa próxima, olhando aquela vala como se toda a sua vida tivesse caído ali. Pôde ver no olhar dele que havia desistido. Enquanto a mãe se preocupava com David, passando as mãos quentes na cabeça dele e nas costas encharcadas, David viu o pai voltar para casa devagar, sem dizer uma palavra. Ser ignorado era o pior castigo.

Por que ele não aguentava a vida na fazenda? Por que não conseguia deixar o pai orgulhoso? Dar continuidade ao nome e à tradição dos Claremont? Não era culpa dele, e ainda assim, era.

— Sra. Claremont? David? — chamou o dr. Walstein, de pés bem juntos, calçados em mocassins lustrosos com cadarço. — Por favor, entrem.

— Obrigada por me receber, doutor — disse Hilda —, especialmente com tanta rapidez.

O médico os conduziu ao consultório. Walstein se instalou atrás da mesa e fez sinal para que eles se sentassem em duas cadeiras de couro e espaldar alto.

— O que gostaria de discutir, sra. Claremont?

O médico olhou o relógio.

Hilda se dirigiu ao filho.

— Na outra noite, no banheiro... — falou, com a voz tensa. — Você disse que não lembra, mas não sei como é possível. Estava falando tão alto que até os mortos acordariam. Eram quase duas da manhã. Saí da cama assustada, David.

— E o que ele disse, sra. Claremont?

O médico estava sentado tranquilamente, com os braços cruzados.

David sentiu os dois olhares pesarem sobre ele. *Por que ela está fazendo isso?*

— Você praticamente berrou comigo quando te chamei — disse a mulher, franzindo a testa maquiada bem no meio, por indignação. — Como se a culpa fosse minha.

A ruga ficou mais acentuada.

— "Nem morto", falou, enfaticamente — continuou a mãe.

David suspirou.

— Eu estava sonâmbulo. Foi só um pesadelo.

— Você não estava dormindo de jeito nenhum. Olhou bem na minha cara e falou: "Mas, mãe, não precisa. Não preciso mais mijar!" Nunca ouvi uma coisa dessas.

Hilda esfregava freneticamente as bordas do braço da cadeira.

— Não lembro. Não consigo lembrar — disse David, passando a mão na cabeça. — Não fiz nada disso conscientemente.

— Se sujar, sujar o lençol, e ainda molhar o chão todo? Você não mirou no vaso, David. Foi de propósito — acusou Hilda, levando o punho cerrado à boca. — Você é um homem adulto, não tem mais oito anos. E não tem direito de falar comigo assim. Direito nenhum.

O médico se recostou na cadeira, balançando o pé.

— Gostaria de dizer alguma coisa, David?

Fique frio, David pensou. Mas estava tudo contra ele. O trator do pai estava destruído, a roupa de cama da mãe, molhada, e ele se humilhara diante dela.

— Como está se sentindo hoje? — perguntou Walstein.

David fez contato visual, hesitante.

— Bem. Acho.

— É, agora está bem — resmungou Hilda. — Mas naquela noite, não estava nada bem.

Agitada, ela se aproximou mais dele, se debruçando no braço da cadeira.

— Me acusou de dizer que nenhuma mulher se casaria com um homem que sempre molha a cama — continuou, em tom amargo. — Nunca falei uma coisa dessas na vida. Nunca ouvi nada disso!

O médico tamborilou na mesa.

— Então tá. Acho muito importante mantermos isso em perspectiva. David e eu acabamos de começar o processo. Às vezes as coisas parecem muito piores do que são, quando expostas à luz do dia.

David pressionou um punho contra o colo, apertando com força. Como explicaria que o demônio o devorava por dentro, comendo tudo de bom em David para substituí-lo por um monstro? Walstein não acreditaria. A mãe não entenderia. Ele próprio não entendia. Será que as visões dele, os apagões, eram agouros de coisas piores vindouras, de atos horrendos que ainda não tinham acontecido pois ele ainda não havia enlouquecido o suficiente?

Ele se virou para Hilda, com lágrimas ardendo nos olhos.

— Desculpa. Eu não quis dizer nada disso. Não quis mesmo, de verdade. Eu... eu não sei o que me deu.

— E naquela manhã?

Hilda tirou alguma coisa da bolsa. David sentia outra acusação a caminho. Sua cabeça começou a latejar.

— Você saiu de casa de madrugada? — disse Hilda, olhando diretamente para o dr. Walstein. — Perguntei aonde você ia. Quando olhei para fora do quarto, ouvi você dizer: "Resolver uma coisa na rua."

Hilda segurou um bilhete rasgado e entregou ao psiquiatra.

— Foi isso, sim.

As mãos de David estavam tremendo.

Hilda se levantou, abordando David diretamente enquanto olhava bem para o dr. Walstein.

— Por que você comprou uma passagem de ônibus para Chicago? Encontrei no bolso da sua calça jeans, David. O que foi fazer em Chicago?

— Eu... eu fui a um museu. A uma exposição lá. Quis ver. É crime, por acaso?

— Não fale assim comigo!

— Eu não...

— Por que você mentiu? — uivou Hilda. — Por que me disse que ia resolver uma coisa, e aí fugiu para Chicago? Não é do seu feitio, David.

A perna de David começou a tremer violentamente.

— Foi por causa do meu interesse em escultura. Não... não sei explicar — falou, levantando as palmas das mãos rapidamente, antes esfregar as coxas. — Desculpa.

— Por que não falou isso logo? — disse Hilda num tom mais baixo. — Você voltou muito tarde, David. Morremos de preocupação.

Walstein bateu as mãos.

— Bem, a senhora certamente nos deu muito assunto para discutir, sra. Claremont.

Hilda abraçou o filho, desajeitada. O médico a acompanhou até a porta, e a fechou quando ela saiu.

— Por sinal, hoje, no telefone, seu pai falou que você chegou tarde em casa várias vezes na semana passada — comentou Walstein, se virando para David. — Foi resolver mais coisas?

— Voltei só um pouquinho depois do anoitecer — disse David. — Não foi tão tarde.

— Ele está preocupado, David — disse Walstein, lançando-lhe um olhar compreensivo. — Converse comigo. Preciso ouvir de você. O que está acontecendo? Você sabe ao que me refiro... e essas visões?

— Não... não dá.

— Só posso ajudar se você estiver disposto a conversar.

— Não vai mudar nada — disse David, exasperado. — Nada impede ele de vir.

— Impede quem?

David se concentrou na estampa do tapete, traçando o ziguezague com os olhos.

— Quem, David? Você falou "ele".

— Não sei quem! Um canalha de duas caras — disse David, passando a mão pelo cabelo. — Se eu soubesse, diria.

O dr. Walstein pareceu não se abalar.

— Duas caras? É uma escolha de palavras interessante. Indica uma pessoa que tem outro lado.

Um fio de suor desceu pela têmpora de David. Ele mal conseguia conter o impulso de sair correndo.

— As visões. É assim que chamo.

Walstein fez que sim com a cabeça.

— Me conte mais desse canalha de duas caras.

David tensionou os músculos.

— Não, não dá. Não tenho nada a dizer. Não faz sentido.

— Vejo que ele perturba sua consciência, David. O que mais ele faz?

— A questão é essa, doutor — disse David, sacudindo a cabeça. — Ele controla tudo. Não tenho escolha. Acontece e... e aí não confiam em mim. Nem meu pai, nem minha mãe, provavelmente nem o senhor.

— David, o processo de tratamento só pode começar se estabelecermos confiança, se você estiver disposto a falar abertamente sobre essas questões. Você sabe a diferença entre certo e errado, entre o que é verdade e o que é mentira. A chave está na sua mão.

O médico se inclinou para a frente.

— Eu posso te ajudar — começou. — Percebo que essas visões atormentam você e mexem com seus medos.

De repente, a dor se intensificou — uma dor que David conhecia há muito mais tempo do que as visões recorrentes. O desconforto cresceu; a dor aumentava cada vez mais.

— Alguma coisa está incomodando você agora mesmo — disse o médico. — Dá para ver. Diga. Ele está machucando você agora?

David lutou para conter a dor.

— Eu... eu não sei.

A dor o percorreu. Fechou seus olhos. Cada milímetro de David se forçava para se conter. A sensação de batalhar contra aquilo quase o fez desmaiar. Ele lutou com toda a força.

— Vamos lá — disse o dr. Walstein, tirando o paletó, dobrando com cuidado e pendurando nas costas da cadeira, antes de ir se sentar ao lado de David. — O que está acontecendo dentro de você?

Os músculos do maxilar de David se tensionaram em um nó.

— Já falei. Às vezes, acho difícil ver as coisas nitidamente — disse, encontrando o olhar de Walstein. — Mas não sou eu. Precisa acreditar em mim. Não sou eu.

— Eu acredito.

David assentiu, esgotado.

— Eu... eu apago. É tudo que sei — falou, e uma gota de suor desceu pelo seu rosto. — Não fiz nada de errado. — Engoliu em seco. — Ver coisas não é crime.

— É a segunda vez que você fala em "crime". Você sente que fez alguma coisa errada?

— Não!

— Acho que é o peso da sua consciência que causa esses problemas — disse Walstein, baixinho. — Precisamos falar mais sobre isso.

O celular vibrou na mesa do médico.

— Amanhã, então. Às sete — disse o doutor.

David saiu da clínica, se sentindo derrotado e esgotado. As visões estavam piorando. Estavam mais vívidas e descontroladas, e agora, de acordo com a mãe, ele, David, dizia e fazia coisas de que não se lembrava. Ao ver a mãe esperando pacientemente por ele no carro, se perguntou por quanto tempo conseguiria se conter. Finalmente, lhe ocorreu uma ideia apavorante: se aquilo não fossem visões, mas acontecimentos verdadeiros, o que poderia acontecer depois?

CAPÍTULO DOZE

Prusik subiu, apressada e trêmula, os degraus do Museu de História Natural de Chicago. Fazia quase cinco meses que ela passara vergonha no pódio, na festa de gala para comemorar a inauguração da reforma da exposição do segundo andar. Ela estremeceu involuntariamente. Vergonha não era uma palavra forte o bastante. Estava mais para humilhação.

A noite tinha começado razoavelmente tranquila. Em geral, Christine ficava desconfortável de ter que bater papo furado com o tipo de gente que frequentava aquelas festas — pessoas absurdamente ricas que doavam dinheiro para o museu e apareciam vestidas em suas roupas mais exuberantes —, mas, por algum motivo, naquela noite não sentira timidez alguma. Talvez por ser uma terça-feira, quando o museu tradicionalmente ficava aberto ao público gratuitamente, e portanto tinha muita gente "normal" misturada aos visitantes de vestido e fraque. Talvez por ela estar usando sapatos de salto e um lindo vestido verde-acinzentado que combinava com seus olhos, em vez da calça social e dos sapatos de cadarço simples que o trabalho parecia exigir, e por isso estivesse se sentindo bonita. Ou talvez apenas estivesse se acostumando a falar em público.

Ela ficara lisonjeada pelo convite para falar da influência do museu em sua formação, e não fora difícil compor um discurso entusiasmado. Porém, ela nem sequer chegara a apresentá-lo. Trinta segundos depois de subir ao microfone, ela se virou para mostrar uma vitrine atrás do pódio. E então congelou.

A vitrine continha um diorama em tamanho real. Ele reproduzia uma floresta de Papua-Nova Guiné, e havia sido feito para a reinauguração da exposição sobre a Oceania. Discernível entre a vegetação verdejante estava algo que ela não vira enquanto esperava na coxia pela apresentação: um guerreiro musculoso usando uma máscara de plumas verde-azuladas e brilhantes. Do pescoço dele, pendia um amuleto de pedra esculpida, cintilando sob as luzes fortes da vitrine.

O guerreiro, a máscara e o amuleto de pedra a levaram de volta à bacia do rio Turama, paralisando-a. Momentos se passaram. Ao se virar para se dirigir à plateia outra vez, Christine se sentira incapaz de falar. Finalmente, saíra do palco, sob aplausos esparsos e confusos.

Agora ela estava de volta, e atrasada, para a reunião, marcada para as dez horas, com Nona MacGowan, a botânica residente da instituição, que soara tão jovem ao telefone que Prusik se perguntara se tinha telefonado para a casa da cientista e falado com a filha. MacGowan era especialista na flora do Meio-Oeste e consultora principal do arboreto da Universidade de Chicago. Christine tinha esperanças de que a mulher não soubesse do fiasco da festa em abril, ou que, pior ainda, fosse uma das pessoas confusas na plateia. Ela respirou fundo e voltou a atenção ao caso.

Já era fim de agosto, e ela ainda estava se atrapalhando com sementes e tinta. O tipo de coisa que se faz quando o caso esfria — era o que Thorne havia dito. Na véspera, enquanto ela comia um sanduíche, ele tinha entrado na sala dela e colado um post-it vermelho na luminária da mesa, com uma anotação impecável escrita com a caneta-tinteiro Montblanc: "Christine: Ainda aguardo seu relatório. Obg, Roger."

O que tinha acontecido com o trabalho de polícia em campo? Ela não tinha tempo para nada *além* de escrever aquelas porcarias de relatórios — uma distração do esforço máximo no caso. Muito tempo era desperdiçado pensando em como aquilo afetaria os chefes. Christine suspirou. Ela se esforçaria mais. Thorne ainda não tirara o caso dela, mas ela sabia que era só questão de tempo.

MacGowan dissera que ela deveria seguir até o fim da ala sul, passando pelas exposições *Crescimento dos Mamíferos* e *Nascimento do Homem*. A porta da sala dela ficava ao lado de um enorme leão agachado feito em alabastro.

Uma luz fraca entrava pelas claraboias. Prusik bateu em uma porta de vidro jateado com uma placa com os dizeres: BOTÂNICA: APENAS FUNCIONÁRIOS AUTORIZADOS.

— Agente especial Christine Prusik.

Ela estendeu a mão para a mulher que abriu a porta.

— Pode me chamar de Nona.

A mulher segurou a mão de Prusik com as duas mãos. Ela usava calça social marrom e um paletó de tweed que combinava com o rosto de quem passava muito tempo ao ar livre. Algumas rugas ficaram aparentes quando ela sorriu.

— Por favor, me chame de Christine — disse Prusik, sorrindo também, automaticamente.

— Tenho uma coisa para mostrar — disse Nona.

Ela abriu a porta de outra sala menor e acendeu a luz fluorescente. Arquivos de madeira grandes revestiam as paredes do chão ao teto, e as gavetas eram etiquetadas com nomenclatura binomial em latim.

— Brian te elogiou muito — disse Prusik.

Eisen havia entregado à botânica várias das sementes encontradas nas roupas da vítima de Blackie.

— É gentil da parte dele — disse Nona, pegando algumas amostras envoltas em papel siliconado. — Como falei para o sr. Eisen, eu ajudo a preparar os dioramas do museu, para que os espécimes de cervo-canadense estejam devidamente expostos ao lado de grama-de-urso ou artemísia, por exemplo.

— Então... o que encontrou? — perguntou Prusik, se sentando.

A botânica aproximou uma das amostras da luz. Pequenas pérolas verdes se acumulavam na dobra inferior da bolsa.

— Nenhuma dessas sementes é de uma espécie naturalmente florestal.

Nona pegou um caderno com um lápis amarelo preso pelo elástico que segurava a capa.

— São membros da família da malva, uma família grande. Essa variedade específica fica bem alta, mesmo em condições ruins de solo, em estradas de terra ou trilhas de cascalho. Gosta de muito sol. Não é o tipo de coisa que normalmente se encontraria em uma floresta densa.

Nona baixou os olhos para as anotações.

— Soube pelo sr. Eisen que esta amostra veio de um distrito agricultor rural. Essa espécie é relativamente comum no Meio-Oeste. Cresce perto de celeiros e casas de fazenda.

Prusik imaginou um pintor caiando um celeiro, pisoteando malvas, as sementes ficando agarradas à sua roupa.

— Seria fácil grudarem nas roupas de um pintor?

— Seria, sim, muito provável, sobretudo no verão, quando é provável que as sementes se dispersem. Elas têm a tendência a grudar na roupa. Parecem de velcro.

— Mas você disse que não é um tipo de planta encontrado na floresta, certo?

Prusik puxou um pouco o brinco dourado na orelha direita.

— Certo, disso tenho certeza. Essa espécie prefere espaços abertos e muita luz direta. Infelizmente, é *muito* comum. Pode ser encontrada em muitos terrenos abandonados aqui no centro.

Nona olhou para o chão, como se uma malva pudesse brotar bem ali.

Prusik ponderou. O corpo de Betsy Ryan tinha sido encontrado perto do rio Little Calumet. Era praticamente em Chicago.

Nona bateu com a unha na bolsa que continha a segunda amostra.

— Essa daqui já é *outra* história — falou, e as rugas ao redor dos olhos se curvaram. — Não tem a menor relação com a malva.

— O que é?

Prusik se inclinou para a frente, estudando os pedacinhos marrons.

— *Rosaceae multiflora*, uma espécie nativa da Ásia, mas distribuída amplamente na América do Norte há séculos — disse Nona, circulando o nome no caderno. — É grudenta, essa *multiflora*. Não dá para se meter nela sem ficar horrivelmente emaranhada.

Prusik pensou no corpo escurecido e contorcido de Missy Hooper. Ela tinha tirado um espinho da meia da menina.

— E onde essa *multiflora* gosta de crescer?

— Esta espécie em particular é encontrada principalmente na beira de plantações... é um inferno para fazendeiros. Anos e anos atrás, se plantava como sebe, para impedir o gado de fugir. Os espinhos gostam dos solos ricos em minerais do Meio--Oeste e se espalham com facilidade, se propagando para todo lado. Virou um problema e tanto. Invadiu plantações. Quando o gado entra nos espinheiros, pode ficar com o pescoço preso e morrer sufocado. Não seria surpresa encontrar perto de malva. Esse tipo de arbusto cresce bem até em cercas, e também ao redor de celeiros.

Prusik tirou o frasco da maleta.

— Sei que sua especialidade é...

— A estatueta! — soltou Nona. — Onde encontrou?

— Como assim?

Nona girou a cadeira e se debruçou. Tirou uma luminária portátil de luz ultravioleta da caixa de metal.

— Posso ver o frasco? — perguntou, ligando a luz e passando o raio por cima do frasco de vidro. — Está vendo?

Sob a luz forte, uma linha verde brilhou na pedra amarelada.

— O que é isso? — disse Prusik.

— É invisível ao olho nu. Precisamos de ampliação mais forte para ler o texto de segurança microgravado — disse Nona. — Tenho certeza de que é uma das estatuetas de pedra que desapareceram durante a reforma do inverno passado. Museus do mundo todo conseguiram recuperar artefatos roubados no mercado de colecionadores com essa técnica de identificação.

— Esses roubos foram denunciados? — perguntou Prusik, franzindo a testa. — Não me lembro de ouvir falar.

Nona confirmou.

— Ah, foram sim, mas tentamos ser discretos. Todos os funcionários foram entrevistados por investigadores e pela gerência do museu. Todas as salas do segundo andar, inclusive a da coleção da Oceania, onde ocorreu o roubo, passaram por grandes reformas em fevereiro e março. O andar passou dois meses cheio de pintores, lixadores e operários. A polícia imaginou que fosse alguém da obra.

— Quantas estatuetas foram roubadas?

— Cinco.

A cabeça de Christine estava a mil. Cinco pedras. Duas meninas mortas. Uma com uma estatueta enfiada na garganta.

— E quando exatamente descobriram os roubos?

— Na terceira semana de março, quando estavam finalizando a obra. A gerência pensou em adiar a reabertura formal, mas no fim optou por seguir como previsto. Para não ter muita publicidade negativa — falou, em um tom sardônico.

— Não queremos desencorajar nenhum possível doador.

— Claro. Mais alguma coisa?

— Estranhamente, nada — disse Nona. — Só das estatuetas de pedra. Ah, é, e a máscara de plumas do manequim do mesmo diorama da Oceania. Uma pena perder uma máscara tão linda. Trocamos por outra, mas é menos vívida. Ajudei com a flora do fundo da exposição.

Prusik lembrou do fragmento de pluma iridescente recuperado por Howard na cena do crime em Blackie.

— Pode me mostrar?

Elas saíram do escritório de Nona. O corredor de cima estava cheio de crianças.

— Essas exposições todas — disse Nona, estendendo o braço para indicar a sala inteira, que incluía várias vitrines de artefatos indonésios — agora têm segurança eletrônica.

O olhar de Prusik encontrou uma máscara de plumas sob um holofote. O brilho iridescente fez seu coração saltar, e ela percebeu que demorou para desviar o olhar. Ao se voltar para a botânica, Christine encontrou o olhar sombrio e direto de um homem do clã papuásio. Faces tatuadas substituíram o rosto bondoso e abatido de Nona.

— Eu... preciso ir.

Ondas de tontura distorceram sua voz. Uma pulsação forte percorreu sua cabeça. Ela não conseguia afastar a imagem dos olhos pretos de seu agressor, da máscara de plumas verde-azuladas iridescentes, do colar no pescoço, do pingente de pedra entre os dentes. Mesmo segurando a faca dele com as duas mãos e toda a força, ela não conseguira impedi-lo de perfurar o tronco dela logo abaixo das costelas, rasgando até o quadril com a ponta da lâmina.

Apesar de estar em uma sala com pouca iluminação, a luz forte do sol parecia cobrir seus ombros. O som da chuva pesada encheu seus ouvidos. Ela não tinha nenhum controle sobre aquilo. Folhas úmidas e galhos quebrados de repente cobriram o chão de mármore.

Prusik deu um passo para trás, ofegante, e ouviu Nona perguntar se ela estava bem. Porém, a antropóloga se viu de novo sendo levada pelo rio Turama, engasgando na água cor de café que entrava por seu nariz, martelava os ouvidos e embaçava sua visão. Parecia que a correnteza do rio fazia todo o possível para jogá-la nas mãos de seu agressor, que avançava cada vez mais rápido. O Turama fora uma corrida de obstáculos do inferno; o rio quase a tomara, assim como o homem.

— Christine? — disse alguém, acariciando a mão dela. — Christine, está tudo bem?

Tonta, Prusik caiu no chão e sentiu o mármore frio sob as costas. Forçou-se a abrir os olhos e ergueu o rosto, vendo a expressão da mulher que acompanhava a voz gentil. Nona a ajudou a se levantar e a conduziu a um banco no corredor. Com dificuldade, Christine se forçou a voltar ao presente e remexeu, desajeitada, o conteúdo da bolsa em cima do banco, derrubando metade das coisas no chão. Abriu a caixinha prateada e engoliu dois comprimidos a seco. O ansiolítico precisava de um tempo de ação que o coração dela não tinha. Ela inspirou fundo, contando até cinco, e expirou, contando novamente. Foi então que percebeu o dedo mindinho latejando e abriu a mão.

Talvez as coisas estivessem ficando pessoais demais. Talvez ela devesse deixar Thorne afastá-la do caso, ou — melhor ainda — devesse se retirar. Isso o deixaria sem reação. Mas ela *tinha* sobrevivido a Papua-Nova Guiné. Então por que ela não conseguia esquecer aquilo? Sua capacidade de atravessar as águas revoltas do Turama tinha sido sua salvação. Ela se salvara porque sabia nadar muito bem. Ainda assim, seu coração batia forte demais. *Vamos lá, remédio!*

Crianças vinham naquela direção, em fila única. Alguns minutos depois, apareceu uma paramédica, de colete amarelo fosforescente. Prusik recusou a maca, mas, cedendo, aceitou ser acompanhada à ambulância, sem querer provocar mais estardalhaço do que já causara.

O veículo de emergência esperava ao fim da escada grandiosa que levava à entrada principal do museu. Ela se sentou nos fundos da ambulância, entre as portas abertas, e respondeu às perguntas dos médicos. Christine fechou os olhos, agradecida por Thorne e Howard — assim como o resto da equipe do laboratório — não estarem presentes para observar mais uma derrota. Apenas Nona MacGowan testemunhara o momento, e ficara confusa com o ocorrido.

Depois de mostrar o distintivo e repetir que não precisava ser transportada ao hospital, os paramédicos a mandaram assinar um formulário, e foram embora.

No silêncio do carro, Prusik desceu os dedos, por cima da blusa, pelo relevo da cicatriz abaixo das costelas. No frenesi de calor, lama e luta, ela se desvencilhara do agressor e mergulhara nas revoltas águas do Turama. Como sobrevivera? A lesão fora mais funda do que um corte superficial, mas a faca não perfurara nenhum órgão e a lesão não infeccionara. Ela não se afogara no rio. Seus fluidos não tinham sido bebidos pela sede de sangue dos canibais, nem usados na encenação de algum antigo ritual papuásio para equilibrar masculino e feminino, ou qualquer que fosse a motivação do agressor de máscara de plumas coloridas.

Ela gemeu baixinho. Quando aquele pânico, aquela expectativa de catástrofe, a deixaria? Dizer repetidamente para si mesma que devia haver um motivo para que ela tivesse sobrevivido a uma situação onde todas as chances estavam contra ela não adiantava para dispersar as lembranças horríveis que a acompanhavam em todos os lugares. Era tudo sempre igual: morte no chão, morte na mesa de exame, morte sussurrando em sua cabeça que encontraria uma maneira de chegar até ela. Concluir o trabalho.

Será que finalmente chegara?

E restava a pergunta que a atormentava nos dias longos de trabalho e em seus sonhos durante noite: como os assassinatos em Indiana podiam fazer parte daquilo tudo?

CAPÍTULO TREZE

As nuvens corriam rápido conforme o tempo fechava. Apenas algumas gotas atingiam o para-brisa. Ele desceu a trilha gasta pelo uso que levava ao enorme celeiro surrado, onde fazia o serviço de pintura. Ele esperou, como o homem instruíra. Ao longo do revestimento de asfalto desgastado se encontrava uma propaganda antiga de cigarro. Junto ao celeiro ficava um anexo de um andar, tão erodido quanto o asfalto.

Ele deixou o motor ligado. A voz no rádio estava concluindo o relatório agrícola das sete da manhã. O mercado do milho estava em alta na bolsa de Chicago. Depois de um anúncio veio o boletim meteorológico local. Chuvas durante a noite deixariam o céu azul pela manhã. Ótimo.

Seguiu-se o noticiário local, que vinha de hora em hora: "A 9ª DP Estadual, nos arredores de Crosshaven, continua a busca na Floresta Estadual Patrick por Julie Heath, de catorze anos, que desapareceu há quatro semanas, no dia 28 de julho. Aqueles que desejam participar da busca voluntária devem entrar em contato com..."

Ele desligou o rádio. Um homem baixo de jardineira se aproximava rápido, segurando a aba do chapéu de palha. Ele saiu do carro antes de o fazendeiro chegar à caçamba da caminhonete.

— Chegou cedo — disse o homem, e eles se cumprimentaram. — Fred Stanger. Prazer. Lonnie Wallace, do Resort Sweet Lick, disse que você era o cara a contratar. Disse que era um pintor rápido à beça. — O fazendeiro se virou e passou os olhos pela construção. — Não é lá grandes coisas. O que acha?

— Ainda está meio úmido — respondeu o pintor, torcendo as mãos.

— Nada, para tingir, não. Vai servir para começar. A brisa está boa. Ali no alto está quase seco. Quero só um retoque. Nada exagerado.

Stanger se esticou de lado para olhar a caçamba.

— Tem material o suficiente? — perguntou.

O pintor confirmou.

— Mais do que o suficiente para o trabalho todo.

— Como eu falei, quinhentos dólares pelo serviço. Metade agora, metade na entrega. Tudo bem por você, Jasper? É Jasper, né? — disse Stanger, e notou que o braço do pintor estava enfaixado. — Se machucou?

— Foi só um arranhão.

O pintor puxou a manga para cobrir o pulso.

— Minha mulher é enfermeira aposentada. Pode pedir para ela dar uma olhada, ver se não infeccionou. Parece que cairia bem trocar essa atadura.

Jasper não disse nada. Tirou da caçamba a escada de alumínio de três andares que pegara emprestado na garagem do Sweet Lick e uma das latas.

Stanger se aproximou.

— Quer ajuda para carregar...

O pintor balançou a escada, impedindo o homem de se aproximar mais da caminhonete.

— Está tranquilo.

— Não está esquecendo nada, não? — disse o fazendeiro, mostrando um maço de notas dobradas.

O pintor equilibrou a lata na grade por cima da caçamba e pegou o dinheiro da mão do fazendeiro.

Stanger olhou para ele por um momento antes de acenar com a cabeça.

— Lá para o meio-dia vou pedir para minha mulher trazer um chá gelado.

— Não precisa — disse Jasper, sem subir a voz. — Ando com uma garrafa térmica.

— Então tudo bem, fica à vontade.

O fazendeiro deu meia-volta e seguiu para a casinha estrada acima.

Jasper apoiou a escada na lateral do celeiro e amarrou as partes, antes de abri-la completamente, chegando perto da calha. Ele viu o fazendeiro atravessar a estradinha e subir pela inclinação leve da grama alta, entre macieiras podadas. Tirou o rádio portátil do banco da frente da caminhonete e subiu a escada inteira, prendendo o aparelho no lado oposto onde colocaria a lata.

O fazendeiro estava certo. O alto estava seco o suficiente para começar. Uma hora depois, ele tinha acabado um dos lados no andar de cima. Era um bom momento para uma pausa. O rádio da caminhonete estava ligado e o noticiário havia acabado de começar. Ele abriu a garrafa térmica e provou o primeiro gole.

"De acordo com a polícia, Julie Heath, de catorze anos, foi vista pela última vez pouco depois das três horas do dia 28 de julho, voltando da casa de uma amiga na estrada Old Shed em Crosshaven." A transmissão repetiu a descrição da menina e das roupas dela e, em seguida, os números de contato. Não havia novas informações.

A bebida o refrescou. Ele tirou da caçamba uma lata nova de tinta e se distraiu com o trabalho. Às duas, o sol começou a surgir por trás das nuvens. Às três, o céu estava completamente limpo, e ele já tinha usado seis latas e pintado três lados inteiros do celeiro, além do anexo todo. Estava trabalhando na última seção da lateral do celeiro quando o som de vozes jovens e gritos alegres o fizeram virar a cabeça.

Ele completou a seção rapidamente e abaixou o pincel, a mão direita coberta de tinta por causa das sete horas de respingos. Ele percebeu que os gritos vinham de perto do pomar do outro lado da estrada. Desceu a escada e correu até o canto do celeiro. Não dava para ver bem por trás do mato alto, mas ele servia para escondê-lo. Remexeu nas pedras do bolso direito.

— Ei, você aí!

Stanger vinha caminhando na direção dele enquanto inspecionava o trabalho concluído.

— Você é rápido mesmo — disse com um sorriso largo, nitidamente satisfeito. — Lonnie estava certo. Escuta, você teria interesse em pintar umas paredes internas lá da casa? Minha mulher quer...

Ele sacudiu a cabeça.

— Só trabalho com pintura externa.

— Posso pagar bem. Tem certeza?

— Absoluta.

Jasper seguiu para a caminhonete, estacionada na frente do celeiro. A presença de Stanger o deixava desconfortável. Ele desejou ouvir de novo os gritos animados.

— Como quiser — disse Stanger, indo atrás dele. — Aproveitando que estou aqui, já vou pagar o resto.

Ele aceitou o dinheiro sem dizer mais nada. Dessa vez, Stanger não se demorou. O pintor cerrou os punhos, descascando a tinta seca nos dedos. A interrupção tinha estragado tudo. Ainda faltava pintar a porta dupla e a viga debaixo da polia de onde pendia uma pinça de feno, aberta e enferrujada. A ferramenta parecia prestes a agarrá-lo. Ele não sabia se ia aguentar — estava com um nó no estômago, sentia a necessidade urgente. Um vazio imenso o preenchia. Nos últimos dias, aquela agonia havia piorado.

Ele esticou a mão pela janela da caminhonete, pegou a garrafa térmica quase vazia, e a virou, bebendo até a última gota. Sentia tanta falta daquelas vozes jovens que chegava a arder.

No início de setembro, um caçador de guaxinins estava caminhando pela Floresta Estadual Patrick, com uma espingarda pendurada no ombro. O cachorro do caçador, um braco alemão de pelo curto, ia farejando na frente, andando em ziguezague, concentrado em algo que apenas seu olfato era capaz de detectar. Um corvo saiu voando de um galho caído, carregando um pedacinho de alimento no bico. O homem se maravilhou com a capacidade do pássaro de evitar bater nas árvores ao acelerar por um desfiladeiro repleto de troncos de carvalho. A luz do sol inundou a floresta de repente, banhando-a em um bonito tom de vinho.

Um movimento no desfiladeiro chamou sua atenção: três veados saltitando sem fazer barulho em arcos graciosos, com o rabo branco brilhando. Nenhum tinha galhada. E nem era temporada de veado. A cabeça de uma corça apareceu mais adiante na inclinação, com o pescoço elegante e ereto. O animal olhou atentamente para o caçador, antes de desaparecer atrás de um galho quebrado. O homem atravessou um monte de folhas, que chegava até suas canelas, na direção de onde a corça desaparecera.

Sob uma plataforma de calcário íngreme, o cachorro soltou um uivo lamentoso. Abaixou bem a cabeça, apontando alguma coisa embaixo da rocha sobressalente. Com certa dificuldade, o caçador atravessou o terreno íngreme e cheio de árvores na direção do ponto que atraía a atenção do cão.

— O que foi, Zeke? Um guaxinim pegou sua língua, é?

Uma pilha de folhas bagunçadas chamou a atenção do homem. Ele semicerrou os olhos, tentando identificar o que era aquilo escapando por entre as folhas.

— Meu Deus do céu!

O caçador recuou e tropeçou, a sola da bota ficando presa em um galho e fazendo com que ele caísse para um lado, e a espingarda para o outro. A arma disparou com um estalido alto, e um punhado de melros fugiu por entre as árvores, voando desembestados em busca de segurança.

O ganido do cão soou quase humano ao olhar para o homem. O caçador se recompôs e se aproximou do lugar. Um braço endurecido saía dali; dedos azuis-arroxeados se erguiam que nem uma flor em decomposição, ainda presos a um corpo escondido em algum ponto em meio às folhas.

Ele passou os olhos pelos arredores, memorizou o lugar e amarrou uma fita de plástico vermelha na árvore mais próxi-

128

ma ao corpo. Era como marcava troncos quando o cão fazia um guaxinim subir demais para o alcance da espingarda e ele precisava trocar de arma. Ele fez uma breve oração e foi pedir ajuda.

Era dia 2 de setembro, e a caça pelo assassino de Julie estava prestes a começar oficialmente.

CAPÍTULO CATORZE

O quarto dia de setembro irrompeu nebuloso. Fiapos de céu cinzento roçavam a copa das árvores. Uma umidade fria pairava sobre tubos amarelados de milho cortado.

McFaron se ergueu na cama ao ouvir o celular: uma ligação de Mary. Funcionária incansável, a despachante estava sempre disponível para ele. Ultimamente ela vinha enfrentando muita coisa por ele, que estava bastante envolvido na busca por Julie Heath. Na semana anterior, um fazendeiro chegou ao escritório bufando, irritadíssimo, dizendo que não arredaria o pé da mesa de McFaron até o xerife aparecer. Mas ele não era páreo para Mary, que passou os polegares por cima do cinto de balas, tirou o calibre .38 Special do coldre de couro e apontou bem para a cara do fazendeiro. Ele resolveu então se sentar em uma cadeira no canto junto à porta sem dizer mais nenhuma palavra.

— Desculpe incomodar tão cedo, Joe. Bob Heath telefonou. Quer que você ligue para ele imediatamente. Câmbio.

— Vou ligar para ele no caminho.

— Entendido, xerife.

McFaron pôs os pés no chão e coçou a cabeça com vigor. Em sua mente, surgiu a imagem de Karen Heath vomitando nas mãos e nos joelhos depois que ele deu as notícias do dia anterior. Ele levou a mãe perturbada até a construção residencial em que o marido estava trabalhando. O desaparecimento da filha tinha sido uma imensa fonte de esgotamento para Bob Heath; para McFaron era óbvio que, no último mês, o trabalho na casa mal progredira. O xerife ficou lá por tempo suficiente apenas para informar o ocorrido a Bob, que parecia já esperar pelo pior. Ao ouvir os fatos breves sobre a morte da menina, Bob se arrastou na direção de sua caminhonete e se sentou na porta aberta da caçamba. Ele nem tinha percebido a presença da esposa, que tampouco pareceu notar a do marido. Ela permaneceu sentada na caminhonete do xerife, a testa apoiada no painel. Antes de partir, o xerife a tirou de lá e a levou até o banco do passageiro do veículo de Bob. Enquanto saía dirigindo, McFaron deu uma olhada pelo espelho retrovisor. Karen estava jogada para a frente no banco. O pai permanecia imóvel na porta da caçamba.

O que poderia fazer por Karen, Bob e a pequena Maddy? Ele não conseguia se livrar da imagem dos olhos de Karen: estavam perdidos, não importava o que ele fizesse. O luto dela também era o dele.

Estava cedo demais para começar a se martirizar. A caminho do local do crime, ele contatou Mary pelo rádio do Bronco.

— Estou esperando a visita do FBI hoje.

— FBI? — questionou Mary. — Você estava planejando me contar isso quando? Câmbio.

— Eu não fui exatamente consultado com antecedência — explicou McFaron com certa aspereza na voz. — O dr. Henegar teve que relatar o assassinato aos federais. Não conte isso para ninguém, por favor, mas, pelo visto, esse caso é muito similar a duas outras mortes que o FBI está investigando.

De repente, ele vislumbrou outra vez o doutor inserindo a espátula pela abertura arroxeada ao longo da lateral do corpo de Julie Heath. Ela estava cortada em filetes como um peixe; o criminoso a estripou e a deixou oca; que tipo de aberração era capaz de fazer isso? Tudo parecia irreal, como a cena de um filme que ele tinha alugado sobre um monstro alienígena que perfurava o corpo das vítimas.

— E quando é que esse agente vai chegar?

— Não faço ideia. O doutor disse que ela vem de avião de Chicago, uma antropóloga ou algo do tipo.

— Ela? — retrucou Mary, sem esconder a surpresa na voz.

— Precisamos mandar alguém para recebê-la?

McFaron pensou ter detectado uma pontada de indignação no tom de Mary.

— Ela mesma vai ter que providenciar o transporte. Estou indo agora dar mais uma olhada na cena do crime — contou ele, se sentindo pressionado a encontrar evidências cruciais antes que o FBI chegasse à cidade.

— Você não está esquecendo nada?

— Ligar para Bob Heath, eu sei.

— E seu café? — perguntou ela com a voz abafada. — Já foi passado e está à espera, gostoso e quentinho.

Ela tomou um pouco de chocolate quente Swiss Miss.

— Você não vai durar dez minutos zanzando pela floresta úmida sem cafeína e uma rosquinha fresca.

— Guarde uma para mim. Câmbio e desligo.

McFaron pisou no freio quando o caminho ficou mais íngreme; a neblina engolfou o Ford Bronco como uma nuvem branca. As casas e árvores sumiram de súbito. Gotículas finas salpicaram o para-brisa silenciosamente. Quando uma porção especialmente carregada de névoa encobriu qualquer vestígio de estrada diante dele, McFaron parou no acostamento e fechou os olhos, na esperança de ter alguns momentos de descanso, mas a imagem do corpo profanado de Julie lhe vinha à mente toda vez que baixava as pálpebras.

Uma limusine preta com placa do governo estava parada no estacionamento do aeroporto O'Hare. O motorista de Prusik parou na vaga ao lado. Por um instante ela ficou arrepiada ao imaginar que Bruce Howard também teria pegado um voo para Crosshaven e conseguido chegar antes dela. Então ela se deu conta do absurdo de seu pensamento. Howard estava indo de trailer com a unidade de campo forense. Era só um motorista solitário esperando por alguém na limusine.

Ela pegou as malas e passou apressada pelas portas automáticas do terminal. Havia orientado Brian Eisen e Paul Higgins a investigar todos os membros das equipes de pintura que reformaram o Museu de História Natural no último mês de março. Ela quer descobrir se havia alguma conexão entre os objetos roubados do museu e os respingos de tinta dourada especial encontrados no cabelo de uma das vítimas, e se o assassino possuía conexões mais profundas com a região da Grande Chicago. Eisen conseguira localizar um buraco do tamanho de uma agulha na ponta de uma pena recuperada da cena do crime em Blackie, o que significa que o assassino pode tê-la usado como acessório ou numa máscara.

Filas de passageiros à espera serpenteavam pela área de inspeção de segurança e depois pelos portões de embarque. Prusik mostrou sua identidade ao guarda na ponta de uma fila e passou pelo detector de metais sem aguardar. Era um dos poucos privilégios de seu trabalho, embora na maior parte do tempo não se sentisse muito privilegiada.

Uma grande tela de TV mais adiante mostrava as horas: 7h20.

— Christine?

Thorne estava a menos de três metros, sob um conjunto de monitores que mostravam as chegadas e partidas, conferindo seu bilhete. Sua maleta marrom combinava perfeitamente com os óculos de tartaruga.

— Hum... olá, Roger — cumprimentou Prusik, corando. Então se lembrou de que o tinha superado.

As pálpebras dele tremularam.

— Alguma novidade? — perguntou ele, e em seguida verificou o relógio brilhante em seu pulso. — Estou prestes a embarcar para Washington — acrescentou, movendo a cabeça para a frente, em direção ao portão de embarque.

— Ah, você quer dizer... — Prusik ergueu ligeiramente sua pesada maleta forense. — Acho que nós dois estamos prestes a viajar, senhor.

Thorne franziu a testa.

— Engraçado, por um segundo pensei: *Que ótimo, Christine veio me procurar no aeroporto para me passar algumas notícias de última hora que a diretoria gostaria saber.*

Ela se segurou para não soltar um palavrão, então relatou sobre o corpo da menina encontrado em Crosshaven.

Thorne assentiu.

— Sim, estou sabendo. Bruce me ligou. Já estão na estrada. Ele também me contou que encontraram evidências de sangue. Por que você mesma não me contou sobre essa Julie Heath, que está desaparecida há mais de um mês?

Prusik sentiu as bochechas esquentarem.

— Estou indo pessoalmente à cena do crime agora e assim que possível contarei o que encontrar lá.

Por que Howard não falou para ela sobre o sangue?

— Eu estava esperando obter mais algumas informações antes de inteirar você de tudo. Como disse, estou indo para lá agora.

Isso pareceu patético até para ela.

— Tudo bem, Christine. Eu sei que não deveria interferir — disse Thorne, abrindo um sorriso forçado. — Na verdade, pedi para Bruce me ligar já que não recebi nenhuma pista sólida diretamente da sua equipe. Minha expectativa era de que a esta altura do campeonato já teríamos alguns nomes de potenciais suspeitos.

Ele sustentou o olhar dela por um instante e então desviou os olhos.

Christine assentiu, mas não disse nada.

— Veja, Christine, agora não é o momento nem o lugar para disputas entre departamentos, para as quais, como eu disse, posso ter contribuído. Sinto muito por isso. Você tem o direito de estar irritada.

Ele pigarreou antes de continuar.

— No entanto, você deveria ter me contado sobre essa menina. Você precisa me manter informado a respeito da situação.

Ele parou e a analisou por um momento.

— Tenha em mente que Bruce *comanda* a unidade móvel, e você, a equipe do laboratório. Agora, se não tiver mais nada a relatar sobre o caso, me dê licença, por gentileza. Preciso embarcar no avião.

Christine o observou ir embora a passos largos, espantada por ter ouvido o que parecia um pedido de desculpas vindo de seu chefe.

— Nossa, quem diria... — murmurou ela, então se virou e foi para o portão de embarque, já pensando no dia que teria pela frente.

Uma hora e meia depois da decolagem, o avião desceu até o pequeno campo de pouso alguns quilômetros ao norte de Crosshaven. Do lado de fora, Prusik chamou o único táxi: um carro enorme caindo aos pedaços com um estêncil na porta onde se lia: SERVIÇO AUTOMOTIVO DE DENNIS MURFREE.

Ela deslizou até o banco traseiro usando seu terno azul--marinho, que era confortável o suficiente para se usar em viagens e, o mais importante, lhe caía muito bem. Ela o comprara no Marshall's da rua Lake Shore, aonde os novos-ricos iam em bando atrás das lojas mais baratas mas não gostavam de admitir. A peça passou no teste a que todas as suas roupas eram submetidas: sobreviver a uma caminhada na mata em todos os tipos de clima. Ela tinha certeza de que vasculharia alguma mata.

— Como vai, dona? — cumprimentou Murfree, que permaneceu largado no banco do motorista, um cigarro balançando entre os lábios. — Para onde vamos?

O espasmo de uma tosse o interrompeu, e seu rosto ficou roxo como uma beterraba.

— Para o consultório do dr. Walter Henegar, por favor — respondeu Prusik. — Sabe onde fica?

Murfree agarrou o volante com ambas as mãos, os olhos marejados olhando inexpressivos para a frente.

Prusik observou ao redor do estacionamento, em busca de um lugar para alugar um carro.

— Quer que eu pegue algo para você beber?

Ainda incapaz de falar, ele gesticulou recusando. O carro fedia a tabaco mesmo com todas as janelas abertas. O estofamento do teto estava pendurado, esfarrapado e amarelado. Murfree se recompôs e deu a partida no carro, que engasgou e depois morreu. Prusik fechou os olhos. No minuto seguinte eles estavam quicando sobre as molas do carro por uma rua de acesso. Prusik agarrou as malas com força para impedir que seus instrumentos chocassem uns nos outros.

Murfree dirigiu pelo meio da cidade, passando por uma lanchonete. Uma placa de neon na janela dizia: COMIDA BOA AQUI. A fumaça, que se afunilava por uma chaminé lateral, era tão espessa e gordurosa que Prusik podia sentir o cheiro. Cinco minutos depois, Murfree parou no acostamento ao lado de um antigo sobrado. Nada no exterior dava a impressão de que era um médico que trabalhava ali: não havia nenhuma placa identificando o nome do profissional, só um código postal pintado de maneira tosca em uma coluna da varanda. Prusik contornou o táxi até a janela aberta de Murfree.

— Tem certeza de que o necrotério é aqui?

— Sim, senhora, lá nos fundos — respondeu ele, sua tosse voltando com tudo. — Pode ir lá.

Ele pareceu apontar para a porta principal, embora fosse difícil saber por causa do ataque de tosse, que se tornava cada vez pior. O rosto corado do taxista fez Prusik se lembrar de seu pai, mas a vermelhidão dele não era causada pelo tabagismo, e sim por Yortza, a mãe temperamental de Prusik. Ela tocou de leve o ombro estreito de Murfree.

— Olha, talvez não seja da minha conta, mas já pensou em arrumar um adesivo de nicotina?

Ele bateu a cabeça com força no eixo do volante enquanto a tosse violenta sacudia toda a sua estrutura.

— Sim, senhora.

Prusik pagou a ele e pegou as malas. A porta da frente estava entreaberta.

— Dr. Henegar?

Labradores vieram correndo lá de dentro, as unhas escorregando e deslizando pelo piso de linóleo. Ver os animais ávidos animou Prusik. Ela pôs as malas no chão e fez carinho neles, falando palavras afetuosas. Os cachorros lamberam suas bochechas.

— Não deixe esses brutamontes pegarem no seu pé. Dra. Prusik, estou certo?

Henegar enganchou um dedo sob a coleira de cada cachorro e os conduziu até o que parecia uma cozinha.

— É agente especial Prusik — corrigiu ela. — Sou antropóloga forense, não médica.

Eles trocaram um aperto de mãos.

— Prazer em conhecê-lo — disse ela, enquanto fazia uma inspeção rápida e superficial pelo local, que mais parecia uma cabana de caça rústica do que um necrotério que atendia minimamente às normas.

O corredor estava lotado de caixas de papelão. Uma rede e uma vara de pescar estavam penduradas na parede perto de hastes e carretéis.

Henegar deu um tapa na testa.

— Por favor, me perdoe por não ter ido ao aeroporto. Pensei que alguém do escritório do xerife cuidaria do transporte.

— Está tudo bem, doutor. Podemos ir para o seu laboratório?

Prusik ergueu a sobrancelha e continuou:

— Se não tiver problema para você, eu gostaria de começar.

A alça da mala forense estava machucando seu ombro.

— Sim, claro. — O médico passou pela porta vaivém e tirou uma pilha de revistas *Field & Stream* de cima de uma cadeira.

— Deixe-me abrir um pouco de espaço para que possa trabalhar.

— Cadê o corpo? — perguntou ela, parecendo alarmada.

Ele se deteve de súbito, com as revistas nas mãos.

— Ah, não se preocupe, cuidaremos dela num instante. Está sã e salva no refrigerador portátil lá atrás.

Prusik franziu a sobrancelha, meio boquiaberta.

— Está trancado a chave — continuou Henegar. — A salvo de qualquer coisa, principalmente dos animais selvagens. Um guaxinim ou outro aparecem por aqui de vez em quando, mas não se preocupe. Billy e Josie os espantam com os latidos.

Balançando a cabeça, Prusik largou as malas.

— Esta instalação é certificada pelo conselho, doutor?

Henegar largou uma lata de café vazia no balcão próximo à mesa de exames.

— Sim. O tampo da mesa está limpo e o corpo não foi comprometido.

— Bem, pelo menos uma boa notícia.

Ela avistou um cesto de vime no canto. Tirou o paletó e o pendurou no espaldar da cadeira.

— Percebo sua sinceridade, doutor, mas a ciência forense moderna exige mais do que simplesmente *querer* encontrar um assassino. Exige... — disse ela, deixando seu olhar vasculhar a sala. — ... mais do que *isso*.

— Concordo — declarou Henegar, assentindo, os olhos fechados. — Vamos trazê-la para cá?

Uma portinha levava a uma varanda dos fundos onde uma lona azul cobria um armário envolto em aço grande o suficiente para conter um corpo.

— Que procedimentos usou para descontaminar isso? — perguntou Prusik.

— Segui estritamente as regras, agente especial. Um saco plástico novo toda vez. Troquei o saco de dentro também. Esse corpo está exatamente do jeito que foi encontrado.

— Mas você já fez um exame preliminar nela, certo, doutor? — questionou ela, em um tom levemente acusatório.

— Fiz, seguindo todos os protocolos, tim-tim por tim-tim. Com traje e luvas do início ao fim.

Ele abriu o cadeado e virou o ferrolho pesado. Os cachorros começaram a uivar na cozinha.

— Presumo que Billy e Josie não passearam por aqui durante o exame do corpo, certo? — indagou ela.

Ele puxou a bandeja que continha o saco preto.

— De forma alguma.

Prusik segurou uma ponta enquanto Henegar levantava a outra.

— Desculpe. Eu esperava que o xerife McFaron estivesse aqui nessa parte.

Eles levantaram o saco juntos. Prusik o olhou desconfiada outra vez.

— Então o xerife ajudou você a fazer o exame preliminar? E a remover o corpo da cena do crime?

— Sim, ele estava na cena do crime. Um caçador encontrou o corpo. Ele e o cachorro.

As bochechas e a testa de Henegar coraram.

— Matusalém estava fora da cidade... o cão-de-santo-humberto que nós usamos para localizar pessoas desaparecidas.

— Alguém tocou o corpo sem luvas, doutor?

— Segundo McFaron, o caçador foi cuidadoso. Só marcou a árvore ao lado do cadáver com uma fita. O xerife e eu usamos luvas quando a tiramos de lá, é claro.

Henegar foi andando de costas até a sala de exames, segurando a porta aberta com o pé. Eles deslizaram a bandeja na mesa de exames.

Prusik não perdeu tempo e pegou um par de luvas de látex, se assegurando de puxar a ponta dos pulsos por cima das mangas do jaleco. Ela analisou as fotos que Henegar tinha enviado ao laboratório, então abriu o zíper do saco onde o corpo estava. Dessa vez nenhuma mosca foi zunindo até seu rosto.

O corpo nu de Julie Heath jazia na mesa de metal sob um conjunto de luzes artificiais. Seu cabelo era um emaranhado de folhas e ramos. Havia marcas fortes de dedos visíveis em volta da garganta inchada da garota. O pescoço estava quebrado de uma maneira chocante, fazendo a cabeça se inclinar na direção do ombro de um jeito nada natural. Um dos braços tinha riscos de sangue coagulado onde um galho ou os espinhos de uma planta a arranharam.

— Você a encontrou enterrada?

— Sim, debaixo de uma grande pilha de folhas — respondeu Henegar, sua barba grisalha despontando por trás da máscara facial.

— O que poderia explicar a ausência de moscas, larvas ou ovos depositados ali — notou Prusik, falando baixinho para um gravador de mão.

Ela também anotou detalhes em um fichário de investigação que estava aberto no balcão atrás de si. Ela indicou a localização das contusões em um esboço esquemático do corpo humano.

Em seguida, se aproximou da mesa de aço inoxidável e então afastou a cabeça depressa para trás, tomada pelo cheiro forte da carne em decomposição.

— Talvez você queira passar um pouco daquela pomada que está ali na mesa debaixo do seu nariz — sugeriu o médico.

Prusik passou um pouco da pomada sobre o lábio superior. Uma dose anestésica de hortelã subiu por suas narinas.

— Duas vértebras cervicais estão quebradas, parcialmente esmagadas pela força das mãos do assassino — narrou ela para o gravador.

— As mãos desse cara são bem fortes — comentou o médico. — Estamos falando de um homem sem sombra de dúvida, certo?

Prusik assentiu e continuou com sua avaliação inicial. Com a ajuda do médico, ela virou devagar o corpo da garota para revelar a carne arroxeada granulada onde o sangue saturou a pele superficial, da mesma cor de um corte incrustrado ao longo da lateral do abdômen.

— Veja nos dois lados da coluna dela — observou o médico. — A lividez já tinha se firmado antes que ele fizesse o resto. Está vendo como o sangue coagulou nas costas?

O assassino provavelmente moveu o corpo depois de estrangulá-la.

É possível que algo o tenha interrompido logo após o estrangulamento, pensou ela.

— Por acaso você notou algum sedimento, resíduo ou corpo estranho nas roupas da vítima?

— Encontrei, sim, algumas partículas na saia — contou Henegar. — Nem um fio de cabelo exceto o dela. Tampouco sinais óbvios de sêmen. Não houve abuso sexual, pelo que pude ver. As unhas dela estão limpas, então ela não arranhou o agressor.

— Que tipo de partículas?

— Não tenho certeza. Uma substância áspera... à base de óleo, talvez — respondeu o médico. — Poderia ser algum tipo de tinta.

Prusik assentiu rapidamente.

— Dê uma olhada na lateral esquerda dela — disse o médico, apontando com o dedo enluvado. — Bem abaixo da caixa torácica.

Prusik levantou o braço esquerdo da garota com cuidado, expondo o torso ao máximo. A princípio, tudo que pôde ver debaixo das luzes branco-leitosas fluorescentes era um trecho de pele muito desbotada, como uma tatuagem esgarçada. Então ela viu algo que não esperava. Aquilo também era obra do assassino, com certeza. Toda a lateral esquerda do corpo da garota tinha sido aberta.

A mão esquerda de Prusik foi atraída como um ímã para o retalho de pele preto-arroxeada que se estendia da costela esquerda inferior da vítima até o osso do quadril. Ela inseriu a mão enluvada na escorregadia cavidade abdominal. Algumas gotas de suor deslizaram da linha de seu cabelo e correram pela ponta superior dos grandes óculos de proteção com armação de plástico. Ela foi além do peritônio até as cavidades pericárdica e pulmonar, câmaras que normalmente continham o coração e os pulmões, e que estavam vazias, a não ser por algumas folhas de carvalho.

— Ela é como uma ameixa seca. Está totalmente vazia — comentou o dr. Henegar, sua máscara facial inflando e murchando conforme ele falava.

— Obrigada pela comparação, doutor.

Ela introduziu todo o antebraço até o cotovelo. O dedo indicador tocou a base da via aérea estraçalhada da garota morta. Prusik respirou um pouco mais aliviada por não sentir nada obstruindo o caminho.

Perguntou ao dr. Henegar se ele não se incomodaria de secar a testa dela, então voltou para o gravador, descrevendo a traqueia destruída de dentro para fora. Enfiando o dedo indicador enluvado ainda mais longe na passagem apertada do esôfago,

Prusik encontrou algo duro. Com a ponta da unha ela fuçou, partindo o que quer que fosse em dois. Os pedaços caíram na cavidade pulmonar.

Ela retirou a mão enluvada, segurando os objetos rígidos. Virando as costas para a mesa e para o dr. Henegar, uniu as duas metades de pedra. Elas se juntavam com perfeição.

— Pode me dar licença, doutor? Preciso tomar um ar.

Ela abriu a porta de tela dos fundos, colocou as pedras no bolso do jaleco e arrancou as luvas. Desabotoou o colarinho e inspirou o ar dos pinhais. Mais uma estatueta de pedra. Por que o assassino estava colocando justamente estatuetas de pedra na garganta das vítimas? De costas para a porta, ela tirou um frasco de comprimidos do bolso e engoliu um. Nesse instante, ela escutou o som de uma porta de tela se abrindo e fechando: Billy e Josie tinham se libertado. Eles correram pelos degraus da varanda dos fundos e cumprimentaram Prusik, choramingando e esfregando o focinho nas pernas dela. Ela caiu de joelhos. Foi bom sentir as lambidas úmidas.

Henegar estava de pé junto à tela.

— Pode dar um chega para lá se eles exagerarem.

Prusik balançou a cabeça.

— Eles são ótimos — disse ela, pigarreando.

Voltou para a sala de exames, guardou as luvas e a estatueta em pedaços na sua maleta. O dr. Henegar enxotou os cachorros para a cozinha.

Com um par de luvas de látex novos, Prusik continuou seu exame do corpo, rezando para que a medicação fizesse sua mágica logo.

Ela olhou para cima assim que o dr. Henegar reapareceu.

— Há mais alguma coisa que eu deveria saber? — perguntou ela.

— Suspeito que você vai querer inspecionar o local onde encontramos o corpo — disse ele. — A Floresta Estadual Patrick é bastante isolada.

— Sim, seria bom — concordou ela.

— E tem outra coisa que ainda não consegui entender.

Ela ergueu as sobrancelhas.

— Nas evidências de sangue que encontramos lá perto, os metabólitos estavam elevados também.

— Uma discrasia sanguínea?

— Não, uma excreção da urina.

— E quanto ao sangue em si?

— Bem, não era de Julie. E estava misturado com ácido úrico em uma concentração alta demais para ter vindo só do sangue.

— Está dizendo que alguém urinou no mesmo lugar onde estava a amostra de sangue que você coletou?

Ele assentiu.

— Acho que sim. Joe me telefonou assim que encontrou. As gotas de sangue pareciam estar ali fazia só algumas horas. No momento eu não detectei mais nada fora do comum.

— Deixe-me ver esse relatório.

Prusik passou o dedo pelos relevos da cromatografia gasosa que representavam a composição química. Dois conjuntos de gráficos concorriam *in tandem* para a urina e o sangue.

— Foram encontrados vestígios de glóbulos brancos na urina — observou ela.

— Indicando a presença de infecção? — supôs o dr. Henegar.

— Sim, possivelmente. Mais importante é se o teste de DNA vai revelar uma correspondência entre os glóbulos brancos e o sangue encontrado na calçada.

— Você está presumindo que o sangue é do assassino — acrescentou Henegar. — Já que não é do tipo de Julie Heath. Que o meliante mijou na calçada depois?

— Ou perdeu o controle.

Ou perdeu o controle. Ela mesma quase perdeu o controle pouco antes, ao passar correndo pela porta dos fundos daquele jeito.

Prusik respirou fundo e expirou devagar. Controle. Ela conseguia manter o controle. Tinha se tornado mestre nisso ao longo dos anos.

— Bem, dr. Henegar. Vamos então fechá-la no saco e examinar a cena do crime?

Christine seguiu o dr. Henegar até a entrada da frente. O som do arranhar de patas chamou a atenção de Prusik para a porta da cozinha, onde ela observou o focinho de ambos os cachorros enfiado entre o batente e uma cadeira que o médico tinha colocado para formar uma barricada. A dupla foi entrando aos empurrões, choramingando, em um último ataque de amor. Christine se inclinou e deixou que eles lambessem seu rosto.

— Bando de rebeldes.

— Eles podem ser rebeldes o quanto quiserem comigo.

Depois das duas horas que passou examinando os restos mortais de uma garotinha tão profanada, os beijos dos labradores eram um alívio bem-vindo.

CAPÍTULO QUINZE

O céu escureceu. O ar tinha uma umidade carregada e nada agradável. David Claremont estava agitado e exausto. Não dava mais para morar em um quarto na casa dos pais onde nem podia descansar. Precisava cair fora. Engatou a marcha da caminhonete e pisou fundo no acelerador. Dez minutos depois, entrou no estacionamento de chão batido da loja de suprimentos para fazendas.

Do outro lado do estacionamento, a porta de um carro se fechou com uma batida. Uma jovem pequenininha usando uma calça jeans bem justa passou com agilidade por uma fileira de cortadores de grama vermelho vivo. Seu cabelo estava preso em um rabo de cavalo saltitante como o de uma garotinha e balançava enquanto ela caminhava. David a seguiu em direção à entrada principal do prédio detonado da cooperativa.

A jovem caminhou por um beco e desapareceu nos fundos da loja onde havia vãos ao ar livre com pilhas de madeira serrada, canos, cerca para gado e outros suprimentos. Um trovão sinalizou que a chuva se aproximava.

Ao enfiar a cabeça freneticamente entre os vãos à procura da jovem, David estava se esquecendo da razão pela qual estava ali: comprar quatro galões de tinta vermelha para pintar um celeiro. Algo nela o atraía, quase como se ele não tivesse escolha. No meio de um corredor estreito, a avistou puxando com força um rolo de arame. A sensação de alívio o invadiu.

Dando um passo para trás, ela olhou para ele e sorriu.

— Ei, senhor, se importa de me dar uma mãozinha? Parece que isto aqui está emperrado.

Ela usava um pequeno par de luvas de couro para trabalho pesado.

— Seria um prazer — respondeu David, se aproximando.

A ponta do arame tinha se desenrolado e estava preso no rolo ao lado. David se concentrou na tarefa. Enquanto ele mexia no rolo solto, o perfume dela — de madressilva doce — invadiu suas narinas. Ele deu um puxão rápido no arame, e o rolo se desprendeu.

— Nossa! Você é forte, hein?! — exclamou ela, tirando uma das luvas e estendendo a mão. — Obrigada. Meu nome é Josephine.

David apertou a mão quente dela.

— Eu poderia levar isso para o seu carro se você quiser. Meu nome é... David.

— Obrigada pela gentileza. Como eu poderia recusar?

A voz dela era doce e melodiosa, exatamente como ele sabia que seria; David ficou mais calmo só de ouvir. Pôs o rolo no ombro e a seguiu, hipnotizado pelo modo como caminhava, pelo perfume que o inundava e pela mão branca e macia que apertou a dele. David desfrutava de uma serenidade que nunca havia sentido.

Eles contornaram o prédio da cooperativa, percorrendo um caminho mais curto até o carro dela.

O campo visual de David subitamente se estreitou, como um cavalo usando antolhos. No Halloween, quando ele tinha dez anos, ficou olhando por buracos em um saco de papel pardo no qual tinha desenhado uma figura que lembrava mal e porcamente o Frankenstein.

Sua respiração ficou pesada. A mulher simpática não notou que havia algo errado, mas a sensação de estar fora de si aumentava cada vez mais.

Uma inquietação crescente o paralisou, deixando-o assustado. David puxou o ar pela boca aberta com dificuldade. Seu coração martelava, pedia mais. Ele caminhou cambaleando na direção do carro, implorando a si mesmo: *Só ponha o rolo no porta-malas do carro dela! Rápido!*

A mulher já estava atrás do carro, abrindo o porta-malas.

— Deixe eu ajudar — disse ela com uma voz adorável.

O rolo de arame tombou das mãos dele. David não estava vendo a mulher onde ela deveria estar. Ele só conseguia ver uma garota correndo por uma mata fechada, os cotovelos se agitando em um padrão hipnotizante, as lindas pernas brancas pulsando em sincronia debaixo de uma saia plissada em um movimento perfeito.

— David, você está bem?

A voz da mulher o interrompeu de novo, dessa vez ao lado de David, abrindo caminho através de uma floresta de carvalhos vindo bem na direção dele. Ele sentiu as pequenas mãos dela tocando suas costas. Forçou um sorriso. Gostava do rosto da mulher; ele a teria seguido para qualquer lugar. Mas as árvores não paravam. Ele via troncos de carvalho espalhados por uma floresta íngreme. Eles se fundiam uns aos outros. Turbilhões e redemoinhos trituravam sua visão. Seus batimentos pulsavam contra a camisa, um muro impenetrável de carvalhos o encarcerava, sufocando-o. Ele não estava na cooperativa do fazendeiro. Pelo menos parte dele não estava.

Um grito explodiu dentro de sua cabeça. David tombou de lado com força.

— Saia de cima de mim!

A voz aterrorizada da mulher o assustou. David podia ver algo segurando a bela mulher, prendendo-a pelos ombros, olhando para ela de cima.

— Me solte agora mesmo!

As palavras dela doeram nele. Uma unha cortou sua bochecha. Um joelho atingiu sua virilha, e David recuou, gemendo de lado.

— Ei, você, parado aí!

Uma bota masculina atingiu com violência o tornozelo de David, que caiu no chão. A espingarda fez um *clique* e o homem corpulento apontou a arma para ele.

— Eu... não quis... machucar... só... tentando ajudar.

Seu tornozelo latejava sem dó.

A mulher estava falando com tranquilidade, convencendo o homem a abaixar a arma, garantindo que estava tudo bem.

David fechou os olhos ao ouvir as palavras dela: ela estava bem. Estava protegendo-o. Ele iria vê-la outra vez, sentir a palma macia da mão dela na dele. Ele ainda podia ter esperança.

Alguns minutos depois uma nuvem de poeira veio se afunilando por trás de uma caminhonete em alta velocidade pelo estacionamento. Os pneus cantaram, freando até parar. A porta do motorista se abriu. David reconheceu imediatamente o cabelo branco e as bochechas avermelhadas do velho. Sua boca estava tensa, os lábios enrugados por permanecerem franzidos durante anos. O pai não gostava de conversa fiada.

— David! Está aí? — A voz dele soava irritada. — Qual é o problema desse seu cérebro de minhoca, hein? Está me ouvindo?

Uma segunda nuvem de poeira subiu pelo estacionamento no rastro de uma viatura da polícia que freou ruidosamente até parar. Dois policiais saltaram para fora e se aproximaram depressa.

No chão, o tornozelo de David latejava de forma implacável. Ele estreitou os olhos para o sol, quase exatamente acima dele, brilhando através de uma brecha entre as nuvens. Além da mulher, aquela era a única coisa boa. Ele sentiu que o sol quase o cegava, mas não se importou. A luz o aquecia, o acalmava. Ele esperou por sua punição.

Henegar tirou o celular do bolso do casaco e discou o número de McFaron.

— Joe, aqui é o doutor. Aham. Estamos a caminho agora mesmo.

Ele assentiu.

— Vou dizer a ela — complementou, então desligou o telefone. — Aparelhinho maravilhoso. O xerife já chegou à cena do crime.

— Ele o quê?! — exclamou Prusik, em um tom cortante que surpreendeu tanto a ela quanto o médico.

Ele tirou o pé do acelerador.

— Falei algo errado?

— Não, nada — respondeu ela, gesticulando com as costas da mão. — Espero que não me ache crítica demais, doutor. Só que é frustrante quando temos poucas evidências para trabalhar.

— O xerife e eu fizemos de tudo para preservar o local — disse Henegar com cautela. — Nesta época do ano é difícil, com as folhas caindo, a chuva e tudo o mais. Ah... quase me esqueci de contar... um certo sr. Howard ligou para o escritório do xerife McFaron cerca de uma hora atrás. Algo a ver com um pneu furado ao norte de Indianápolis.

Um sorrisinho irônico se abriu nos lábios de Prusik.

— Pneu furado? Coitadinho.

— Ele é um dos seus?

— Aham.

Howard tinha o número do celular dela, mas mesmo assim optou por ligar para o escritório do xerife.

— Você não parece ser muito fã dele.

— Só entre nós dois, doutor, ele tem um talento especial para me tirar do sério.

Prusik tentou suprimir um sorriso ao imaginar o trailer quebrado na beira da estrada e Howard batendo os pés de um lado para o outro, esperando pelo reboque.

Uma floresta surgiu adiante. Henegar desacelerou o carro e virou para entrar nela.

— O corpo foi encontrado a uns quatrocentos metros da estrada. Debaixo de um barranco perto de um riacho. Essa mata tem escarpas bem íngremes, com faixas de calcário exposto em certos pontos. Só dá para notar o declive depois de alguma distância. É fácil torcer o pé se não tomar cuidado.

— Não se preocupe comigo, doutor. Estou com meus sapatos de caminhada — disse Prusik, pendurando a alça da câmera no ombro. — Vamos, então?

— Com certeza — respondeu Henegar, se juntando a ela.

* * *

O xerife McFaron usava um par de luvas de pele de veado. A luz do sol atravessava um grupo de árvores altas, projetando milhões de partículas em suas hastes luminosas. Folhas molhadas roçavam as barras de sua calça enquanto ele fazia o reconhecimento da área ao redor da faixa amarela da polícia que demarcava a cova rasa de Julie Heath.

McFaron olhou para cima ao ouvir passos se aproximando. Uma mulher com cabelo castanho sedoso vinha na direção dele, segurando a mão do dr. Henegar para se apoiar.

— Você deve ser o xerife McFaron — disse ela, tomando fôlego. — Agente especial Christine Prusik, muito prazer. Essas luvas são do seu armário de caça?

McFaron imediatamente se deu conta do erro, mas não soube o que fazer.

— Não entendi.

— Eu agradeceria, xerife, se você se afastasse do perímetro — declarou ela, as sobrancelhas se erguendo junto à franja castanha cortada bem curtinha. — E colocasse luvas de látex.

O dr. Henegar estendeu um par.

— Aqui, Joe, tenho algumas sobrando. Melhor colocar.

McFaron levantou a faixa da polícia e saiu do perímetro. Os três colocaram luvas. Prusik contornou com cuidado a área demarcada, examinando a depressão nas folhas onde o corpo tinha sido localizado.

— Encontrou alguma coisa, xerife? — perguntou ela sem olhar para cima. — Com ou sem luvas?

— Nada — replicou ele, irritado com a postura desnecessariamente superior dela. — Fora o sangue que coletamos ao lado da estrada.

Sem alongar a conversa, Prusik examinou a cena, estudando cuidadosamente os troncos de árvores próximas com seu bloquinho de notas em mãos. Havia um carvalho mais largo do que os outros na ponta da cova de folhas. A agente abriu sua maleta e pegou o gravador portátil.

Ela não perguntou mais nada ao xerife, que notou como sua presença era indesejada.

— Estou vendo que não serei mais necessário aqui — afirmou ele, secamente, e se virou para ir embora.

Prusik olhou para cima, sobressaltada.

— Ah, xerife, por favor, me desculpe. Perdão se eu pareci tão...

McFaron ficou esperando. Uma linha de suor escorreu por seu rosto.

— ... abrupta — completou ela. — Só para esclarecer, não é só você que está com a corda no pescoço aqui.

— Não estou questionando sua autoridade para conduzir a investigação.

O chapéu de McFaron caiu dentro do perímetro. Ele se agachou depressa para pegar. Era estranho pisar na camada grossa de folhas que cobria a encosta íngreme e arborizada.

— Que bom. Então vamos nos dar bem.

Ela olhou para McFaron, que a encarou de volta em silêncio.

— Veja as coisas da seguinte forma, xerife. Pelo menos você terá alguém para pôr a culpa além de si mesmo. O FBI dá um ótimo bode expiatório, pelo que percebi.

— Bem, estou feliz por ter apresentado vocês dois — disse o médico de repente. — Agora que já trocamos gentilezas, alguém gostaria de conferir a cena do crime para ver se deixamos passar alguma coisa?

Prusik abaixou o bloquinho.

— Eu preferiria que você ficasse, xerife. Você é um membro muito respeitado desta comunidade, pelo que o doutor me contou. Imagino que vou precisar de sua ajuda.

McFaron assentiu.

— Então, o que gostaria de saber, agente especial?

Ela olhou para baixo, para a tora inclinada que formava um ângulo com a área não demarcada pela faixa.

— Creio que você e o doutor tiraram essa tora de cima do corpo da vítima. Vocês fizeram isso com as mãos descobertas?

— Posso ter feito isso — respondeu McFaron, ficando afobado outra vez. — Para chegar ao corpo. Nós giramos o galho pela ponta para não deixar nossas impressões digitais nem borrar qualquer impressão que pudesse ser coletada depois — acrescentou. — Depois colocamos luvas para remover o corpo. Seguimos à risca o protocolo da polícia. Olhe, essa é minha primeira investigação de homicídio. Fiz o máximo que pude para proteger a cena assim que foi relatada. Ninguém adulterou nada, tenho certeza.

Prusik pegou sua câmera e tirou algumas fotos da cova enquanto ouvia McFaron.

— Bom, xerife, parece que essa é a terceira vítima do mesmo assassino. Vamos precisar fazer mais do que seguir à risca o protocolo da polícia para pegá-lo, infelizmente — informou ela, tirando mais uma foto. — Olhe — continuou, em um tom mais suave —, sei que provavelmente foi você quem contou aos pais sobre a morte da menina e que vocês devem ser muito próximos. Não quero parecer cretina.

— Você tem razão. Eu deveria ter usado luvas desde o começo — cedeu McFaron, a voz menos tensa. — Nesses quinze anos como xerife de Crosshaven eu nunca tive que lidar com um caso tão grande quanto esse, agente.

— Christine, pode me chamar de Christine.

Ela estendeu a mão.

— Meu nome é Joe — respondeu McFaron, apertando a mão de Prusik, que estava quente. O sol ressaltava as mechas avermelhadas do cabelo dela. — Eu... eu não tenho palavras para descrever o quanto a morte dessa garota tem tirado meu sono. Se tiver qualquer coisa que eu possa fazer para ajudar a encontrar o assassino, pode contar comigo.

McFaron tirou o chapéu, secando o suor da testa com a manga da jaqueta.

— Vamos ver o que podemos descobrir aqui para pegar o desgraçado — disse ela com uma voz dura, embora sorrisse para ele.

Os três vasculharam o perímetro, com cuidado para não mexer em nada que não fosse necessário. Pistas importantes poderiam ficar fora de vista no chão coberto de folhas da floresta.

McFaron apontou para algo preso no galho que tinha ficado em cima do corpo da vítima. Prusik pegou uma pinça fina na pochete que usava na cintura e extraiu o filamento com cuidado. Segurando perto do rosto, viu que era uma fibra de linho verde.

— Está vendo essa substância esbranquiçada, como se estivesse com tinta grudada? — perguntou ela, inserindo a fibra em um frasco limpo. — Aqui, dê uma olhada.

Ela entregou o frasco a McFaron. O dr. Henegar se aproximou para observar.

— É da mesma cor da saia da garota — disse o xerife.

— Parece mesmo — concordou Henegar.

— Aliás — acrescentou o xerife —, a vítima é da mesma escola de Joey Templeton, que notou um homem estranho, provavelmente o assassino, colocando alguma coisa na caçamba da caminhonete por volta do mesmo horário do desaparecimento da menina.

Prusik imaginou a garota em pânico se debatendo para escapar, rasgando a saia.

— Quero falar com o garoto que viu esse estranho, xerife.

— Posso providenciar isso — respondeu McFaron, empurrando para trás a aba do chapéu. — Ele é a única testemunha ocular que temos. Estou decepcionado porque nosso retrato falado ainda não levou a nenhum suspeito.

Prusik se abaixou; outra coisa tinha chamado sua atenção. Pendurada na parte inferior do mesmo galho havia um fio mais grosso, possivelmente de lona. Ela pegou a maleta e entregou uma das pontas para McFaron.

— Você se importa? — perguntou ela.

— Não, sem problema — falou ele, segurando as pontas da maleta enquanto ela vasculhava lá dentro.

O jeito estranho de McFaron sempre aflorava perto de mulheres atraentes. Foi isso que fez os poucos encontros amorosos que teve nos últimos anos serem um completo desastre. O pior era ouvir depois as fofocas sobre seus encontros fracassados pela cidade, o que o deixava envergonhado de chamar outras mulheres para sair. Às vezes, pensava McFaron, ele conseguia ser charmoso. Ou assim esperava.

Prusik tampou o frasco contendo o segundo fio e pegou uma trena na pochete.

— Pode segurar uma ponta, dr. Henegar? — pediu ela, estendendo a trena.

— Sim, claro.

O médico segurou a ponta da fita de metal amarelo, que tinha marcações tanto em polegadas quanto em centímetros, enquanto Prusik se pôs a medir a largura e o comprimento da cova.

Ela deixou a fita correr de volta para o recipiente. Seu estômago vazio roncou, lembrando que ela não tinha comido desde que devorou um mísero croissant na praça de alimentação do Chicago O'Hare antes de pegar o voo. Teve vontade de convidar o xerife para jantar, mas hesitou.

Prusik escutou algo que chamou sua atenção. Sem dizer mais uma palavra, ela deixou a cena do crime, vagando pela encosta arborizada. Todas as vítimas foram encontradas perto de água corrente. Ela seguiu por uma trilha de folhas desordenadas que levava a algumas rochas planas expostas ao lado de um pequeno riacho. Seus olhos imediatamente focaram no que parecia ser sangue seco em uma pedra lisa.

O som de um tiro de espingarda ressoou ao longe.

O xerife se aproximou atrás dela.

— Pode ser da carcaça de um veado — informou McFaron, notando o que tinha atraído o olhar de Prusik. — Os caçadores estão por toda parte na mata.

Ela colocou outro par de luvas. Com uma pinça, pôs um pouco do sangue em um frasco e tampou.

— Meus técnicos de campo vão vasculhar esta área e o perímetro amanhã — anunciou Prusik. — Planejo passar a noite aqui. Você recomenda algum lugar legal para ficar?

— Só existe um, na verdade — respondeu McFaron. — O hotel ao lado do posto de gasolina. Tem um restaurante que fica aberto a noite toda.

Enquanto Christine assentia, outro disparo de espingarda mais próximo a sobressaltou.

— Vamos encontrar sua testemunha antes que a gente leve um tiro.

Um apito ecoou estridente.

— Certo, Sarah — chamou o treinador. — Sua vez.

Os olhos de Sarah North brilharam enquanto ela se apressava para o ataque, gesticulando para que Olive Johnson, do oitavo ano, saísse do campo. A disputa continuou e a meio-campista logo tocou para Sarah, que foi driblando pelo campo.

— Boa corrida, boa corrida! — ressoou a voz do treinador. — Passe a bola, Sarah, para a lateral!

Sarah acatou no mesmo instante. Seu passe para a lateral do time foi perfeito, dois passos à frente.

— Isso! Muito bem! — gritou o treinador.

A lateral levou a melhor sobre a zagueira e centralizou a bola, lançando a meio caminho entre Sarah e a goleira. Sarah teve que se esticar, mas chegou antes da goleira e chutou a bola rasteira bem no cantinho do gol, balançando a rede.

— Boa jogada, Sarah! — exclamou o treinador, marchando até o meio do campo. — Você acabou de conquistar uma vaga no time titular do jogo de sábado, mocinha!

Sarah tinha começado a temporada como reserva no time de futebol da escola de ensino fundamental II de Parker, Indiana, quando ainda estava no sétimo ano. As alunas do sexto ao oitavo ano jogavam juntas, mas as garotas mais velhas tinham preferência no time principal. Agora Sarah faria parte dele.

Depois do treino, ela foi para casa, chutando as pinhas jogadas pela calçada, reencenando o gol que tinha feito. O time estava começando a pegar o ritmo depois de treinar durante boa parte do mês de agosto, e o treinador se vangloriava abertamente de que elas tinham uma boa chance de derrotar a Carver, uma escola duas vezes maior. Ambas as escolas ficavam em comunidades-satélites de Crosshaven, a sede do condado, a quarenta quilômetros de distância.

Sarah ajustou o passo para uma corridinha de três quilômetros até sua casa. Estava prestes a adentrar as sombras de uma alameda de cicutas quando um motor barulhento acelerou atrás de si. Ela se virou e foi ofuscada pela luz do sol. Uma caminhonete detonada vinha bem na direção dela e a isolou. Sarah enganchou os polegares sob as alças da mochila e disparou sobre o meio-fio. O motorista arranhou a marcha ao tentar engatá-la; um dos pneus da caminhonete ficou preso em uma pedra da calçada.

Ela olhou para trás após percorrer alguns metros. Por que o homem estava dirigindo fora da pista daquele jeito? Estava bêbado? Sofrendo um ataque cardíaco? O motorista socava o volante. Ela pensou ter ouvido um gemido através da janela fechada, o que a deixou ainda mais inquieta. Olhou de relance na direção da escola. Não tinha mais ninguém vindo. Quando olhou de volta para ele, o rosto do homem estava pressionado contra a janela do motorista, o rosto retorcido de agonia. Ela não o reconheceu da escola nem de qualquer outro lugar. As bochechas dele brilhavam. Ele estava chorando. Não fazia sentido. Tampouco parecia certo.

Sarah ficou com os braços arrepiados. Um pensamento estranho cruzou sua mente: a garota desaparecida de Crosshaven de quem tinha ouvido falar. Ela começou a correr, se mantendo no meio da rua, tomando impulso com os braços. Sem desacelerar, deu uma olhada por cima do ombro como faria durante o treino ao receber um passe, só que dessa vez era para valer. A caminhonete ainda estava presa, mas Sarah conseguia ouvir o motor acelerando loucamente.

Enquanto ela corria para as sombras das cicutas, um ar mais frio soprou por suas bochechas quentes. Ela pensou em correr para a mata até uma caverna que conhecia, se enfiando através da abertura apertada, um lugar onde um esquisitão não teria como entrar. Ela olhou para trás de novo. A caminhonete não estava mais lá. Tinha desaparecido.

Ela parou e dobrou o corpo, sem fôlego, sem perceber o quanto tinha corrido. O suor escorria por sua testa, ensopava sua camisa limpa. A caminhonete estava fora de vista. Ela ajeitou a mochila e continuou correndo, e não parou até chegar em casa.

CAPÍTULO DEZESSEIS

O xerife McFaron levou Christine até o Hotel Interstate depois da entrevista com Joey Templeton. Antes de deixarem a cena do crime, ela tinha contado para ele e para o doutor todos os detalhes relevantes do caso: o roubo do museu, as estatuetas de pedra na garganta da segunda e da terceira vítimas e o perfil que estava criando do assassino. Tinha recusado a oferta de jantar do xerife, alegando que tinha muitas ligações a fazer. O relógio digital na mesinha de cabeceira marcava 18h55. Hora de falar com Brian Eisen.

Prusik pegou o celular e ligou para ele.

— Vamos lá, diga o que você tem aí, Brian — começou imediatamente, massageando a testa com a mão.

Dez minutos depois, começou a ficar inquieta, ouvindo-o repetir as coisas. Não tinha nada de novo — a frase preferida de Thorne. Ela disse para Eisen que não voltaria naquele dia e desligou. Então largou o celular e tirou a calça e a jaqueta, que pendurou no espaldar da cadeira.

Christine estava se sentindo um pouco enjoada por não ter jantado direito. Deveria ter aceitado a oferta de McFaron. Era boa prática profissional, o que ela sabia bem. Além do mais, ele era educado, cuidadoso... e bem bonito. Era impossível não simpatizar com ele, o que a deixava cautelosa, temendo estragar tudo, o que quer que fosse o "tudo". Homens e sentimentos não faziam nada bem para seu emocional. Além do mais, ela não precisava acrescentar mais uma complicação ao momento. Prusik esticou o pescoço para trás, sentindo falta da piscina, que fazia um efeito melhor do que qualquer remédio.

Cinco meses de investigação, e todos os sintomas clássicos de seu transtorno de estresse pós-traumático surgiam de uma vez. A tensão naquele dia tinha sido quase intolerável: encontrar a estatueta de pedra na garganta de Julie Heath quase a fizera perder o controle, deixando-a nervosa pelo resto do dia, além de exageradamente na defensiva, tanto com o doutor, quanto com o xerife McFaron. No necrotério improvisado, ela tivera que suportar o pânico que estava sentindo, sem revelar que algo além dos assassinatos a incomodava; afinal, ela lidava com assassinatos todo dia no trabalho. Prusik temia que Howard e Thorne a descobrissem e a rotulassem de incapaz, como acontecera com sua mãe antes de ser involuntariamente internada por depressão. Tal mãe, tal filha — seria simples assim? Bem, ela não cederia ao pânico. De jeito nenhum.

Ela abriu a maleta e tirou a luva de borracha que ainda embrulhava a estatueta quebrada. Soltou as duas peças de pedra que se encaixavam, botou em um frasco de amostra esterilizado e apertou bem a tampa. A escultura era um trabalho admirável; sem dúvida era um dos artefatos roubados do museu. A luz ultravioleta que Nona MacGowan usara provavelmente confirmaria isso.

Ela se despiu e entrou no pequeno box do chuveiro.

— Não se estresse com qualquer coisa, Christine — murmurou baixinho debaixo da água forte.

Mas nada ali era qualquer coisa. Os assassinatos macabros já eram estranhos o suficiente, mas, quando descobriu a semelhança com o ritual canibalista dos habitantes daquelas terras de Papua-Nova Guiné, tudo se tornou mais bizarro ainda.

— Há uma explicação perfeitamente lógica — falou para si mesma em voz alta, tentando não pensar se isso a tornava louca como a mãe. Ela desligou a água. — Você é doutora em antropologia forense e está na linha de frente de um caso de assassinatos em série para o FBI. Tem muito apoio. Está no meio dos Estados Unidos, pelo amor de Deus. Não está em nenhuma ilha abandonada no Pacífico. Você está no comando, Christine. No comando!

Ela saiu do chuveiro e se secou. Ela gostava de quartos de hotel. Poder reclamar de tudo que dera errado no dia enquanto se olhava no espelho, um espaço neutro e impessoal, era especialmente satisfatório. Ela não se recusaria a jogar travesseiros na cama, no chão, na parede. No fim de um dia difícil em Chicago, ela frequentemente tinha a fantasia de encontrar um hotel próximo, reservar um quarto e destruí-lo. Agora, ela pegou o travesseiro com a intenção de arremessá-lo em alguma coisa. Porém, ao erguê-lo, a ideia perdeu a graça, e ela acabou apenas entrando debaixo do lençol convidativo.

Algumas horas depois, Christine despertou com coração a mil. Havia pouco que ela podia fazer para amenizar sua ansiedade. Tateou a mesinha no escuro, em busca do remédio, e engoliu dois comprimidos de alprazolam. Tirou a camisola encharcada de suor. Tremendo no quarto frio e escuro, ela se embrulhou numa manta, se ajoelhou entre as duas camas de solteiro, e balançou para a frente e para trás para tentar se acalmar. Conferiu seus batimentos cardíacos acelerados e passou os dedos pelo cabelo. Foi devagar, no escuro, até o banheiro, derrubando no caminho a cadeira coberta de roupas. Ela se sentou na tampa do vaso, se forçando a respirar fundo para desacelerar o coração.

A ideia louca de telefonar para o xerife McFaron passou pela sua cabeça, mas sabia que não era certo. O que ela diria? Por favor, venha segurar minha mão enquanto eu espero o remédio fazer efeito? Ela localizou o celular debaixo da pilha de roupas e ligou para a emergência. Alguns minutos depois, foi direcionada para uma central de atendimento 24 horas. Uma voz agradável atendeu e disse que se chamava Amy.

— Meu nome é Christine... Não consigo dormir... meu coração está acelerado... estou tremendo... quase desmaiei no banheiro. Olha, só preciso conversar com alguém. Fica comigo um pouco no telefone?

Ela se levantou e seguiu em direção à porta da sacada, em busca de ar fresco. Soltou o trinco e a abriu.

— Não, Amy, não usei drogas. Só meu remédio... na dose prescrita. Por favor, pare com as perguntas de rotina, e escute.

Porém, Amy precisava seguir o protocolo, então continuou a perguntar.

— Tomei dois ansiolíticos há poucos minutos, sim. Não, isso simplesmente acontece. Já fui ao médico, sim. Meu trabalho é estressante, sim.

Christine se desligou das palavras de Amy e se concentrou na voz relaxante. Era *mesmo* relaxante, naquele profissionalismo calmo e contido. Alguns momentos depois, ela percebeu que Amy esperava outra resposta.

— Desculpa, não ouvi a pergunta.

— Está pensando em se machucar?

A ideia era tão engraçada que Christine quase riu. Em vez disso, revirou os olhos, o que a fez perceber que se sentia um pouco melhor. O remédio devia estar fazendo efeito.

— Na verdade, Amy, estou é pensando em pessoas que estão machucando os outros. Não estou nem um pouco preocupada comigo nesse sentido. Mas agradeço a preocupação.

Ela disse a Amy que se sentia melhor e desligou.

Andou em círculos pelo quartinho, esperando o remédio fazer efeito completamente. Um cheiro vago de podridão e mofo permeava o espaço, combinando com seu humor insalubre. Ela comeu o resto de uma barra de Snickers, fornecendo a glicose de que o seu corpo precisava. Para manter o foco, repassou os acontecimentos do dia. A cena do crime da menina Heath tinha oferecido pistas novas, apesar de pequenas. Partículas de tinta presentes no cadáver eram semelhantes àquelas encontradas na vítima de Blackie, assim como os fios grossos, cobertos de mais tinta, que ela descobrira que provavelmente pertenciam a uma lona de proteção. O sangue seco na rocha perto do riacho não parecia vir de um veado caçado. Dessa vez o assassino não havia sido tão cuidadoso.

Ela pegou da mesinha o frasco contendo a estatueta de pedra. Qual poderia ser o significado de um artefato de Papua-Nova Guiné para um assassino que percorria as florestas de

Indiana, estripando corpos tão deliberadamente quanto faria um membro de um clã longínquo? Será que o espírito daquele grupo penetrara em algum lunático? Claro que não.

Prusik tentou se concentrar no que sabia. No que podia confirmar. Por muito tempo, estudara canibalismo como forma de ritual em povos de Papua-Nova Guiné e em povos vizinhos, da Melanésia e da Micronésia. O ato era praticado há séculos, se não milênios. Acreditava-se que beber os fluidos dos mortos equilibraria o masculino e o feminino, e manteria aqueles presentes na terra em conexão vital com o passado, para viverem de novo na geração seguinte. Era um ato supremo de veneração.

Será que o mesmo valeria para o monstro que cometia aqueles atos horrendos? Prusik achava que não. As vítimas tinham sido atacadas de modo desordenado, e a única conexão entre as três era a oportunidade. Todas estavam sozinhas e caíram nas mãos do assassino. Era provável que tivessem sido todas raptadas sem muito embate, provavelmente atraídas de algum jeito. Havia uma testemunha, que não chegara a ver a vítima: ele presenciou uma atividade suspeita e percebeu o que poderia ser manchas de sangue no rosto e na roupa de um desconhecido assustador. Ela supunha que o assassino apenas adotara o hábito de implantar uma estatueta de pedra porque a exposição do museu o atraía, e de algum modo se relacionava à sua própria vida perversa. Ele ritualizara as pedras em sua própria persona. Ele se reinventara. A urina encontrada misturada ao sangue raspado da calçada na estrada Old Shed, onde Julie Heath supostamente fora assassinada, não indicava veneração aos ancestrais, mas sentimentos profundos de perseguição e humilhação.

Ela voltou para a cama e ligou a televisão com o controle remoto; finalmente o remédio fizera efeito. Quando o toque do celular a despertou, era quase meia-noite. Era Eisen do outro lado.

— Brian?

Ouvir a própria voz a ajudou a despertar.

— Por que ligou a essa hora? — continuou.

— Eu ia esperar amanhecer, Christine.

Havia animação na voz dele.

— Estou ouvindo.

— Consegui deixar mais nítidas as imagens em preto e branco da cabeça e da boca de Betsy Ryan, fornecidas pelo médico-legista.

Christine escutou Eisen bater o lápis nos dentes e sorriu.

— Conseguiu confirmar a identificação?

— Espera aí. Você lembra que encontramos abrasões distintas nos lábios de Ryan, dentro da boca, e na garganta, causadas por partículas minerais comuns ao local? O mesmo tipo de composição do cascalho usado nos terrenos da cidade? Concluí que o assassino tentou enfiar uma pedra áspera pela garganta dela. Não *chert* esculpido, mas o tipo de pedra que se encontraria em uma obra.

Uma pontada de dor martelou o cérebro atordoado de Christine. Os roubos do museu tinham sido descobertos na terceira semana de março. Betsy Ryan fora vista viva pela última vez no dia 30 de março. Se o assassino tinha em mãos as pedras do museu ao matar Betsy Ryan, por que não as usara?

— Está aí, chefe?

— Estou, Brian. Tem certeza de que a pedra na garganta de Betsy Ryan seria áspera?

— Não posso ter certeza de nada, Christine. Mas, sim, seria minha conclusão.

Prusik fechou os olhos e pensou.

— Vai me contar no que está pensando?

— Bom trabalho, Brian. E, não, ainda não tenho nada para contar.

Porém, seu medo indicava, em alto e bom som, que tinha, sim.

CAPÍTULO DEZESSETE

O sol do início da manhã brilhou através da janela traseira do táxi, projetando uma sombra da caminhonete na estrada adiante. As coisas estavam piorando e a agitação dele, aumentando. Perder aquela garota dois dias antes foi um contratempo. Ele abriu a janela e olhou para o campo de mudas de pés de milho amarelado do ano anterior.

Ele tamborilou depressa no painel, apoiando a parte inferior dos pulsos no topo do volante. O suor e o ar úmido do verão faziam seus olhos arderem. O badalar do sino da igreja o fez levantar a cabeça. A missa de domingo estava acabando. Através do espelho retrovisor, ele viu as pessoas vestidas com sua melhor roupa saírem pelas portas. Elas conversavam e se amontoavam pelo estacionamento. Portas de carros se abriam e fechavam enquanto as famílias se dispersavam. Ele virou a cabeça para o terreno baldio ao lado da janela do motorista e viu os carros passando por ele, indo para casa ou tomar o café da manhã de domingo. Algumas pessoas iam a pé rumo à cidade, no sentido oposto.

Ele avistou a garota com facilidade. Ela levava as sandálias rasteiras em uma das mãos, caminhando descalça na direção dele — para longe da cidade e das pessoas — pela borda de areia ao lado do asfalto, as fitas azuis do gorro combinando com o vestido na altura do joelho e macio como seda. Ela já tinha seios bem desenvolvidos. O cinto preto estava puxado para baixo em sua cintura.

Ele secou a testa com a manga. Já estava sentido. Um senso crescente de bem-estar, como o alívio proporcionado pela primeira cerveja após um dia longo e difícil, estava se sobrepondo a tudo. As implicações da angústia que ele vivenciara instantes antes já tinham sido quase esquecidas à medida que ela e seu vestido azul esvoaçante ocupavam uma porção cada vez maior do espelho retrovisor.

Ela parou para conversar com uma jovem que segurava as mãos de duas menininhas loiras. As meninas usavam gorros que combinavam, assim como faixas amarelas e laços idênticos.

A garota das fitas azuis se ajoelhou diante das duas pequeninas e deu um abraço em cada uma. Mesmo com a janela fechada, ele podia ouvir as risadinhas delas. Isso o deixou com os nervos à flor da pele.

Não demorou para que as menininhas e a mãe entrassem no carro, e a garota mais velha continuou seu caminho. Ele a observou se aproximar pelo retrovisor, até passar bem ao lado dele e seguir adiante. O jeito como ela andava, com os quadris se movendo de um lado para o outro daquela forma, era um convite definitivo. Ela não o viu ao passar, nem mesmo olhou para a caminhonete, mas, caminhando daquele jeito, pensou ele, era certo que ela o tinha visto.

As fitas de seda que esvoaçavam por trás do gorro o provocavam. Elas o atormentavam. Ele lentamente engatou a marcha e seguiu pelas mesmas ruelas isoladas pelas quais ela passou.

A garota estava a só dez metros à frente dele. Além dela havia uma curva acentuada. Um grupo de árvores altas ocultava a estrada adiante. As cidades pequenas do sul do estado acabavam abruptamente onde as florestas começavam. Era perfeito. Ele não poderia ter planejado melhor.

Passou pela garota, virando a cabeça para trás e dando uma segunda olhada. Ela não olhou para cima, não o viu. Logo antes de chegar à curva, ele desligou o motor e deslizou até parar sob os galhos mais baixos de cicuta. Ele apoiou a cabeça no encosto do banco e esperou. O cheiro doce de sabonete soprou através da janela aberta, e ele por pouco não gritou no banco.

Era quase impossível se conter. Olhou fixamente pelo retrovisor, e, como mágica, deu certo. Ela viu o rosto de um homem louco e disparou a toda velocidade. A caçada começou.

A luz do sol de repente inundou a floresta, banhando a casca úmida das árvores em uma luz da cor do vinho. Tudo começou a brilhar, um arco-íris prismático, como se todo o vale estivesse vagamente conectado com o sumo infernal dele. Ele saiu da caminhonete e checou os dois lados, então correu pela curva por onde as fitas tinham passado flutuando instantes antes. Ele estava desesperado para vê-la novamente. Seus dedos palpitavam, assim como seu peito. Ele acelerou e seguiu pela curva acentuada da estrada, então parou de súbito. A floresta tinha chegado ao fim. Havia uma grande abertura no céu acima dele e imensas extensões de terras agrícolas semeadas com milho novo. Seus olhos se estreitaram, mirando a garota, já longe e muito além do alcance. Ela ainda estava correndo, prestes a chegar a uma casa de campo.

Como foi que ele se enganou? Como não previu aquilo? Ele cambaleou de volta para a caminhonete, sem assimilar as grandes linhas de solo escuro lavrado que iam até a extremidade dos dois lados da estrada. Uma terrível confusão se abateu sobre ele. Não esperava perdê-la de forma tão cruel. Não estava nem um pouco preparado para isso.

O policial Richard Owens, do Departamento de Polícia de Weaversville, mastigava um chiclete de hortelã muito devagar, concentrado na figura inclinada no meio do barranco íngreme. Era uma área desgastada por uma profunda erosão, onde porções de pedra tinham se soltado da galeria de escoamento que passava por baixo da estrada.

— O que ele está fazendo lá? — perguntou seu parceiro, o policial Jim Boles, que estava sentado atrás do volante da viatura, suando ao sol do meio da manhã. — Acho melhor irmos buscá-lo agora. Com certeza estava dirigindo bêbado, para ter feito um desvio desses.

Owens parou de mascar e mandou Boles calar a boca, então voltou a olhar pelas lentes do binóculo. Ele viu um homem usar um pau como alavanca para remover uma grande rocha do lugar, e depois cair de joelhos e mãos no chão, parcialmente fora de vista.

— Ele está caçando alguma coisa, com certeza — disse o policial Owens e, elevando seu tom de voz, acrescentou: — Confira a placa daquela caminhonete, Jim. Vasculhe tudo sobre esse cara. Veja com quem estamos lidando aqui.

Cinco minutos depois, Boles se pôs atrás do volante da viatura, assim que ouviu as informações sobre a placa pelo rádio da polícia.

— Está registrado no nome de David Claremont — avisou Boles.

Os binóculos ainda estavam grudados no rosto do parceiro.

— O que está rolando? Está vendo alguma coisa?

Owens saiu pelo lado do passageiro, se agachou e sinalizou para que o parceiro fizesse o mesmo. Eles se aproximaram da caminhonete em silêncio.

Claremont chegou ao veículo poucos minutos depois, sem fôlego, a lama grudada nas botas. Apoiado no carro, bateu os pés para tirar a terra, então avistou os dois policiais. Ambos usavam óculos Ray-Ban e estavam do lado do motorista, as mãos repousadas sobre o coldre.

— Olá, policiais.

— Seu nome é David Claremont, certo?

O policial notou que as pernas da calça jeans do homem estavam salpicadas de tinta vermelho-amarronzada. Assim como a camisa de manga comprida e as costas de ambas as mãos.

Claremont confirmou com a cabeça, estreitando os olhos para se proteger do sol.

— Você andou pintando? — perguntou o policial Boles.

— Bem, na verdade, sim. O celeiro da fazenda de um vizinho.

— Posso perguntar o que estava fazendo lá embaixo, sr. Claremont? — indagou Owens.

— Nada, eu acho — respondeu ele, dando de ombros ao falar.

— Nada, é? Quarenta e cinco minutos fazendo nada é muita coisa — comentou Owens, que notou que Claremont mexia em algo no bolso frontal da jaqueta jeans. — O que é que você tem aí no bolso?

Claremont tirou o punho do bolso e mostrou a palma da mão.

— Só umas pedras que eu peguei.

Para ele, o jaspe tinha um formato perfeito, e a translucidez vermelho-clara tornava a pedra ideal para ser cinzelada.

O policial Boles murmurou algo no ouvido do parceiro, entregando ao policial um papel dobrado que retirou de sua jaqueta. Owens olhou para o retrato falado, depois para Claremont. O desenho tinha as mesmas sobrancelhas, assim como as cavidades fundas dos olhos e a boca do homem. Não era uma semelhança exata, mas passava bem perto.

— Posso dar uma olhada na sua carteira de motorista, sr. Claremont?

Claremont tirou a carteira do bolso de trás. O canhoto de um ingresso caiu. O policial se abaixou e pegou, lendo em voz alta:

— Museu de História Natural de Chicago. Você esteve lá recentemente, sr. Claremont?

— Não.

— Não? Está com o carimbo de terça-feira, 21 de agosto. Eu diria que duas semanas contam como recentemente. O que estava fazendo por lá?

— É aberto ao público. Não há nada de errado nisso.

Claremont entregou ao policial sua carteira de motorista, mas sem fazer contato visual.

O policial girou a carteira algumas vezes na mão e então a devolveu.

— Sr. Claremont, vou pedir que nos acompanhe até a delegacia para responder algumas perguntas, se não se importar.

Não era um pedido.

— Bem, eu me importo, sim. Estou sendo preso? Não fiz nada de errado.

— Não, senhor, não falei que tenha feito algo errado — disse Owens. — É só para algumas perguntas de rotina. Gostaria que viesse voluntariamente.

Claremont franziu as sobrancelhas, então assentiu.

— Acho que vou seguir vocês — consentiu ele, olhando na direção da caminhonete.

Owens prestou atenção na conduta do homem. Aparentava estar calmo. Não parecia querer fugir.

— Tudo bem.

Claremont guardou as coisas no bolso e entrou na caminhonete, de cara fechada.

A viatura liderou o caminho. O policial Owens notificou a despachante para entrar em contato com a unidade criminal especial da polícia e avisar que estavam levando um possível suspeito para interrogatório relativo ao assassinato de Julie Heath.

— Só estou dizendo... — tornou o policial Boles, conferindo o espelho retrovisor — ... que deveríamos tê-lo trazido na viatura por conta da condução imprudente, sem falar que ele pode ser a droga de um assassino.

Owens apoiou o braço no banco e olhou por cima do ombro para Claremont, que os seguia na caminhonete.

— Primeiro, ele não está bêbado. O hálito dele não cheirava a álcool. E para onde é que ele vai?

O policial deu uma batidinha no braço do parceiro com as costas da mão.

— Se pegarmos o assassino fazendo coisa errada, ele não vai a lugar nenhum.

Ele deu tapinhas em sua arma no coldre.

— Acredite em mim. Lugar nenhum.

CAPÍTULO DEZOITO

O xerife saiu da estrada próximo ao local do crime, olhando pelo retrovisor enquanto o laboratório ambulante fazia a curva e depois sacolejava ao passar pelos buracos até parar. A estática no radiocomunicador sinalizou que recebia uma chamada do escritório. Mary tinha Rodney Cox, um policial aposentado do posto da polícia estadual, na linha. Cox morava em Parker, a vinte minutos de carro de Crosshaven.

Um agente federal usando óculos escuros estilo aviador saltou do banco de passageiro do trailer, aproximando-se devagar do Ford Bronco. Tinha um crachá com foto pendurado no pescoço.

— Coloque ele na linha, Mary — pediu McFaron, observando o agente pelo retrovisor lateral. O homem colocou a mão na cintura demonstrando indiferença, esperando que McFaron saísse do carro. O xerife sorriu. Não era de se estranhar que Christine não gostasse de Howard, presumindo que aquele fosse Howard. McFaron também não gostou dele, e ainda nem o tinha conhecido.

— Rodney, o que está acontecendo?

— Ezra North e a filha, Sarah, estão sentados na minha sala, xerife. Precisam falar com o senhor.

Do lado de fora, as vozes abafadas dos técnicos saindo do trailer o interrompiam. Estavam reunidos na orla da floresta, ocupados com seus equipamentos. Um deles testava um instrumento de luz brilhante na casca de um pinheiro.

— Estou um pouco ocupado agora, Rodney. Posso retornar depois? Câmbio.

— Ela viu o homem do seu desenho — ressaltou Cox, sem rodeios.

McFaron se endireitou.

— Como é que é?

O sr. Bonzão estava parado ao lado da porta do xerife. McFaron abriu a janela.

— Só um minuto. — O xerife tocou a aba do chapéu e fechou a janela.

Sem dizer uma palavra, o agente do FBI voltou devagar para perto da equipe.

— Ela está machucada? — perguntou McFaron, ansioso.

— Nem um fio de cabelo fora do lugar. Mas parece que viu um fantasma. De acordo com Sarah, esse cara quase a atropelou depois do treino de futebol na sexta. Ela só contou para os pais hoje de manhã. Estava assustada demais.

As bochechas de McFaron queimavam.

— Caramba! Ela tem certeza de que é ele?

Ele abriu um frasco novo de antiácido e mastigou três comprimidos de uma só vez.

— Disse que a foto é a imagem cuspida dele.

Do lado de fora, aparentemente se preparando para um cerco, os agentes federais instalavam dispositivos de detecção e empunhavam aparelhos de scanner na ponta de longas varas de metal. Uma agente loira, com o cabelo preso em um rabo de cavalo, colocou fones de ouvido e prendeu um dos aparelhos a um colete. Então, começou a mover o dispositivo em volta das folhas na entrada da floresta.

— Liguei assim que deu, xerife. Sabia que você ia querer saber disso.

— Ouça, Rodney, mantenha a garota aí. Vamos precisar do depoimento dela. Volto a dar notícias dentro de uma hora.

McFaron desligou. Parker ficava praticamente ao lado. Aquele era um filho da mãe ousado, à procura de encrenca. Christine Prusik ficaria muito satisfeita em saber desse novo acontecimento.

O sr. Bonzão voltou a se aproximar. McFaron saiu do Bronco e percebeu que sua irritação inicial com a chegada do FBI havia diminuído.

— Xerife McFaron, distrito de Crosshaven. — Ele estendeu a mão. — Prazer em conhecê-lo.

— Agente especial Bruce Howard. — Eles apertaram as mãos, e o agente entregou seu cartão de visita para McFaron.

— Infelizmente, não tenho cartões aqui — falou McFaron com a expressão séria. Ele passou o número do celular e do telefone do escritório para Howard e observou enquanto o agente os anotava.

— Vamos logo atrás de você, xerife — disse Howard, com o tom de voz neutro. Apesar do tempo nublado, não tirou os óculos escuros.

A resposta superficial agradou McFaron. Melhor manter as coisas em um tom profissional.

Os agentes vestindo calças cáqui e leves jaquetas azul-marinho com o grande logotipo amarelo do FBI estampado nas costas estavam espalhados pela encosta arborizada. Descendo o barranco íngreme, McFaron seguiu a trilha por entre as folhas revolvidas. No meio do caminho, observou:

— Aquele tronco enorme ali do lado estava em cima do corpo — informou. — Aquele meio curvado para baixo.

— Entendido. Obrigado, xerife. Nós assumimos daqui.

Howard acenou para a esquerda e depois para a direita para seus técnicos, que seguiram para cada lado indicado, carregando seus equipamentos eletrônicos.

Um técnico usando óculos de proteção acendeu uma luz fluorescente presa na ponta de uma longa vara. McFaron sabia que procurava por vestígios de evidências que brilhariam sob a lâmpada ultravioleta especial.

O xerife voltou para a caminhonete, gritando por cima do ombro:

— Se precisarem de alguma coisa, é só chamar.

Howard prestou continência de forma zombeteira. *Que idiota arrogante*, pensou McFaron. Ao mesmo tempo, rezou para que encontrassem algo significativo para que tudo aquilo chegasse ao fim antes que outra garota não tivesse tanta sorte quanto Sarah North.

Ele bateu a porta da caminhonete e sentou-se atrás do volante. Uma sensação de formigamento se espalhou por seu peito. Seria estresse demais para o coração aguentar? O pai dele tinha morrido de repente aos quarenta anos. Segundo o médico, o fato de ter fumado por muitos anos fora o culpado por fazê-lo tombar sobre um tronco no depósito de madeira, ainda segurando seu último cigarro, que lhe deixou uma marca de queimadura nos dedos, enquanto sua vida se esvaía. "Até logo, filho", foram suas últimas palavras para McFaron naquela manhã, as mesmas que ele sempre dizia ao passar pela porta do quarto do filho quando saía antes do amanhecer. E, num piscar de olhos, ele se fora.

McFaron se perguntava quantos anos ainda lhe restavam de vida. E como passaria esses anos? De certa forma, seu mundo não mudara muito desde a morte do pai, quando uma espécie de torpor emocional se instalou. No dia em que sua mãe faleceu, McFaron não sentiu nada. E quando notava alguma sensação além da irritação com as rotinas de trabalho, era um vazio, como uma lua que mal se distingue no céu azul-claro, uma grande presença silenciosa. Quando anoitecia e o brilho do luar inundava seu quintal, a luta de McFaron recomeçava e o vazio dentro dele se tornava ainda mais obscuro. As doses de uísque Kentucky faziam pouco além de iluminar seus contornos. Temia que, mais cedo ou mais tarde, a dor venceria.

McFaron pegou o cartão de visita de Christine Prusik em sua carteira. Se tivesse sorte, ela poderia não ter almoçado ainda. Ligou para Prusik e acelerou sem olhar para trás.

O telefone tocou, soando mais alto que os motores a diesel em marcha lenta do lado de fora da janela. O Hotel Interstate compartilhava o estacionamento com uma praça que servia de parada para caminhões de grande porte. Prusik o atendeu no quarto toque.

— Agente especial Prusik.

— Posso levar você para comer um sanduíche, Christine?

Ela bocejou sonoramente. Não conseguira dormir direito e havia se levantado cedo, passando a manhã toda ao telefone com a equipe e trabalhando em uma atualização para Thorne. Seu estômago roncou alto.

— Agora que você mencionou, lembrei que não tomei café da manhã hoje. Um sanduíche parece uma boa ideia. Na verdade, qualquer coisa parece excelente se vier acompanhada de muito café.

— Posso providenciar isso — disse McFaron. — Seu colega Howard e a equipe estão analisando a cena do crime agora mesmo. Estão cheios de equipamentos.

— Como assim?

— Bom... eles estão analisando a cena do crime — repetiu McFaron lentamente. — Acompanhei todos eles até lá faz pouco tempo.

— Certo — concordou Christine depois de um momento.

— Ah, droga, Christine — lamentou o xerife. — Achei que ele tivesse ligado para você.

— Achou errado, xerife. — Ela estremeceu. Não tinha por que usar aquele tom severo com McFaron.

— Se não se importa que eu diga, ele parece presunçoso demais.

— Não me importo que você diga isso — respondeu, deixando por isso mesmo. Pensou que precisava se lembrar de ligar para Howard quando terminasse esta conversa. Faria essa gentileza por mais que ele não tivesse se dignado a ligar para ela ao chegar, como a etiqueta profissional exigia.

— Mais uma coisa — acrescentou McFaron. — Na verdade, o mais importante.

— Sim?

Ele a informou sobre o que Sarah North tinha visto.

Ela sentiu os níveis de adrenalina subirem.

— Meu Deus, ele está cada vez mais ousado. — Ela respirou fundo. — Isso é ótimo. Podemos ir direto para lá pegar o depoimento da garota.

— Depois do almoço. Alguns minutos não são nada demais, Christine. Sua mãe nunca lhe falou que é importante fazer três refeições ao dia?

— Ela não era esse tipo de mãe.

Joe sorriu ironicamente.

— A minha também não. Passo aí para buscar você em meia hora. Preciso fazer alguns telefonemas.

Prusik quase desligou, mas hesitou.

— Hã, Joe?

— Sim?

— Você não relatou nada disso para Howard, não é?

— Não achei que fosse necessário.

— Certo. Vejo você em breve.

Portanto, Prusik não voltaria imediatamente para Chicago. McFaron iria buscá-la, e eles comprariam comida para viagem antes de dirigir até Parker para conversar com a garota North.

Prusik procurou o número de Howard em seu celular e se preparou.

— Bruce — disse em sua voz mais cordial. — Soube que o xerife McFaron conduziu você e a equipe de campo até a cena do crime. Alguma descoberta a relatar?

— Nada ainda. Goodyear e Morrison estão verificando tudo.

— Bom, bom. Estou juntando minhas anotações da autópsia e da entrevista que fiz ontem à tarde com uma testemunha. — Ela resolveu não mencionar a descoberta mais recente de McFaron sobre uma possível segunda testemunha. Ainda era cedo, concluiu. Além disso, ainda não tinha nenhuma informação concreta. — Vou encontrar McFaron em breve para conversar sobre as outras pessoas que ele interrogou. Analisar melhor os detalhes. Nos falamos de novo daqui a algumas horas?

— É uma boa ideia — confirmou Howard.

— Ótimo. — Ela desligou e suspirou. Howard havia dito todas as coisas certas, e ela também, mas estava nítido que não confiavam um no outro. Seria bom trabalhar com um *parceiro* de verdade, alguém que acreditasse em trabalhar em equipe e não estivesse sempre disputando uma posição, alguém que quisesse resolver o crime porque desejava *ajudar*, não porque queria mais poder. Alguém como... Joe.

Curvando os ombros para a frente, ela se examinou no espelho pendurado sobre uma pequena escrivaninha. Seu rosto parecia suave sob a luz turva, que escondia a linha de expressão na testa que nenhum creme antirrugas conseguia disfarçar. *Nada mal para trinta e cinco anos*, pensou. *Trinta e cinco. Isso é considerado meia-idade?*

Ela correu para o banheiro. McFaron chegaria em breve. Ela estava meio destruída pela insônia da noite anterior, mas também sentia uma vibração de empolgação. Tinha dois novos acontecimentos para explorar e, sendo honesta consigo mesma, a perspectiva de fazer isso com Joe, ao menos na parte da manhã, era emocionante. As reações que ele causava nela eram desconcertantes, mas inconfundíveis. O xerife tinha mãos fortes, um rosto bonito. No dia anterior, quando ele a levou ao hotel após colher o depoimento de Joey Templeton, ela se pegou olhando para os pelos escuros dos dedos dele.

Tomou um banho rápido, depois ficou resmungando, enquanto se secava, porque teria que colocar as mesmas roupas sujas e amarrotadas. Mas a outra opção seria escolher um traje fofinho de vaqueira que vira na cooperativa de fazendeiros. Felizmente, o terninho tinha resistido bem. Deus abençoe o poliéster.

O ronco do motor de um caminhão pareceu penetrar a sola de seus sapatos de couro preto, fazendo-a sentir um misto de emoções: medo, insegurança e determinação. Ela se olhou no espelho de novo e abriu um sorriso encorajador, dirigindo-se para a porta logo em seguida. O quarto era muito deprimente. Esperaria por McFaron do lado de fora.

Quando já estava com a mão na maçaneta, parou e voltou a olhar para o espelho. Enfiou a mão na bolsa e remexeu até encontrar um velho batom, então o passou nos lábios devagar e com cuidado.

CAPÍTULO DEZENOVE

Joe segurava a sacola com os sanduíches em uma das mãos e, com a outra, abriu a porta da lanchonete localizada na parada de caminhões.

— Depois de você, agente.

Ela sorriu e os guiou para fora, com uma enorme xícara de café em cada mão, uma para ela, outra para Joe.

— Obrigada, xerife.

Após tomar uma xícara de café rapidamente enquanto esperavam pelo lanche para viagem, ela já se sentia mais como um ser humano. Depois da segunda xícara, acompanhada de um sanduíche de peru assado, com certeza se sentiria totalmente civilizada.

Se dirigiu para o Ford Bronco do xerife, então parou abruptamente ao ver a van do FBI estacionada ao lado dele. Howard saltou e acenou para ela.

Ela atravessou o estacionamento rapidamente.

— Aconteceu alguma coisa? — perguntou para o próprio reflexo nas lentes espelhadas dos óculos dele.

Howard fez um aceno com a cabeça em direção a McFaron e falou.

— A funcionária do xerife informou que ele provavelmente tinha trazido você para comer aqui. Espero que tenham aproveitado.

— Viemos apenas buscar um lanche antes de voltar ao trabalho, Bruce. O que houve?

Ele puxou os óculos para baixo e fez contato visual por cima da armação.

— O diretor administrativo está na linha. Pediu para falar com você.

Ele entregou o celular para ela.

— Christine? — A voz de Thorne soou hesitante. — Ouça, Howard já te contou?

— Me contou o quê? — Prusik se abaixou atrás do Bronco, pressionando a mão livre contra a outra orelha para bloquear o barulho do motor dos caminhões.

— Howard conseguiu associar o esboço da polícia a um lavrador que mora em Weaversville, Indiana. Uma foto que a polícia tirou de David Claremont teve um alto grau de correspondência. Ele atacou uma mulher recentemente em um estacionamento e a polícia foi chamada até o local.

— O quê? Que tipo de ataque? O que aconteceu com a mulher?

— Ah, ela está bem. Não prestou queixa. Mas poderia ter prestado. Havia muitas testemunhas no estacionamento. Não tenho mais informações sobre isso. De qualquer forma, de acordo com a polícia local em Weaversville, esse Claremont também tem uma caminhonete velha. Howard disse que você tem uma testemunha em Crosshaven que viu uma picape velha. É verdade?

Prusik mordeu o lábio. Ela tinha falado com Howard fazia menos de quarenta e cinco minutos. Todas essas informações novas surgiram depois daquela conversa? Improvável.

— Ainda está aí? Christine?

— Sim, ainda estou aqui, Roger — respondeu ela, com a voz abafada. — Vou verificar imediatamente.

— Nem preciso dizer o quanto o pessoal de Washington está satisfeito com o andamento deste caso — afirmou Thorne, alegremente.

Mas já disse mesmo assim, pensou ela, carrancuda.

— Tenho certeza de que sim, senhor.

— Na verdade, "satisfeito" é pouco para descrever a reação da diretoria. Eles nomearam Howard como líder logístico. Só da perspectiva do gerenciamento de caso, é claro. Você ainda é a líder da investigação forense. Preciso de você, Christine. Você é vital para concluirmos esse caso com sucesso.

Prusik conseguia sentir o olhar de Howard abrindo buracos em suas costas. Ele com certeza podia imaginar o teor da conversa por sua linguagem corporal. Ela se endireitou.

— Você permanecerá no comando de sua equipe de laboratório forense. — Thorne estava se repetindo, preenchendo o vazio. — E a diretoria até proibiu o envio de uma unidade auxiliar agora que temos um suspeito mais concreto. Acredito que posso esperar sua total cooperação com Bruce, certo?

— De alguma forma isso não soa como uma pergunta, Roger.

— Me poupe da petulância — disse ele com severidade. — Encare os fatos, Christine, o que você fez até agora foi medíocre e insuficiente. Cinco meses sem um suspeito, pense nisso da perspectiva do quartel-general. Você não entregou o que precisava. — Mais calmo, ele acrescentou: — Você sabe que preciso de você trabalhando com a equipe do laboratório. É o seu ponto forte, Christine. Você ainda é a melhor. Vai ser melhor assim. Estamos avançando como uma equipe.

Prusik se agachou atrás do Bronco, totalmente humilhada. Dar a notícia desse modo — em um ambiente tão público, com o xerife, Howard e a equipe dele por perto — era mais do que desmoralizante. E Thorne nem se deu ao trabalho de ligar diretamente para ela. Ela engoliu em seco.

— Não se engane, você ainda está no comando da perícia...

— Reportando para o Howard, sim, sim. — Sentia um sabor amargo na boca. — Eu ouvi da primeira vez, senhor. Mais alguma coisa?

— Está certo, então. — A voz de Thorne se abrandou. Já dissera o que precisava. — Boa sorte no reconhecimento do suspeito. Está marcado para hoje mais tarde. Pergunte ao Howard a respeito.

O som de Howard fazendo palhaçadas com os outros homens no trailer a ajudou a se recompor. Ela foi até ele e devolveu o celular.

— Parabéns, Bruce. Devo me encontrar com você em Weaversville para o reconhecimento?

Howard abriu um largo sorriso, os óculos de sol firmes no lugar. O reflexo dela a encarava nas lentes espelhadas.

— Com certeza. Olhe só, seu xerife pode vir também, se quiser — disse Howard, erguendo o queixo na direção de McFaron, que estava parado atrás de Prusik, com as mãos na cintura. — Está marcado para as quatro horas.

Ela mordeu o lábio e entrou no Bronco, batendo a porta com força, depois olhou para McFaron.

— E então? Vamos começar?

O xerife nem precisou perguntar se o poder havia trocado de mãos.

— A que distância você disse que Parker fica daqui?

— Cerca de vinte minutos de carro — respondeu McFaron, acelerando para sair de Crosshaven. — É muita sorte que a tal North o tenha visto, não acha?

— Vamos ver.

Aquela era uma *boa* notícia. E era algo que ela precisava reportar a Howard. Deveria ter dito no estacionamento, mas ainda estava se sentindo tonta com as novidades. E *seu* xerife? *Caramba, Howard. Que infantilidade.* Prusik balançou a cabeça. Bem, ela também tinha sido infantil.

Ela cerrou os dentes e ligou para Howard.

— Bruce, acabamos de saber de um possível avistamento do suspeito ontem em uma cidadezinha chamada Parker, a cerca de vinte minutos daqui. Eu gostaria de acompanhar isso.

— Claro, Christine. Vou cuidar do suspeito de carne e osso. Você pode ir até Parker com o xerife.

Howard desligou sem esperar pela resposta dela.

Prusik fechou os olhos e resolveu focar sua atenção na questão mais urgente.

Ceder a impulsos irresistíveis era uma das fraquezas do assassino. Se a menina North de fato o tivesse visto, isso significaria que ele tentara um ataque muito próximo à cena do crime de Julie Heath, após três ataques em localidades mais distantes entre si. Talvez, em vez de planejar um ataque e esperar por uma vítima, ele tenha visto uma oportunidade e tentado agarrá-la. Ela balançou a cabeça, esforçando-se para entender as inconsistências que surgiam. Se ele parecia preferir vítimas em lugares isolados, por que atacaria alguém em um estacionamento? E quanto a Missy Hooper? Por mais cuidadoso que tivesse sido, pegar Missy em meio a tantas outras pessoas era algo ousado. Seu encontro de sexta-feira com Sarah North foi ainda mais ousado. Talvez ele estivesse começando a cometer erros.

— Se não se importa que eu diga, você parece distraída — disse o xerife.

— Desculpe. Só estava pensando em Sarah North, nas vítimas. — Ela forçou um sorriso. — Não é fácil esquecer a imagem das vítimas após ver o que ele faz com elas.

O silêncio se estendeu entre eles mais uma vez. Finalmente, o xerife pigarreou.

— Você com certeza fez Arlene Greenwald ganhar o dia lá na parada de caminhões, ao concordar em voltar para falar com as escoteiras dela. Você sempre faz isso? Falar com grupos de pessoas?

— Com certa frequência. Quando falo com grupos de crianças, geralmente é por vontade própria, por que gosto. Fico feliz em mostrar para as meninas que podem ser bem-sucedidas em um trabalho que costuma ser associado aos homens. — Ela corou. — Espero que isso não soe presunçoso demais.

— De jeito nenhum. É por isso que Arlene convidou você. Faz muito sentido.

— Quando falo para um grupo de adultos, não costuma ser tão agradável.

Ela pensou na inauguração do museu em 1º de abril. Dia da Mentira, de fato. Com certeza fizera papel de boba.

O solo ficava mais claro e depois mais escuro conforme o sol surgia e se escondia por entre as nuvens. O tempo estava bastante instável e a previsão era de ainda mais calor e umidade. Eles passaram por milharais com flores altas. Pela janela, Christine via a paisagem mudar: barracos com telhado de metal e casas pré-fabricadas estavam em meio a quintais de terra revolvida, cheios de empilhadeiras e de lixo. Passaram por uma plaquinha branca que indicava uma cidade chamada Utopia. A letra U estava perfurada por buracos de bala.

— Que acolhedor — disse Prusik, com uma expressão séria.

— Nessa área, é costume usar as placas para praticar tiro ao alvo. Não tem tanta importância assim.

— Certo. Eles também fazem isso em Chicago. Tem importância, sim. — Ela gostaria de estar com seu revólver preso ao tornozelo.

— Meninos do interior não são assim — retrucou ele. — Não tem nada de mais nisso. De verdade.

Eles dirigiram em silêncio por um minuto.

— É bonito aqui — comentou ela, enfim. — Não é que eu deteste o interior. Só acho... que oferece muito poucas oportunidades.

Christine suspirou.

— Tem alguma coisa errada, Joe. Weaversville fica... o quê? A uns cento e cinquenta quilômetros ao sul daqui? E quinhentos e oitenta quilômetros de Chicago, onde a primeira vítima foi assassinada?

— Acho que sim, é isso mesmo.

— O corpo da primeira vítima foi preso na âncora de um barco no lago Michigan, perto de Chicago. Com o segundo e o terceiro assassinatos, e agora com isso que a tal garota North viu, supondo que seja verdade, temos fortes indícios de que o assassino está expandindo seu alcance para o sul. Mas como o fazendeiro que atacou a mulher no estacionamento se encaixa nisso? — Ela balançou a cabeça. — Mesmo sem saber nada sobre o ataque, posso dizer que não condiz com o padrão dele. E uma correspondência grande de um retrato falado simplesmente não faz sentido.

Christine refletiu. Seriam a raiva e a frustração falando? Seu aborrecimento por Thorne ter dado tanto crédito a uma pista preliminar fornecida por Bruce Howard? Ou sua vergonha de ser enviada de volta ao laboratório para um reforço no suporte técnico?

O xerife ponderou o que ela havia dito.

— Você tem que admitir, Christine, parece meio promissor. Claremont poderia ter dirigido para o norte. Podemos verificar isso. E a correspondência de imagens é algo além de uma coincidência. Parker não fica muito longe de Weaversville.

— O que estou tentando dizer é que meu perfil desse assassino não combina com o de um homem que ataca mulheres adultas em locais públicos. Não fique muito entusiasmado com esse novo acontecimento.

Ela olhou para McFaron para avaliar a reação dele e percebeu que provavelmente seria a última vez que o veria. Não haveria necessidade de ela *e* Howard conduzirem investigações no local, a menos que as coisas de fato saíssem do controle.

— Seria muito importante para mim se pudesse manter a mente aberta quanto a isso — acrescentou ela. — Gostei de trabalhar com você. De verdade.

Prusik corou de vergonha. Sentia como se tivesse aberto sua alma para ele, ainda que soubesse que não tinha feito isso.

— Bem, na verdade, eu concordo com você — respondeu McFaron. — Não me parece nada garantido, e é por isso que estou interessado em saber o que Claremont tem a ver com esses casos, se é que tem alguma coisa.

Christine se sentiu aliviada no mesmo instante, mas não conseguiu pensar em uma resposta e, por isso, se limitou a dizer:

— Bom.

— Christine? — chamou McFaron depois de um momento.

— Sim?

— Você esperava ter alguma informação sobre a primeira vítima?

Christine pigarreou.

— Parece que ela também tinha uma pedra enfiada na garganta. Mas ao que tudo indica era algo mais grosseiro, não uma obra de museu como as outras. Mesmo que o roubo já tivesse ocorrido.

Ele franziu a testa.

— Estranho.

Ela assentiu lentamente.

— Estranho.

Eles permaneceram em silêncio pelos minutos seguintes, organizando e reorganizando mentalmente as peças do quebra-cabeça que compunha o caso. Ao passarem por um rebanho de ovelhas aglomerado à beira de um campo, Christine olhou fixamente. Ela apontou para um tipo de planta recurvada que se estendia até se perder de vista sobre o topo de uma colina.

— O que são aqueles arbustos gigantes perto de onde as ovelhas estão pastando?

— Espinheiros. Não se aproxime deles. Podem prender uma pessoa sem dó. Conheci um cara que chegou muito perto deles enquanto dirigia um trator. Os espinhos cruéis se engancharam nele. O trator continuou andando e desapareceu de vista. Os cortes no braço eram tão profundos quanto mordidas de cachorro. A esposa o encontrou lá, pendurado. Precisaram usar uma motosserra para soltar o cara. Se as ovelhas entram ali, ficam presas e morrem, a não ser que o fazendeiro apareça a tempo para libertar elas.

Algo estalou no cérebro de Prusik.

— É a mesma coisa que multiflora?

— Acredito que sim. Coisinhas traiçoeiras — respondeu, olhando para ela no banco do passageiro. — É meio comum por aqui.

Prusik folheou as páginas do caderno.

— Na semana passada, uma especialista em botânica identificou as diferentes sementes que encontramos nas roupas de Missy Hooper. Várias delas vieram de um espinheiro multiflora.

— Que outros tipos ela encontrou? — perguntou o xerife. — Você disse diferentes sementes?

— Malva, uma erva daninha comum encontrada perto de celeiros e fazendas. O assassino pode viver em uma fazenda.

— Certo — concordou McFaron.

Ele diminuiu a velocidade da caminhonete quando se aproximaram de um conjunto de prédios que se estendiam por alguns quarteirões. Em uma placa desgastada, lia-se: PARKER, POPULAÇÃO 2.037.

— Chegamos — avisou ele. — Agora vamos ver o que Sarah North tem a dizer.

Sob o brilho dos holofotes, o delegado escoltou sete homens para dentro da sala. Cada um segurava um cartão numerado na altura do peito e todos foram instruídos a ficar de pé sobre um número correspondente pintado no chão de linóleo sujo. A fila de homens estava virada para um painel espelhado de vidro falso. A parede branca atrás deles continha marcações indicando metros e centímetros.

Eu posso vê-los, mas eles não podem me ver. Eu posso vê-los, mas eles não podem me ver. Joey repetia as palavras para si mesmo como um mantra, enquanto mantinha as mãos úmidas fechadas em punhos e olhava para o grupo. Estava mais ou menos na mesma distância quando passou de bicicleta pelo estranho, mais de um mês antes. Ele se ajoelhou, apoiando a mão no vidro, enquanto um policial instruía cada homem a dar um passo à frente e depois recuar. O oficial teve que pedir duas vezes para que o homem que segurava a placa de número quatro desse um passo à frente. A contragosto, ele o fez.

Um holofote iluminou os olhos do homem. A inquietação de Joey aumentou. Ele continuou olhando por cima do ombro para o avô, que estava sentado em um banco no fundo da sala, depois de volta para aqueles olhos fundos. A boca do homem parecia diferente. Ou talvez fosse o queixo, não sabia dizer. Joey olhou mais uma vez para o avô, ainda sem muita convicção, e vislumbrou um movimento repentino acima dos cabelos brancos do velho. Contra a parede dos fundos da sala de observação havia um grande vidro unidirecional, que dava para uma sala de interrogatório escura nesse momento. No vidro, o menino viu o reflexo do número quatro esfregando o nariz.

Joey congelou. Seu coração parecia prestes a explodir no peito. Ele se virou, encarando a fila de novo, então engoliu em seco. Em sua mente, não havia nada entre ele e o número quatro, nada impedindo o homem de estender a mão e agarrá-lo, depois enfiá-lo na traseira daquela velha caminhonete enferrujada como tinha feito com Julie.

Ele se virou de novo na direção de Elmer.

— Ah, meu Deus! É ele! É o cara, vô! — exclamou Joey, apontando para o reflexo na janela atrás de Elmer. — Esse é o homem que eu vi.

Elmer deu três passos largos e já estava ao lado do menino.

— Está bem, rapaz. O homem não pode ver você. — Ele segurou o neto perto de si. — Você se saiu muito bem.

A prisão de David Claremont pelo assassinato de Julie Heath pareceu quase decepcionante para a maioria daqueles que observaram o menino. Ele havia identificado Claremont. Joey Templeton era o herói do momento.

Algemado e cercado pela polícia, Claremont não disse nada ao ter seus direitos lidos. Os soluços incontroláveis de Hilda Claremont eram o único sinal de emoção na delegacia lotada. O pai de Claremont estava com o braço em volta da esposa, segurando-a pelo ombro. Claremont recusou seu direito ao advogado, alegando que não precisaria daquilo por ser inocente.

Em poucos minutos, a imprensa já estava lá. Vans lotadas de câmeras logo encheram o estacionamento da Delegacia de Polícia de Weaversville. Espalhadas em grupos, equipes de cinegrafistas e repórteres entregavam atualizações. Funcionários enxugavam o suor que escorria pelo rosto dos repórteres no calor abafado. Qualquer pessoa que saísse da delegacia era abordada em busca de informações sobre David Claremont. Uma estrela em ascensão precoce de uma afiliada da CNN subornou um zelador do turno diurno que fazia uma pausa para fumar, acenando com uma nota de cinquenta para o homem. O zelador pegou o dinheiro e disse para a câmera:

— Ele é um verdadeiro maluco, é isso. Todo mundo achava que ele podia acabar perdendo a cabeça um dia.

Christine estava calmamente sentada com McFaron em uma salinha de interrogatório enquanto a comoção na delegacia e no estacionamento do lado de fora continuava sem dar trégua. Ela repetia em sua mente a cena de Joey Templeton identificando Claremont. Não podia descartar a certeza cheia de agitação, mas havia algo de errado naquilo. A conta não fechava. Mas por quê?

CAPÍTULO VINTE

Ele começou a se interessar por vísceras na infância. Quando tinha sete anos, um gato correu que nem louco no meio do trânsito e foi atropelado. Um dos olhos voou a vários centímetros do crânio esmagado — aquela pequena esfera escura e perfeita brilhava de uma maneira que o intrigou. Pensou naquele gato e naquela esfera preta e brilhante por semanas, talvez meses, e foi então que percebeu que era diferente. Especial. Podia ver e apreciar coisas que pessoas comuns simplesmente não notavam ou entendiam.

Ele saiu para encher o tanque de gasolina. Sofria por perder o contato com as últimas vítimas. Eram rápidas — presas valiosas — e ele não contara com a sorte.

Imaginou que, àquela altura, elas já teriam falado com alguém, e se repreendeu pelos fracassos. Devagar e intencionalmente, enfiou a ponta da faca bem afiada na coxa através do bolso da calça.

O homem entregou uma nota amassada de vinte ao frentista. Do outro lado da rua, uma faixa vermelha, branca e azul pendurada acima de uma loja de ferragens anunciava que a liquidação ainda estava acontecendo. Lembrou que estava ficando sem suprimentos. Cruzou os corredores estreitos, passando por caixas de pregos e parafusos de inox, indo em direção ao lugar dos pincéis, que estavam pendurados em ganchos. Pegou meia dúzia de pincéis de nylon com cabeças largas, boas para pintar a lateral do celeiro, e selecionou um pacote de três espátulas de massa de vidraceiro que seriam úteis para trabalhos de borda e acabamento.

— Precisa de ajuda, senhor? — Um simpático balconista surgiu atrás dele.

Ele entregou os pincéis e as espátulas ao homem e abriu um sorriso cordial.

— Preciso de duas caixas de potes de conserva extragrandes, de oitocentos mililitros, se tiver — disse ele, e acrescentou: — Mamãe está fazendo um pedido enorme hoje.

O balconista voltou do depósito e colocou duas caixas ao lado da registradora.

— Mais alguma coisa?

— É só isso.

Ele saiu apressado com o equipamento de pintura e os potes. Dirigiu durante quase três horas sem parar, com o cuidado de evitar as rodovias principais e interestaduais, até chegar ao miserável bairro industrial em que crescera, entre chaminés e oleodutos.

Delphos estava envolta na névoa vespertina de uma onda de calor do início do outono. Ele passou pelo prédio enorme e enferrujado da velha fábrica de baterias da qual a mãe fora demitida quatro anos antes. Passou pelas fachadas de empresas abandonadas e virou na Segunda Avenida. Não havia tráfego ali, apenas vitrines destruídas e estabelecimentos saqueados depois da crise econômica, dez anos antes.

Na esquina havia um grande outdoor com uma representação arquitetônica. O antigo quarteirão logo seria demolido para dar lugar a um gigantesco shopping de vários andares no centro da cidade, completo com uma cachoeira e um lago com patos de verdade, além de árvores de tamanho natural que cresceriam dentro de um grande átrio. Todo aquele dinheiro direcionado ao sonho indecente de um empreiteiro de despejar concreto fresco em centenas de metros, atraindo compradores de South Shore que viriam passear e fazer compras em um lugar que costumava ser dele. Um absurdo. A terra de ninguém nos arredores de Chicago estava prestes a passar por uma remodelação total.

Embora estivesse abandonado e em ruínas, a familiaridade do antigo quarteirão o confortava. Ele fechou os olhos por um instante. Sentiu-se como um menino chutando pedras em bueiros, indo ao açougue comprar coisas que a mãe pedia. Nos meses desde seu encontro com a jovem que pedia carona no Little Calumet, começara a retornar ao prédio condenado. Um fogão a gás em um dos apartamentos do andar de cima ainda funcionava, o que o permitia ferver e enlatar como a mãe fazia. Guardou um bom estoque de suprimentos para os tempos difíceis, quando a sorte estivesse contra ele e a angústia se tornasse enorme demais para suportar.

A superfície irregular do riacho aparecia e sumia de vista entre os prédios fechados com tábuas. Ele passava por baixo da rua e desembocava no rio Little Calumet. Parou perto de uma vitrine incendiada e estacionou a caminhonete. Apertou a estatueta de pedra em volta do pescoço, mas não foi o suficiente para abrandar a sensação de perda — uma dor profunda por dentro, que se estendia até o infinito, encolhendo-o ao tamanho de uma partícula de poeira.

Engatou a marcha e se afastou da calçada. Sua mente disparou. Cada giro das rodas da caminhonete o levava para mais perto de casa, mais perto da crueldade do sotaque forte da mãe, mais perto da humilhação que certa vez o manteve sentado a noite toda na cadeira de madeira em seu quarto, acordando ao som do próprio xixi que caía. Mas ao menos a cama não estava molhada de novo. Quando criança, costumava andar de ônibus com a mãe. Certa vez, em plena luz do dia, encharcara a si mesmo e ao vestido dela em uma poça morna. Ela o xingou ali, na frente de todos os outros passageiros. Falava em voz alta que ele tinha se mijado de propósito, então apertou forte a mão dele e o puxou para fora do barulhento transporte público dois pontos antes. Ele havia deixado um rastro de gotas no corredor do ônibus.

Quando eles chegaram em casa, ela disse:

— Hora da penitência.

Ele obedeceu e abriu a boca, como sempre fazia. Tão solene quanto um católico recebendo a comunhão, ele recebeu a pedra, se esforçando para engolir o pedaço de cascalho irregular que ela pegara no quintal. Havia um suprimento infinito de pedras dolorosas para combinar com seus acidentes intermináveis.

Sem ligar a seta, ele entrou em um beco e estacionou a caminhonete no quintal coberto por cascalhos nos fundos do cortiço fechado. Entrou rapidamente no antigo prédio. No andar de cima, empurrou a pequena porta da cozinha e subiu o lance íngreme e estreito de escadas que levava ao telhado do edifício condenado. Na escuridão total, afastou as correntes soltas que cortara meses antes e abriu a porta corta-fogo, se encolhendo com o brilho da luz do sol. O antigo telhado de piche borbulhava no ar superaquecido. O calor era revigorante.

Um momento depois, voltou para o abafado andar de cima, piscando até que os olhos se ajustassem e ele conseguisse distinguir as formas escuras no quarto pequeno e sombrio que fora dele desde pequeno. Entrou, sentindo os odores úmidos e familiares. Por um momento, tudo ficou em suspenso em sua cabeça. Ele se agachou na beirada do velho colchão manchado, balançando-se suavemente para a frente e para trás para se confortar, e então colocou a máscara de penas que estava enfiada dentro da camisa.

Um ingresso gratuito que sua mãe lhe dera para o Museu de História Natural pouco antes de morrer mudara as coisas para sempre. Dera um novo significado ao seu fascínio pelo interior dos seres vivos. No segundo andar do enorme edifício, uma canoa pendia suspensa sobre uma passagem escura, anunciando a sala de exposições da Oceania. Em uma grande vitrine decorada com folhas da selva, uma fileira de estatuetas de pedra esculpidas brilhava sob os holofotes. As luzes projetadas em uma das pedras a faziam brilhar em um magnífico tom de verde-limão — como se a preciosa relíquia fosse dotada de uma poderosa fonte de luz própria. Sob os objetos semelhantes a joias, ele leu as palavras: *Após comer os órgãos internos dos que foram assassinados, o feroz clã das Terras Altas de Papua-Nova Guiné depositava estatuetas de pedra dentro do corpo de suas vítimas.*

Ler aquelas palavras em voz alta fizera os pelos de sua nuca se arrepiarem. Não importava de onde a mãe tivesse aprendido a fazer com que o filho engolisse pedras. Aqueles pedaços duros de cascalho que ela o obrigava passar raspando pela própria garganta finalmente faziam sentido: as pedras foram feitas para serem colocadas dentro das pessoas depois de matá-las.

A descrição ao lado da exposição estava repleta de observações antropológicas e teorias sobre religião e simbolismo ritual desanimadores. Não conseguiu entender por que era tão importante para os montanheses de Papua-Nova Guiné homenagear os espíritos ancestrais colocando pedras esculpidas dentro dos mortos. A verdadeira magia estava contida nas primeiras palavras que leu — aquela coleção de estatuetas de pedra viajara pelo oceano Pacífico para que ele pudesse vê-la. Devoradores de humanos com máscaras de penas das florestas tropicais de Papua-Nova Guiné haviam lhe dado as instruções. Ele pensou que era hora de colocar as pedras de volta no lugar a que pertenciam.

No dia anterior, enquanto pagava pela gasolina, uma reportagem que passava na televisão chamou a atenção dele. Mostrava o rosto bonito daquela agente enquanto o repórter descrevia um local na floresta onde o corpo da garota do parque de diversões havia sido encontrado. A mesma agente que se atrapalhou tanto na inauguração do museu que não conseguiu discursar e saiu correndo da sala de exibição em que a cerimônia ocorria. Ele sabia o motivo. O mesmo acontecera com ele na primeira vez em que vira a pedra. O poder dela também o silenciara. Pensar que compartilhavam um segredo fez com que ele se sentisse aquecido por dentro.

Na reportagem, a agente descreveu que o corpo de Julie Heath, a garota da tartaruga, fora encontrado no fundo de um desfiladeiro. Aquela agente era boa — o que tinha dito sobre ele ser solitário, viajar em uma picape velha, fazer trabalhos temporários e talvez até usar a caminhonete como fonte de renda. Era bem espertinha, mas não dissera nada a respeito das estatuetas que ele havia roubado do museu. Seria capaz de apostar que aquilo ainda a deixava perplexa. E nem uma palavra sobre a garota da parada de caminhões na primavera anterior. Ah, que doce experiência tinha sido. Olhando fixamente pelos buracos da máscara, repassou o momento em que encontrou a jovem que pedia carona. Ela descera do caminhão no enorme posto de gasolina à beira do lago e acenara para o motorista antes de jogar a mochila no ombro e ir em direção às dunas. Vista de longe enquanto caminhava, ela parecia emoldurada pelo vibrante céu crepuscular. Uma verdadeira peça de museu. Ele sorriu para si mesmo. Como a mãe estava errada ao dizer que nenhuma garota o desejaria se fizesse xixi na cama. Que noite linda havia sido.

Ele pegou um pequeno retrato de família da estante. Era uma foto em uma moldura barata de latão que mostrava a mãe dele, ainda jovem, encostada em uma grade ao lado de uma amiga. Cada uma segurava um bebê no colo, exibindo-os para a câmera. Ele esfregou com o dedo indicador o vidro da imagem entre os dois bebês e se perguntou vagamente como seria ter um irmão, alguém que pudesse defendê-lo ou assumir a culpa quando necessário. Alguém como ele. Alguém que apreciava as mesmas coisas. Que pudesse entendê-lo sem que ele tivesse que se explicar.

Ele colocou o retrato de volta na prateleira. Recostou-se na cama devagar. Por um momento, o conforto do local familiar tomou conta dele enquanto ele inalava lentamente o ar pungente e fechava os olhos. O sono viria logo. Sempre acontecia quando ele estava feliz.

Três horas após a identificação de David Claremont, Jasper entrou em sua caminhonete e foi em direção ao sul novamente. Ao ouvir o noticiário sobre a prisão, parou o carro no acostamento e gargalhou, batendo no volante de puro prazer. Era perfeito demais. Um idiota inocente preso pelo que ele havia feito. Talvez aquela agente não fosse tão esperta, no fim das contas.

Ele decidiu dar meia-volta e encontrar um local onde pudesse assistir ao desenrolar dos acontecimentos. Cinco minutos depois, estacionou próximo à loja de conveniência de um posto, e, como era de se esperar, o balconista estava vendo o telejornal. Ele não precisou esperar muito para que sua história fosse ao ar.

E então Jasper sentiu o estômago embrulhar. A raiva começou a crescer dentro de si, e ele precisou de todos os seus esforços para sair da loja sem chamar atenção. O balconista nem ergueu os olhos.

A semelhança o abalou profundamente. O boné de beisebol e os óculos de sol que pegou na caçamba da caminhonete e colocou no mesmo instante não mudavam o fato de que, pela primeira vez em sua vida adulta, se sentia vulnerável. Corria o risco de ser descoberto por causa de outra pessoa, e estava muito irritado com isso. Também o atormentava que aquela reportagem era o mais próximo que ele chegaria do homem que levara a culpa. Então uma onda de choque percorreu todo o seu corpo. Esse David Claremont poderia de alguma forma denunciá-lo, a menos que ele resolvesse essa situação com as próprias mãos antes.

Prusik estava faminta. McFaron esperava que nenhum repórter irritante com seu microfone inconveniente os encontrasse no Weaversville Chimney, e estava certo. Escolheu uma mesa em um canto e pediram duas taças de Chianti e o espaguete especial. Caminhando até a mesa, Christine notou um cliente — um homem de meia-idade corpulento com óculos de armação metalizada — que olhava para os seios dela sem disfarçar. O homem deu uma piscadinha quando ela passou.

— Os homens sempre veem a mulher de forma sexual primeiro? — perguntou, se arrependendo no mesmo instante.

— Acho que sim. — Um rubor distinto tomou conta do rosto de McFaron. — Bem, se uma pessoa se sente atraída por outra, sim, pode ser algo físico, pelo menos no começo. Por que outro motivo alguém se importaria em ir mais longe?

Prusik reprimiu um som de exasperação.

— Já parou pra pensar que talvez pudesse conhecer alguém primeiro enquanto trabalham juntos? Sem a menor intenção de ter um caso?

— Você me perguntou o que um homem vê primeiro — corrigiu ele —, não sobre trabalhar com uma mulher e desenvolver sentimentos depois. Isso acontece todos os dias. Amigos meus se casaram depois de trabalharem juntos por alguns anos. Pode parecer grosseiro, mas é agradável olhar para alguém bonito, e não tenho vergonha de dizer isso.

McFaron tomou um gole do vinho, encarando-a brevemente antes de olhar para baixo.

— Então por que você ficou vermelho?

— Acho que você meio que me pegou de surpresa — explicou McFaron. — Minha mãe sempre dizia que eu mudava de cor fácil. Acho que estava certa.

Ele a encarou e sorriu.

— Deve estar escondendo algo, hein? — Prusik tomou um gole de Chianti.

— Devo estar.

As costas da mão de McFaron roçaram na de Christine enquanto os dois pegavam o pão de alho ao mesmo tempo. Uma onda de calor percorreu seu corpo, e ela desviou o olhar, tímida.

— Sinceramente — disse ele —, passo tanto tempo sozinho, cuidando dos problemas dos outros, que mal penso nos meus. — O xerife sentiu um calor subindo pelas costas. Não tinha se expressado direito. — Para falar a verdade, Christine, este caso está me pressionando bastante. Todo mundo quer saber se temos alguma pista do assassino.

— Ah, sério? — grunhiu ela. — Bem, nem posso dizer o quanto estou satisfeita com o andamento das coisas.

Ela tomou outro gole de vinho, e um silêncio desconfortável se estendeu.

— Vamos parar de falar de trabalho, que tal? — sugeriu ela algum tempo depois em um tom mais suave, apoiando o queixo nas mãos.

— Gosto dessa ideia.

Ficaram sentados em silêncio enquanto a garçonete reabastecia a cesta de pães, e então Christine se inclinou para a frente.

— Vou contar a você uma coisa que poucas pessoas sabem sobre mim, Joe. Antes de entrar para o FBI, fiz algo muito divertido. Quando ainda estava na faculdade, trabalhei durante as férias de verão em um zoológico.

— Um zoológico?

— Um zoológico de verdade. Eu dirigia o zoomóvel: uma grande van pintada com listras pretas e brancas como uma zebra, equipada com gaiolas portáteis para transportar animais exóticos. Dois treinadores me ajudavam quando ia a escolas e acampamentos. As crianças adoravam quando eu as deixava acariciar os animais. A ideia era dar mais visibilidade para as espécies ameaçadas e contar a situação para as comunidades que a gente visitava. — Ela sorriu. — Era incrível.

— Eu nunca teria imaginado você como amante dos animais — comentou McFaron. — Pensei que todos vocês, os malandros da cidade, fossem sofisticados demais para lidar com animais vivos.

— Que nada. Eu amava aquele emprego. Na verdade, ele teve grande influência no meu trabalho atual.

As sobrancelhas de McFaron se ergueram.

— Ah, preciso saber mais sobre isso.

— Sabe aquele laboratório ambulante do agente especial Howard? Foi ideia minha. Inspirado diretamente pelo zoomóvel. — Ela deu de ombros. — A única diferença que existe entre ele e o zoológico móvel é que o laboratório não é aberto ao público.

— Você me surpreende, Christine.

Christine sorriu de novo.

— Tinha um macaco-aranha chamado Squeakums que costumava se enrolar em volta do meu braço. Ele franzia os lábios e soltava um uivo agudo, me agarrando com tanta força que eu nem precisava segurá-lo.

— Eu gostaria de ter visto isso. Christine e seu pequeno Squeakums.

Christine jogou o guardanapo nele.

— Era um trabalho difícil e nojento. Mas quer saber? Mesmo com todo aquele esforço, eu adorava. Ver a empolgação das crianças, ouvir como riam quando Squeakums começava seu uivo de acasalamento, me agarrando.

Ela sentia as bochechas quentes por causa do vinho.

— Às vezes me pergunto se tudo isso vale mesmo a pena. — Ela balançou a cabeça, franzindo a testa. — Toda a rotina do mundo real parece um erro quando falo sobre aquele verão. Neste momento, posso dizer com sinceridade que nada na vida foi tão prazeroso quanto passar aqueles três meses com os animais e as crianças.

— Você me impressiona com seus talentos, Christine — declarou McFaron suavemente.

— Mas entende o que quero dizer? Todas as coisas irrelevantes que fazemos todos os dias, Joe?

— Entendo o que quer dizer. — Ele sorriu ironicamente. — Comecei aos vinte e um anos, o xerife mais jovem que Crosshaven já teve. Mas nunca me arrependi.

— Vinte e um? — perguntou Prusik. — Já ouviu falar em diversão?

— Junto a parte divertida do trabalho com a que não é tão divertida, eu acho. Acima de tudo, quando estou ocupado, consigo manter a cabeça no lugar. Se fico muito tempo longe do trabalho, me sinto perdido.

As palavras escaparam.

Christine ergueu as sobrancelhas.

— Por assim dizer — completou McFaron.

— Mas você não me parece perdido. O que quer dizer?

— Sozinho, perdido — brincou o xerife —, qual é mesmo a diferença?

— Para mim, tem um peso maior. Para estar perdido, você precisa saber o que é se reencontrar — disse Prusik com convicção.

Ele sorriu.

— Christine, mãe adotiva de Squeakums *e* uma grande filósofa. O que mais sabe fazer? Está certo, vamos falar de "estar perdido". Eu me encontro no trabalho e me sinto perdido quando fico ocioso por muito tempo. Acho que funciona assim.

— Você acha que funciona assim? Homens! — Ela cruzou os braços. — Por que não podem ser um pouco menos fechados?

— O quê? Para que vocês, mulheres, consigam saber exatamente o que pensamos? De jeito nenhum.

Eles comeram devagar e com prazer. Christine terminou a segunda taça de vinho e lentamente abriu um sorriso largo para Joe, que terminou em um longo bocejo.

Joe sorriu de volta para ela.

— Amanhã é um grande dia — comentou ele. — Você precisa descansar para interrogar Claremont.

Ela assentiu. Ele se virou para pedir a conta para a garçonete, e quando olhou de volta para ela, seus olhos castanhos estavam fixos nos dele.

— Gostei muito da nossa conversa — disse ele com uma voz suave. — Saber do seu amor pelos animais, Christine, é... bem... obrigado por me contar sobre isso.

Depois de pagar a conta, McFaron levou Prusik de volta à pensão para a qual ela havia se mudado, perto da Delegacia de Polícia de Weaversville. Ele a acompanhou até a porta. A rua estava silenciosa.

— Vejo você de manhã? — perguntou. — Um pouco antes das oito?

Prusik assentiu, depois hesitou.

— Joe? Obrigada pelo jantar e pela atenção. Eu me diverti, de verdade. Sei que falei demais, mas, para ser sincera, não consigo me lembrar da última vez em que saí para comer com alguém e não falei de trabalho o tempo todo. Talvez a gente possa repetir um dia?

— Eu gostaria muito disso, Christine. Adorei cada minuto dessa noite. E avançamos bastante no caso hoje.

McFaron pensou no depoimento de Sarah North em Parker naquela manhã. No quanto Christine fora carinhosa e solidária, sentada em uma cadeira ao lado da garota, inclinando a cabeça na direção dela. Ela conseguiu fazer com que a jovem testemunha confiasse nela com mais facilidade; ele percebeu isso. O xerife também se lembrou de ter prestado bastante atenção nas costas de Prusik. Sob a camisa bege de gola alta, conseguia ver os contornos distintos das alças do sutiã, os ombros largos, as suaves camadas de músculos que se espalhavam pelas laterais. No trajeto de Crosshaven, ela contara que costumava aliviar a tensão do trabalho fazendo nado de costas até altas horas da madrugada em uma academia no centro de Chicago. A maioria das mulheres em forma que McFaron conhecia eram minúsculas ao lado dela, quase uma outra espécie se comparadas com a forma musculosa de Christine.

Ele tirou o chapéu, remexendo na aba com os dedos. Olhou para ela.

— Você é uma pessoa e tanto, Christine.

Ela ficou satisfeita em ouvir esse estranho elogio. As maneiras contidas a faziam se lembrar do pai, assim como a disposição em ajudar na cena do crime em Crosshaven. Ela colocou a palma da mão no peito dele e ficou na ponta dos pés. Eles se beijaram.

McFaron olhou nos olhos dela, o rosto bem próximo ao seu, então a beijou novamente, puxando-a para mais perto.

— O que eu disse antes, você sabe, sobre homens e mulheres... — Prusik se afastou um pouco, subitamente insegura. Ela sorriu sem pudor para o xerife, vendo que ele não estava com pressa de ir embora. — Bem, de qualquer maneira, não ligue para tudo o que eu digo. É só isso.

Ela deu um tapinha carinhoso no peito dele.

— Vejo você às oito, Joe.

Ele recolocou o chapéu e inclinou a cabeça na direção dela.

— Eu te busco aqui.

Ela ainda experimentava uma sensação calorosa enquanto o observava se afastar lentamente no Bronco, sabendo que acordaria muito cedo no dia seguinte para chegar a tempo em Weaversville. Por que não o convidou para ficar com ela? Porque ela era profissional e estava trabalhando em um caso. Por isso.

E talvez estivesse apenas um pouco assustada.

Ela subiu as escadas para a pensão e hesitou na porta da frente, saboreando a noite e o brilho que Joe parecia acender dentro dela. O tom de lápis-lazúli profundo do céu estava esmaecendo, com apenas algumas estrelas reluzentes começando a surgir. E então, sem aviso, o céu se tornou um manto negro e brilhante, repleto de pontos cintilantes, como se o próprio sol tivesse explodido.

À meia-noite, o ônibus expresso de Chicago parou no terminal Greyhound no centro de Indianápolis. Henrietta Curry desceu os degraus se sentindo grata, exausta devido ao horário e aliviada por poder, enfim, esticar as pernas rígidas. O ar abafado misturado com fumaça de diesel flutuava na sala de espera quando ela entrou pelas portas automáticas, carregando a mala e uma lata de biscoitos sob o braço. Perdera o ônibus das cinco e tivera que pegar o das nove, chegando a Indianápolis no horário em que normalmente já estaria dormindo. Mas ela havia prometido à filha que estaria disponível para ficar de babá durante três dias, começando na manhã seguinte, e não queria decepcioná-la. Ser mãe solo e ter que trabalhar já era difícil o bastante, e se preocupar em encontrar uma babá de última hora seria ainda mais.

Um esbarrão acidental em alguém que olhava para uma grande televisão na sala cavernosa fez a sra. Curry erguer os olhos, bem a tempo de ver um boletim de notícias sobre a prisão de Claremont no início daquele dia pelo assassinato de uma estudante de Indiana. A mala da idosa caiu no chão. O rosto do homem que via na tela era inconfundível. Esse mesmo homem se sentou ao lado dela no ônibus vindo de Chicago.

Ele escapou!

A sra. Curry correu para ver se conseguia identificar o homem que havia recusado seus biscoitos caseiros sem nem sequer agradecer. Aquela era sua melhor receita! Espiou por cima dos óculos, tentando associar o rosto no telejornal com o do homem que passou na frente das mulheres e crianças que desciam do ônibus. Era ele. Tinha certeza absoluta. Abriu caminho por entre uma multidão de passageiros que chegavam, esquecendo-se completamente de sua mala. Mas não havia sinal do estranho de boné de beisebol e casaco marrom.

— Ei, senhora. — Um carregador de bagagens deu um tapinha no ombro da sra. Curry, assustando-a. — Essa bolsa é sua?

— O homem negro uniformizado tinha costeletas grisalhas e usava um chapéu vermelho de capitão. Ele esticou o braço com a mala.

— É sim. — Ela fechou os olhos por um segundo. — Devo estar perdendo a cabeça. — Ela remexeu o interior da bolsa e entregou a ele uma nota de um dólar. — Obrigada.

— Obrigado, senhora. — O homem ergueu a aba lustrosa do chapéu. Quando se virou para sair, a sra. Curry o puxou pela manga.

— Ouça. — Ela se aproximou. — Acho que aquele homem procurado por matar todas aquelas garotas escapou. Ele estava ao meu lado no ônibus de Chicago.

Ela apontou pela janela da sala de espera para a tela da televisão, que ainda exibia o rosto de Claremont.

A sra. Curry tirou uma nota de vinte da bolsa e a apertou entre os dedos.

— Ele desceu do ônibus há menos de cinco minutos. Não pode ter ido longe. Me ajude a encontrá-lo. Procure pelas ruas. Volte quando o encontrar. Vou ficar de olho caso ele ainda esteja por aqui. — Ela mostrou o dinheiro. — Se você o encontrar, isto aqui será seu.

O homem sorriu, parecendo confuso. Ele estreitou os olhos, tentando enxergar melhor a televisão no instante em que o rosto de Claremont desapareceu para dar lugar à imagem de um jovem punk tomando refrigerante. O carregador olhou para trás, para a nota de vinte ainda na mão da mulher, então correu porta afora e começou a trabalhar, protegendo os olhos com uma das mãos, examinando a rua de um lado para o outro. Dez minutos depois, encontrou a sra. Curry na sala de espera e relatou que infelizmente o homem parecia ter sumido.

A sra. Curry agradeceu e lhe entregou a lata de biscoitos.

— Aqui, leve isso pelo seu trabalho. É a minha melhor receita. Vou chamar a polícia. Sei bem o que vi.

Ela arrastou sua mala até uma fileira de cabines telefônicas ao longo de uma parede e ligou para a filha. Era quase meia-noite e meia quando finalmente conseguiu falar com a sede da polícia de Indianápolis. A teimosia temperada com uma pitada de bondade e boas intenções acabou levando-a a um representante local do FBI. A descrição da sra. Curry das feições de seu companheiro de assento foi completa e detalhada, assim como seu relato de como ele havia recusado seus biscoitos com tanta grosseria. Ela estava certa de que era a mesma pessoa que tinha visto na televisão.

Ela deu ao agente seu nome e o telefone da casa da filha. E não deixou de mencionar o detalhe sobre a menina meiga sentada do outro lado do corredor e uma fileira atrás. A certa altura, a sra. Curry ergueu os olhos e viu o homem ao lado dela virado em seu assento, os olhos fixos na criança. Um olhar malicioso — dez segundos de concentração perniciosa — tinha feito a coitadinha até se engasgar.

CAPÍTULO VINTE E UM

Christine se remexeu no assento. O ar-condicionado na salinha de interrogatórios não estava funcionando direito e ela estava suando antes mesmo de começar. Tinha discutido com Bruce Howard que seria melhor se ela conduzisse o interrogatório. Depois de conversarem com os pais do suspeito, os agentes descobriram que ele tinha um relacionamento difícil com a mãe. Christine pensou que se uma mulher o entrevistasse, talvez Claremont se sentisse impelido a confessar. Howard concordou.

Ela notou que seu rosto era mais acentuado do que o normal. Como Joey Templeton dissera, os olhos de Claremont eram fundos, mas seus óculos os escondiam, o que deixava Prusik desconfortável.

O seu olhar focou em Claremont, que fez um aceno breve com a cabeça. Não havia tempo a perder.

— Minha formação é em antropologia física. Sabe o que é isso, David?

— Você estuda ossos, certo?

— Isso mesmo. Os duzentos e seis ossos que compõem a anatomia humana, para ser mais exata.

Claremont concordou com a cabeça.

— Como antropóloga forense, examino vítimas de crimes violentos. Você afirma ser inocente. Concordaria em fazer um exame de sangue?

— E o que o meu sangue tem a ver com isso? — Ele a encarou diretamente sem pestanejar. — Já falei pra você. Não fiz nada.

Aquilo foi dito de forma crível o bastante, mas uma mente calculista, depois de muito treino, conseguiria aperfeiçoar a imagem da inocência. Um psicopata, por outro lado, era capaz de mentir de maneira convincente na primeira tentativa sem nem vacilar.

— Então você não tem nada a esconder, tem? Um teste de DNA o livraria de qualquer suspeita. Não é isso que você quer? Ser inocentado? Com um exame de sangue você ficaria livre. — A agente analisou o rosto do rapaz. — Não quer ir para casa, David? Limpar seu nome? Deixar tudo isso pra trás?

— Como vou saber que está dizendo a verdade? — Ele contorceu as mãos debaixo da mesa.

— Justo. Estamos atrás do assassino. Se o seu DNA te liberar, isso significa que o verdadeiro assassino ainda está por aí e vai continuar matando. — Prusik buscou por qualquer sinal de movimento hostil, sem notar nada além da desconfiança já esperada. — Não queremos culpá-lo por algo que não fez.

Claremont abaixou a mão direita para a superfície da mesa. Ela retirou uma agulhinha de dentro da vedação antisséptica e estendeu a mão para ele.

— Uma picada na pele e duas gotas de sangue nesta cartela especial e pronto, acabou.

Prusik segurou com firmeza o dedo indicador do suspeito, apertou a ponta e pressionou a bolha de um vermelho intenso na cartela de testagem. Claremont recolheu a mão.

— Quer um band-aid?

O rapaz negou com a cabeça. Seu olhar ficou tenso. Se tivesse sido esculpido de pedra, o semblante de Claremont teria representado o estágio intermediário no entalho, sendo necessário um trabalho mais extenso a mão para refinar e amenizar a aparência exagerada.

Prusik percebeu um esparadrapo cobrindo a parte externa da mão esquerda dele.

— Você se machucou?

Ela indicou com a cabeça em direção a mão do rapaz.

Claremont enfiou a mão debaixo da mesa e lançou a ela um olhar duro.

— Não é o que está pensando.

204

Os tendões nos braços dele ficarem tensos, com o rapaz os pressionando na borda da mesa.

— E o que eu estaria pensando?

— Não fiz nada de errado! Isso tudo é um engano.

Prusik assentiu.

— É o que esperamos que o DNA revele. Agora me mostre a sua mão, David.

Devagar, ele levantou o esparadrapo, piscando como se estivesse com dor, e revelou uma mordida humana bem feia: inconfundível e recente. Prusik engoliu em seco. Sua mente racional era capaz de formar a pergunta, mas, lá no fundo, uma voz berrava para que ela saísse da sala.

— Como isso aconteceu?

— Não... sei muito bem. — A voz de Claremont vacilou.

Sua agitação parecia genuína.

— Gostaria da sua permissão para registrar a sua impressão dentária.

Ele concordou sem que ela precisasse pedir de novo. Christine abriu o kit forense amarrado à cintura e retirou de lá pinças de aço inox, pensando em como Brian Eisen compararia a arcada dentária superior e inferior de Claremont com as fotografias das marcas de mordida no ombro de Betsy Ryan.

Prusik foi para o lado da mesa em que Claremont estava e pediu que o rapaz mostrasse os dentes. A respiração quente dele contra as costas de sua mão levou a mais uma onda de ansiedade. Ela não conseguia parar a pulsação emanando do fundo de sua garganta: a semente primitiva em seu cérebro, a parte animalesca que não conseguia controlar, o pânico. Ela apoiou a mão na borda da mesa e esperou que a sensação passasse.

— Desculpe — disse ela, recuperando a compostura. — Vamos tentar de novo. Abra bem a boca, como você faz quando vai ao dentista.

Ela mediu o vão entre os dentes caninos na mandíbula superior e aplicou as pinças entre os caninos inferiores. Em seguida, mediu as perfurações na mão do rapaz: uma combinação perfeita, o que significava que a ferida deveria ter sido autoinfligida.

Prusik retirou o adesivo de moldagem azul da embalagem e pressionou com firmeza na arcada dentária superior, repetindo o procedimento com cuidado na parte inferior. Ela compararia a impressão com a mordida de Betsy Ryan.

— Por que você se mordeu?

— Eu... não me lembro.

Prusik não insistiu. Tirou um bloco de notas amarelo da pasta de documentos.

— Vamos falar um pouco do seu dia a dia, certo? — Mudar de assunto de modo brusco era uma estratégia de interrogatório de que ela gostava, evitava que o suspeito tivesse tempo para inventar respostas. — Diga mais ou menos como é a sua semana de trabalho, o que costuma fazer. Quanto tempo fica na fazenda?

— Quase o dia inteiro, acho. — Ele deu de ombros. — Tanto dentro quanto nos arredores do terreno.

— Trabalho duro de manhã até de noite?

— Aqui e ali, fazendo tarefas.

O rapaz ficou analisando a superfície da mesa.

— De acordo com seu pai, o terreno é alugado por um vizinho. Ele disse que você não faz quase nada por lá, mas passa muito tempo no celeiro.

O lábio superior de David estava começando a brilhar.

— Não é verdade. Pintei o celeiro do vizinho. Fiz tudo sozinho.

Christine se lembrou da evidência do fragmento de tinta.

— Que tipos de tarefa você faz?

— Vou até a cidade, na loja de suprimentos, pego mais tinta, faço compras, coisas assim.

— A loja de suprimentos. Ouvi falar que você teve alguns problemas lá recentemente, que atacou uma mulher no estacionamento...

— Não! Eu não a ataquei! Ajudei ela a levar um rolo de arame para o carro dela. Estava pesado e eu... eu...

— Você achou que ela lhe devia alguma coisa em troca?

— Não! Eu estava ajudando. Ela... ela não prestou queixa. Ela sabia que eu não tinha intenção de fazer mal. Ela sabia. Nem lembro o que aconteceu direito — concluiu ele baixinho, parecendo um pouco derrotado.

Prusik fez que sim com a cabeça e usou a tática de mudança brusca.

— Sua mãe disse que nos últimos meses você foi de ônibus para Chicago duas vezes sem dizer para onde ia.

Christine pegou uma pasta cinza grande da maleta forense. O dr. Irwin Walstein tinha deixado o documento na delegacia a pedido dela.

Claremont começou a balançar a perna.

— Uma coisa estranha para se fazer. Chicago fica bem longe. O que foi fazer lá? Foi encontrar alguém?

— Fui mais para pegar material para o meu hobby.

— Que tipo de hobby é esse?

— Entalhar. Gosto de talhar coisas.

Christine engoliu em seco e abaixou o olhar, fingindo estar checando as anotações. Ela esperou um momento, então levantou a cabeça de novo.

— Por que não contou aos seus pais para onde estava indo? Sua mãe ficou bastante chateada com isso, David.

— Não sei. Só não contei.

— Quando pegou o ônibus para Chicago?

— Não tenho certeza. Acho que foi em março.

— E da segunda vez, quando foi?

O rapaz deu de ombros, encarando as próprias pernas.

— Acho que foi há umas duas semanas, não tenho certeza.

A batida abafada de um joelho contra o outro se intensificou.

Talvez ele tivesse deixado um carro em Chicago; manter o veículo longe de casa teria sido um plano inteligente. Mas não contar aos pais e ficar sumido por quase doze horas nas duas ocasiões era pura burrice. Com certeza eles se preocupariam, poderiam até ter chamado a polícia. A não ser que eles quisessem acobertá-lo, protegê-lo, presumindo que soubessem de algo bem pior. Ainda assim, os pais de Claremont não pareciam ser do tipo que limpariam a barra de um filho criminoso.

Prusik tinha confirmado com a polícia de Weaversville o que os pais de David haviam dito: ele realmente passava a maior parte dos dias, incluindo os fins de semana, na fazenda. Fazia o tipo caseiro. E geralmente não se aventurava muito além da loja de suprimentos. Com exceção das aventuras secretas para Chicago.

Uma coisa que surpreendia Prusik era a maneira como Claremont respondia às perguntas. Suas negativas curtas desmentiam a impressão que havia tido do dr. Walstein: de que David agia com medo. As anotações no documento do médico relatavam que ele frequentemente demonstrava um comportamento impotente em relação aos ataques; pouco condizia com o perfil de um assassino confiante e eficiente.

— O que você gosta de talhar, David?

— Animais, figuras, o que vier à cabeça. — Ele passou a mão pelo cabelo curto. — Os entalhos estão em casa. Você vai vê-los, se já não tiver visto.

— Por acaso você foi ao Museu de História Natural em uma de suas viagens a Chicago?

Prusik sentiu a mesa balançando com a vibração da perna de David. Mas ele não respondeu à pergunta.

— Já teve apagões de memória, David? Ouve vozes na cabeça? Teve uma visão perturbadora que lhe pareceu real? Uma pessoa gritando, um pesadelo?

Prusik apresentou os dados que tinham sido escritos na ficha do psiquiatra como perguntas, uma após a outra, levando-o ao limite.

Ele franziu a testa.

— Você está trabalhando com o dr. Walstein? — Ele levantou a cabeça, focando nos documentos expostos diante de Christine. — É dele essa pasta?

— Sim, eu li a sua ficha médica. Intimamos a entrega dos documentos. Faz parte do meu trabalho como investigadora forense ser minuciosa, David. Conte-me sobre as visões das garotas gritando. De acordo com a sua ficha, elas começaram em março, certo?

— Então você já sabe tudo. — Ele fechou a cara. — Para que perguntar?

Prusik ficou tensa; a bomba-relógio dentro de David Claremont estava pronta para explodir a qualquer momento. Ela conhecia bem aquele medo descontrolado e enraizado. Para amenizar as coisas, resolveu mudar de tática.

— Você não sabe o que acontece com você quando tem uma visão?

— Tem uma diferença, sabe, entre ver coisas e as fazer — respondeu ele, enérgico. — Não são a mesma coisa.

Prusik assentiu, demonstrando empatia.

— Tem razão. Há uma diferença grande.

Ela passou um pedaço de papel em branco e um lápis pela mesa.

— Me faça um favor, David. Escreva seu nome.

Ele pegou o lápis com a mão esquerda machucada e escreveu o nome com letra de imprensa.

— Desta vez gostaria que tentasse usar a letra cursiva, por extenso — estimulou ela. — Usando a mão direita.

Claremont abaixou o lápis.

— Não consigo escrever assim.

— Algumas pessoas são ambidestras naturalmente — comentou Prusik. — Quem sabe você seja uma delas.

O lápis caiu da mão direita dele de forma desajeitada duas vezes. Quebrando a ponta do lápis, ele arranhou até formar um buraco no papel. Os músculos na mandíbula ficaram tensos. Ele abaixou a cabeça, desanimado.

Claremont com certeza era canhoto, e de acordo com as evidências, o assassino era destro. Estava nítido para Prusik que Claremont não era o responsável pelos assassinatos. Mas ela não poderia descartar a possibilidade de ele estar envolvido de alguma forma.

— Já deu carona para alguém na sua caminhonete, David? Quando sai para fazer alguma tarefa?

— Posso ter dado uma ou duas vezes.

— Parou uma garota, por exemplo? Já ofereceu carona para uma garota que estava andando para casa?

Ele abaixou a cabeça.

— Eu... não conheço garotas, na verdade.

O rapaz estava sentado de forma rígida. O som do estalar de dedos debaixo da mesa confundiu Prusik. Muitas das nuances e dos comportamentos de Claremont contrariavam o seu aparente desamparo, como se o homem fosse um campo de batalha entre o bem e o mal e o ganhador não tivesse sido declarado ainda.

— Você se lembraria de levar uma garota para algum lugar, não lembraria?

Ele a encarou, desesperado.

— Você quer que eu fale, não quer? Que eu sou quem você está procurando? — Ele deu um tapinha na têmpora, dando um sorriso sarcástico. — Um maldito assassino está preso na minha cabeça, isso sim. — Seu rosto ficou sombrio. — Acha que fazer perguntas vai ajudar em alguma coisa? Não vai mudar coisa nenhuma, não importa o que eu diga. As pessoas sempre me olham duas vezes. O olhar delas diz o que pensam, as testas franzidas. Veem que tem algo errado. Como se fosse eu quem deveria ter nascido morto.

Prusik franziu a testa.

— Por que diz isso?

Claremont continuou olhando para longe.

— Que talvez eu tenha nascido morto? Isso explicaria as coisas que eu vejo. Quando se volta dos mortos, dizem que você se lembra de coisas.

Preocupada, Prusik esticou a mão, tocando as costas da mão dele. Estava pegajosa de suor e tensa.

— Li sobre isso uma vez — continuou ele, parecendo mais animado —, sobre como as pessoas voltam de experiências horríveis, de afogamentos, acidentes de carro. Quando o coração para. — Seu rosto se suavizou. — Saindo do corpo e vendo a si mesmo todo destroçado do alto, como se estivessem em dois lugares ao mesmo tempo.

— É assim que se sente, David, como se estivesse em dois lugares ao mesmo tempo?

— Vendo-as deitadas ali no chão... retalhadas. — Ele abaixou a cabeça, derrotado de novo.

— Cobertas com o seu sangue, David, ou com o de outra pessoa?

Ele afastou a mão da dela, como se tivesse levado um choque. Passou os dedos pela cabeça de novo, os bíceps flexionando debaixo da camisa.

— Ver um acidente de carro é diferente, não é? — disse Prusik, dando corda ao que ele descrevera. — Você olha para baixo. Vê a si mesmo, talvez outro passageiro que estava com você na batida. Mas o movimento parou, não foi? Acabou, com exceção do corpo mutilado ali embaixo e você olhando de cima...

Ela não precisava ter repetido as palavras; ele já estava lá.

— Certo, certo! Então isso faz de mim um assassino? Ver a coisa? Ouvir? — Ele cruzou os braços e apertou os próprios bíceps, os dedos ficando brancos de tensão.

— Suas visões são bastante perturbadoras — afirmou Prusik de modo empático.

O que Claremont dissera um momento antes, que deveria ter sido ele a nascer morto, a deixou intrigada. Assim como sua referência a estar em dois lugares ao mesmo tempo. Ambas as coisas foram ditas por reflexo e soavam verdadeiras. Prusik retornou ao documento do dr. Walstein, revisando um parágrafo que ela destacara antes no qual o psiquiatra tinha resumido os comentários: "O paciente demonstra ter uma memória extraordinária, lembrando de certos acontecimentos que ocorrem durante seus períodos de apagões. As descrições incluem o rosto de uma garota, roupas identificáveis, vê-la correr, gritar e cair na mata, então ser retalhada."

— Pelo que entendo você deu um nome à coisa?

Ele estreitou os olhos para o documento exposto diante dela.

— E daí se eu dei?

— Você chama esse homem nas suas visões de duas-caras?

— Isso é crime?

— Alguém que você conhece já o traiu?

— Não.

— Tem certeza, David? Ninguém tem uma vida perfeita assim. Talvez alguém da sua época de ensino médio? Alguém com quem esbarrou enquanto fazia alguma tarefa na rua? Ou quando foi para Chicago? — insistiu a mulher. — Alguém de quem não gosta muito e sobre quem preferia não falar abertamente? Em geral não falamos sobre as pessoas que nos machucam, David.

Ele arregalou os olhos e alguma coisa passou pelo seu olhar.

— Não sei. Acho que é normal não conseguir confiar nas pessoas.

Prusik sentia que ele estava sendo evasivo.

— Talvez o duas-caras seja um parente? — prosseguiu ela. — Alguém que ia à fazenda com pouca frequência, alguém que não vê desde que era bem mais novo? Quem sabe um primo distante?

Claremont encarou a mesa com um olhar vazio.

— Não sei dizer exatamente de onde ele vem. Mas sem dúvida ele está lá. — O rapaz engoliu em seco e deu tapinhas no osso do esterno ao fazê-lo. — Bem ali dentro.

— Então você o conhece.

— Eu... não consigo — ele massageou a garganta — detê-lo.

Prusik pensou ter detectado uma dilatação nas pupilas dele, mas não tinha certeza.

— Olhe, David, as coisas só vão piorar daqui pra frente. Um mandado de busca já foi emitido. A unidade de campo vai arrancar cada tábua naquele celeiro se for preciso. Vão destruir os bancos e o revestimento da sua caminhonete e da dos seus pais também. Vão vasculhar seu quarto e o resto da casa com um pente-fino. Assim que encontrarem provas, e um único fio de cabelo será o bastante, conectando você à Julie Heath ou a qualquer outra das vítimas, seu caso vai ser transferido para a procuradoria-geral de Chicago e vai entrar no âmbito federal. Coopere comigo, fale comigo e eu vejo o que posso fazer para te ajudar.

— Já falei pra você. Não fiz nada de errado — repetiu David, aflito. — Não há provas. Não pode haver. Com exceção de eu ter os apagões de memória, ver coisas...

— E eu acredito, *sim*, em você. — Prusik ficou surpresa ao sentir a convicção na própria voz. — Mas uma testemunha confirmou que viu você no local do crime.

Prusik bateu a ponta do dedo indicador no centro da mesa.

— Outra testemunha de Parker alegou que há dois dias você a seguiu na caminhonete depois que ela saiu do treino de futebol. Ela descreveu a tinta cinza do para-choque, disse que você deu um baita susto nela. Quero te ajudar, David. Mas para fazer isso preciso que você coopere.

Ela usa a fala de Claremont sobre sentir como se estivesse em dois lugares ao mesmo tempo.

— Se você for inocente, e eu acredito que seja, isso significa que tem outra pessoa por aí que se parece com você e está cometendo esses crimes. Alguém que provavelmente está rindo agora enquanto vê um bobo chamado David levar a culpa pelo o que ele fez.

Ele ficou sem reação.

— Ninguém poderia ter me visto em Crosshaven, porque eu não estava lá. Também não estava em Parker, só passo por lá com os meus pais. Não podem ter visto a minha caminhonete. É um erro, estou te falando. — Os olhos de Claremont imploravam. — O que você estava dizendo antes...

— Sobre as visões? Sobre ver o homem de duas-caras?

Ela sentiu a profundidade do desespero do rapaz.

— As coisas vêm piorando.

Claremont girou a mão machucada em frente ao rosto, olhando-a como se não fosse seu próprio corpo. Uma gota de suor escorreu por sua bochecha.

— Conte-me. — A voz de Prusik era calma, reconfortante. — Que outras coisas ruins ele faz com você?

— Não é um sonho, é? É real demais para ser. Ai, Deus. — Claremont soltou um gemido.

Prusik passou outro bloco de notas pela mesa.

— Anote para mim, David. Tudo o que conseguir lembrar a respeito dele, das visões, o que ele faz com as garotas, quando faz. Locais, aqueles que possam ser familiares para você; cada detalhe é crucial para que eu possa te ajudar.

Claremont espalmou as mãos na mesa, rendendo-se.

— Acha que estou louco?

Em seu rosto cansado estava o olhar de um homem que se importava muito com a resposta.

— Às vezes somos o nosso pior inimigo, David. Mas a minha opinião não vai te salvar agora. Me dê algo para prosseguirmos e então veremos. — Prusik apontou para o bloco. — Tente se lembrar de todos os detalhes. Até aqueles que parecem irrelevantes podem dizer alguma coisa.

Prusik ponderou se as visões de Claremont poderiam ser seu inconsciente tentando se inocentar, externalizar o horror e atribuir a culpa a outra pessoa, um ser fantasioso, uma manifestação "duas-caras". Ela debateria aquilo mais a fundo com o dr. Katz quando voltasse à sede.

— Vamos encerrar por aqui, David — afirmou ela. — Anote tudo, em breve voltaremos a conversar.

CAPÍTULO VINTE E DOIS

Ela saiu pela porta e foi para o corredor quase dez graus mais frio, e então atravessou sem pressa a delegacia para chegar ao estacionamento. O ar abafado do sul de Indiana parecia passar diretamente pela roupa até a pele. Duas novas vans com antenas parabólicas já tinham reivindicado lugares ao lado da cerca de arame; técnicos estavam instalando câmeras para suas respectivas equipes.

O trailer do FBI estava parado no estacionamento, e os homens de Howard se aglomeravam perto dele. O próprio Howard estava em pé em meio a um grupo de policiais, parecendo preparado para as câmeras de televisão com a jaqueta azul-marinho e as calças cáqui elegantes. Ele estava batendo papo com alguns policiais e parecia estar se divertindo. Gargalhadas eclodiam do grupo, em resposta a algum comentário sexista de Howard, sem dúvida, pensou Prusik, irritada. As células daquele sujeito não continham DNA o suficiente para respeitar uma mulher, muito menos uma mulher que também era cientista.

Ela apoiou a mão no quadril, avaliando tudo do degrau mais alto da delegacia. Ela conseguia imaginar Thorne colocando para gelar uma garrafa de champanhe, e Howard preparado para tirar a rolha depois que ela acabasse de servir a cabeça de Claremont em uma bandeja, entregando tudo a não ser uma confissão completa. A julgar pela confiança de Howard, a falta de uma confissão não parecia importar. Porém, aquele pensamento incômodo não a deixava em paz e a sensação se tornava cada vez mais forte. Claremont era apenas mais uma vítima, e de alguma forma representava a chave para a identidade do assassino.

O assassino era destro, disso ela tinha certeza. A mão direita do assassino era muito mais forte do que a esquerda, ele havia esmagado o osso hioide sob a laringe em todas as três mortes. Claremont era canhoto. A facilidade com que ele assinara o próprio nome com a mão esquerda provava isso — uma evidência que alimentava ainda mais as fortes suspeitas de que o assassino de alguma forma estava explorando David Claremont, atormentando o rapaz. Por mais estranho que soasse, não havia outra explicação para a coisa toda. Se ela compartilhasse suas suspeitas com Howard ou Thorne, aquilo acabaria com sua reputação. Ela precisava de tempo para comprovar sua teoria, mas tinha que se ausentar do laboratório para investigar, e deveria ser cuidadosa ou correria o risco de enfurecer seus dois supervisores, que veriam suas ações como insubordinação ou algo pior.

— Christine? — Howard puxou os óculos escuros um pouco para baixo do nariz, e gesticulou para que se aproximasse. — Você tem um instante?

Os policiais se dispersaram.

Prusik andou na direção de Howard, parou no meio do caminho e deixou sua maleta de lado. Tentou manter a expressão neutra.

Howard foi até ela.

— Acabou com Claremont, então? — perguntou ele, reposicionando os óculos estilo aviador mais acima do nariz. — Sua avaliação estava correta. Você certamente era a pessoa certa para esse trabalho.

— Quem disse algo sobre acabar? — disse ela em tom neutro. — Estou voltando para Chicago, você ainda quer que eu consiga mais evidências do suspeito, certo?

— Suspeito? Vamos lá, aquilo não foi uma confissão completa? Está na cara que ele não tinha resposta para metade das suas perguntas.

Ela pegou a maleta novamente. Se Howard achava que aquela havia sido uma confissão completa, então ele era um idiota ainda maior do que ela imaginava.

— Sim, admito que as respostas foram confusas. Porém, por mais que sejam, ele não corresponde completamente ao perfil que fizemos do nosso assassino. E é canhoto, enquanto o homem que procuramos é destro.

— Bem, pode até ser, mas perfis de assassinos também têm limites. E quanto ao fato de ser canhoto ou destro, um assassino inteligente conseguiria disfarçar isso. É muito melhor determos Claremont enquanto avaliamos as evidências — afirmou Howard. — Relate tudo que encontrar, seja incriminador ou não, quando você terminar. — Os cantos da sua boca se levantaram um pouco, e ele deu um tapinha no ombro dela. — Bom trabalho, Christine.

Ela passou por ele, batendo a maleta contra a perna direita dele, e foi direto na direção do Bronco.

Enquanto aguardava McFaron no carro, repassou as notas que fizera da interrogação. O celular dela tocou no bolso da jaqueta.

— Agente especial Prusik.

— Parabéns, Christine! — Thorne parecia empolgado. — Fiquei sabendo por Howard que a prisão de Claremont é o fim do caso.

— Não é bem isso, senhor. Sim, ele foi preso e está sob custódia da polícia. Já conduzi uma interrogação inicial. Os homens do sr. Howard estão procurando evidências na fazenda. Não acho que já seja o fim do caso.

— Você é modesta demais, Christine. Você *merece* esses parabéns. Na verdade, acabei de notificar a diretoria que prendemos o assassino.

— Isso não é um pouco prematuro, senhor? Tenho certeza de que o assassino é destro, e David Claremont é canhoto. É algo a ser revisto, e outra coisa é...

— Estou confiante que Howard vai conseguir arrumar o que precisamos para conseguir fechar o caso — interrompeu Thorne. — Foi ótimo pra você. E viu só? — Thorne continuou, sem pausar para respirar. — Já deu tudo certo. Estou animado para te ver amanhã e ler o relatório final.

Ele desligou.

Prusik olhou para Howard através do para-brisa do carro. Ele estava de frente para ela, mas não tinha como saber se a observava ou não graças aos óculos de lente espelhada.

McFaron abriu a porta do motorista, o que a fez ter um sobressalto.

— Onde você estava? — perguntou ela, ríspida.

Ele a encarou, confuso.

— Precisei fazer uma ligação. Está tudo bem?

— Me desculpe. — Ela fechou os olhos e soltou um grunhido, massageando as têmporas. — Por favor, me desculpe. Podemos só ir embora?

McFaron olhou para o estacionamento e viu Howard rindo com os outros policiais. Soube na hora qual era o problema. Ele saiu do estacionamento sem dizer nada.

Alguns quarteirões depois da delegacia, Prusik conseguiu voltar a respirar com mais tranquilidade. Ela estudou Joe enquanto ele dirigia em silêncio, e ficou surpresa ao perceber o quanto era grata e como apreciava a companhia dele.

— Sinto muito, Joe. Não é sua culpa.

McFaron ficou em silêncio conforme passaram por uma série de carvalhos alinhados na estrada, o topo das raízes surgindo através da superfície do asfalto.

— Preciso ir ao aeroporto. Mas odeio ir embora antes de sentir que está tudo certo com o caso.

Ele grunhiu em resposta.

Christine apertou o ombro dele.

— E antes de sentir que está tudo certo entre nós também. Acabei ofendendo você, sendo que tudo que fez até agora foi me ajudar. Eu peço desculpas mesmo, Joe, por ter reagido dessa maneira. Não era a minha intenção. — Prusik o cutucou com um cotovelo. — Ei, nada de ficar me ignorando.

Ela se aproximou e beijou a bochecha dele, e então se aproximou ainda mais do xerife, descansando a cabeça no seu ombro.

McFaron desviou o carro para o acostamento e então desligou o motor. Ele beijou o topo da cabeça dela, então sua testa e, por fim, seus lábios. Como se fosse magia, ele irrompeu em um sorriso radiante.

— Está vendo, não vou te ignorar. Eu só estava pensando. O que achou da acusação de Claremont?

— Nossa, como você é romântico. — Ela não conseguiu evitar devolver o sorriso. — De que acusação está falando?

— Claremont colocando a culpa toda nesse outro cara na cabeça dele. Eu não acredito nem por um segundo.

Christine se endireitou no assento.

— É difícil julgar a mente humana, xerife, ainda mais quando se está sob enorme pressão.

— Então ele está com a consciência pesada, certo?

— Claro, isso poderia ser verdade. É por isso que insisti tanto na conversa. — Ela olhou para fora da janela. — Para ser sincera, não estou certa do que está acontecendo com Claremont. Se ele nunca tivesse mencionado esse alter ego maníaco, eu ficaria tentada a concordar com você. Mas o relatório do dr. Walstein está repleto de passagens detalhadas de visões e incidentes que ocorreram com Claremont. Há ao menos três relatos distintos sobre isso, e encontramos três corpos.

— Isso não poderia ser só facilmente explicado como a forma de uma mente doente pedir ajuda? Um tipo de confissão?

— Até poderia, mas acho que é um pouco mais complexo do que isso. E essa coisa toda de ir a Chicago é realmente um timing incrível, até espantoso. Se considerar que ele vive praticamente como um recluso, quase nunca saindo da propriedade dos pais. Sim, tudo bem, ele disse que pintou o celeiro do vizinho. E nós confirmamos que ele fez isso mesmo. Fora a viagem misteriosa de Chicago, normalmente ele fala aos pais quando vai sair e onde vai estar, e volta na hora que avisou.

Ela virou uma das saídas do ar-condicionado para soprar o vento gelado diretamente no rosto. A sensação era boa contra a pele quente.

— Os homens de Howard vão nos ajudar a entender os detalhes do caso. — Ele olhou para ela. — Sem ofensas. E não estou sugerindo que o que você está dizendo não é...

— Não estou ofendida. Acredite em mim, já aceitei o fato de que não nasci para ser gestora. Thorne fez certo em tirar o caso das minhas mãos.

— Eu discordo.

Christine conseguiu dar um sorriso para ele. Mesmo se fosse a decisão certa, Thorne ter feito aquilo ainda doía. E agora os elogios dele eram infundados e sem sentido. E logo agora que ela estava começando a gostar do xerife, teria que voltar para Chicago, o que a deprimia. McFaron era um homem bom. Sólido. Confiável. Não era cheio de si, como os outros caras do FBI. Ela se perguntava com frequência se isso era um pré-requisito para homens entrarem na agência — serem extremamente convencidos.

Prusik suspirou. Ela queria ficar mais, conhecer melhor esse homem da lei tranquilo e esguio, mas, naquele momento, todas as suas responsabilidades estavam em Chicago.

No pequeno aeroporto, Christine saiu do carro com todo o equipamento, foi até o lado da janela do xerife e se inclinou para dentro, o sol batendo forte nos seus ombros.

— Olhe — disse ela —, foram dias bastante agitados.

Antes que pudesse falar mais alguma coisa, ele a beijou, segurando a sua nuca com a mão esquerda. Ela deixou as malas caírem na calçada e se entregou ao beijo.

— Confesso que não queria ir embora, Joe. — Ela estudou os olhos castanhos dele com seus olhos cor de mel. — Não consigo nem dizer o quanto foi importante conhecer você. E eu me diverti muito no jantar ontem à noite.

Um táxi estacionou na frente do Bronco. As pessoas saíram falando alto.

— O prazer foi meu, Christine. — Ela conseguiu ver os dentes brancos dele quando o sorriso se alargou. — Acho que você sabe disso. E também não quero que vá embora. Gostaria de continuar falando com você, e não apenas sobre o caso.

O coração dela bateu mais forte ao ouvir isso. Ela inclinou a cabeça mais para dentro da janela a fim de escapar do falatório da calçada. Sentindo-se mais confiante, ela disse:

— Sabe, xerife, não sou sempre essa filha da puta que você acha que sou.

— Nunca achei que era, agente especial. — Ele pigarreou, constrangido. Mesmo sob a luz do sol, ela conseguia ver o rubor que descia das bochechas para o pescoço. — Quer dizer, Christine.

— Bem, de qualquer forma, estava me perguntando sobre o meu convite.

— Convite? — Ele a encarou, confuso. — Ah, sair para jantar de novo?

— Deixa pra lá. Eu só pensei que se algum dia você for a Chicago... Bem, não é nada.

Ela se mexeu para pegar a maleta.

Com cuidado, ele puxou o braço que ainda descansava na janela.

— Falei sério quando disse isso. Eu adoraria. — Ele não piscou quando falou as palavras, encarando-a. — Só me diga quando, e eu estarei lá.

— Você vai mesmo pegar um avião para me encontrar?

— Está dizendo agora? — A voz dele ficou mais aguda.

Ela riu, e bateu a testa contra o topo do chassi do carro.

— Bom, talvez não *agora*. — Ela balançou a cabeça para tirar o cabelo da frente, sentindo o rosto ficar vermelho. — Talvez em breve?

— Olha só quem está corada agora. — Ele riu. — Tirando todas as minhas horas acordado estudando esse caso, de resto minha agenda está bem livre.

— Já experimentou alguma comida da Etiópia? — perguntou ela, considerando as possibilidades.

— Shermie Dutcher sempre serve comida da Etiópia nas quintas-feiras, eu não te contei?

— Vou reservar uma mesa no Ashanti — disse ela, rindo. — Só me diga quando.

O calor da mão dele, ainda repousando sobre a manga de Prusik, irradiava por todo seu braço. Ela não fez esforço nenhum para ir embora; preferiu se permitir apreciar as sensações agradáveis que estavam inundando seu corpo.

— Eu pago a conta. E até mostro os pontos turísticos da cidade para você, Joe.

Ela pensou nas pilhas de papel caóticas do seu apartamento. Ela precisaria arrumar tudo, deixar o lugar convidativo. Quando teria tempo para isso? Não importa, ela arranjaria.

— Parece uma oportunidade boa demais para recusar. Eu gostaria muito disso, Christine.

Ela mudou a postura, desejando que o momento não acabasse, e sem saber o que mais dizer. Aquela conversinha entre eles não era nada; o coração dela sabia da verdade. Seus beijos também, e os dele. Ela teria dito sim se ele tivesse se oferecido para levá-la até Chicago de carro. No fundo, ela desejava que ele tivesse se oferecido, mesmo sabendo muito bem que os deveres dele como xerife o impediam de fazer isso.

— Negócio fechado, então — disse ele, o rosto apenas a centímetros do dela, e se aproximando mais. — Eu ligo para você — continuou ele, tão baixinho quanto um sussurro.

— Ótimo.

Eles se beijaram uma última vez. Christine se abaixou e pegou as malas.

— Boa viagem! — gritou McFaron antes de ela atravessar as portas de vidro automáticas do terminal.

Ela se virou e acenou de volta para ele. O xerife só foi embora depois de vê-la passando pela checagem de segurança e desaparecendo de vista.

Mais tarde naquele mesmo dia, Prusik parou para encher o tanque. Ela dirigira o sedã vinho da garagem da West Street que servia como escritório a uma hora a leste de Portage, em Indiana, uma parada na estrada onde Betsy Ryan fora vista com vida pela última vez. Um vento frio soprava do lago, lançando pedaços de lixo soltos que saíram voando pelo pavimento até um arbusto do outro lado de um restaurante vinte e quatro horas. Detritos se acumulavam nas moitas. O olhar dela repousou sobre as luzes de emergência piscando de um caminhão parado em uma alça perto da rampa da estrada. Um matagal ao lado do caminhão balançava violentamente devido ao vento feito pela passagem dos carros. Que lugar terrível para perder a vida, pensou ela.

Prusik ficou ao lado da bomba de gasolina número dois sob a luz intensa da parada de caminhões, onde o caminhoneiro que dera carona para uma jovem fugida de casa dissera que havia dado tchau e então ficou observando enquanto ela caminhara na direção das dunas. À distância, acima do zumbido do trânsito da estrada, Prusik detectou o ondular rítmico das ondas na margem. Ela se perguntou se o som pacífico da maré atraíra a garota para sua morte.

Prusik dirigira até ali para ficar imersa na atmosfera do lugar onde o assassino tinha feito sua caçada. Ela já estivera ali antes, claro, quando o corpo de Betsy Ryan fora descoberto, e o caminhoneiro havia sido a última pessoa a vê-la com vida. Entretanto, ela sentiu a necessidade de visitar o lugar mais uma vez, para tentar entender como David Claremont se encaixaria nesse cenário. Para ver o que mais o asfalto, as bombas de gasolina, a água e o céu poderiam lhe contar.

A garota Ryan descera de sua carona mais ou menos naquele horário, ao crepúsculo. O lugar era bem iluminado, em contraste com a vegetação nas cercanias — na maior parte um matagal denso e matos compridos que se esticavam até chegar na fronteira do lago. A vítima provavelmente planejara dormir entre as dunas, onde talvez ninguém a visse. Ela poderia ter conseguido, Christine imaginava, mas os recantos bem iluminados da parada de caminhões também a demarcaram como uma presa fácil. Ninguém notaria um homem sentado dentro de uma caminhonete em meio aos caminhões. Ele deve ter esperado até apenas a silhueta dela estar visível movendo-se no solo arenoso em meio à vegetação baixa. Então, o criminoso agira. Ele jogara no lago o corpo da vítima depois, que foi levado pelas correntes da água até acabar enroscado em uma corrente de âncora assim como qualquer outro lixo nas águas.

Prusik ficou parada em silêncio ao lado do carro, observando atentamente as idas e vindas dos motoristas e seus veículos. Ela concluiu que, sim, era dessa forma que o assassino teria feito. E precisaria de tempo. Se Claremont fosse o assassino, ele precisaria ter dirigido quatro horas para chegar a Portage, esperado pela oportunidade certa, cometido o assassinato, limpado tudo, e então voltado para Weaversville. Mas ele confirmou que não saía muito de casa, e que os pais sempre sabiam onde estava, com exceção daquelas duas viagens a Chicago.

Prusik começou a andar paralelamente à rampa de saída, procurando por alguma falha nos densos arbustos que separavam as dunas da estrada. Ela conseguia sentir o cheiro da água que ainda não dava para ver. Considerando que estavam do lado da estrada, não havia uma via de acesso pública. Ela seguiu por quatrocentos metros e estava prestes a virar as costas quando um cordão de cabo caído apareceu iluminado pelos feixes de um trailer que passava. Era muito mais escuro ali, longe das luzes da parada de caminhões. Ela pegou a lanterna e iluminou o chão ao lado do cabo, e viu que aparentemente aquele era um acesso popular; havia ali várias pegadas que levavam para a areia, e então desapareciam através de um terreno acidentado de uma duna. Christine olhou por cima do ombro, passou cuidadosamente pelo cabo, e então seguiu atravessando pelo lixo da estrada. Além dos arbustos escuros, a paisagem se abria: dunas de areia e praias se estendiam até perder de vista em qualquer direção sob o céu que escurecia. Ainda mais longe, as águas profundas do lago Michigan espelhavam o céu noturno. Por um instante, o lugar quase parecia pacífico.

Ela sabia que não deveria estar muito longe da cena do crime. Prusik lentamente andou na direção da água, tomando seu tempo, deixando que a mente vagasse. Uma porta de caminhão se fechou em algum lugar longe dali. O som ecoava muito mais perto da água, e se soprasse uma brisa do lago, o que era provável, certamente os gritos da jovem teriam sido escutados. Ela deve ter sido assassinada em algum ponto entre a meia-noite e o amanhecer, quando os caminhoneiros estacionados estariam dormindo em suas cabines.

Christine esfregou a própria nuca, sentindo-se de repente inquieta. Pensar na adolescente aterrorizada gritando para a escuridão a fez involuntariamente sentir calafrios. Ela respirou, tensa, e então voltou na direção da parada de caminhões, os passos se afundando na areia profunda enquanto andava. Conforme passou mais uma vez por cima do cabo, o coldre que usava no calcanhar ficou preso, e ela caiu no chão. *Quanta elegância, Prusik*. Ela espanou a areia e a sujeira da calça e das mãos, e então começou a se levantar.

Os arbustos na frente dela se mexeram, e uma figura obscura surgiu na sua frente antes que Prusik conseguisse se erguer. Ainda de joelhos, ela retirou a arma.

— Parado! Erga as mãos acima da cabeça! É o FBI! — Ela iluminou o rosto do homem com a lanterna, a arma apontada para o torso dele.

Ele obedeceu de imediato.

— Eu nem fiz nada.

A voz dele era aguda e assustada, e o cabelo comprido e oleoso pendia sob uma capa de chuva de plástico rasgada, provavelmente recuperada de alguma lata de lixo em um banheiro público. A barba dele era grande e não estava aparada. Depois de um momento, a mão direita dele baixou para a cintura.

— Mantenha as mãos para cima!

— Eu nem fiz nada — repetiu o homem.

Prusik respirou fundo. Ela percebeu que aquele homem em situação de rua não era o assassino que procurava, mas o coração dela ainda batia rápido.

— Certo. Você estava apenas vindo me ajudar a levantar.

— Eu estava só... procurando algo para comer. Ou dinheiro, ou algo assim.

Prusik ficou em pé.

— Você sabe que não deve ficar zanzando por aí no meio do mato.

— Eu sei, eu sei, me desculpa. Mas eu não fiz nada.

— Você surgiu do nada. Isso é alguma coisa. — O argumento soava bobo até mesmo para ela.

Ele estreitou o olhar para ela, um sorriso tímido revelando diversos dentes faltando.

— Caramba, não queria te assustar, moça. Me desculpe.

Prusik reprimiu a vontade de suspirar alto. O medo dela era tão óbvio que até um homem como aquele estava com pena dela.

— Certo — disse ela, seca. — Vou deixar essa passar.

Ela procurou no bolso, e então jogou para ele um saquinho de amendoins que recebera no avião, e então se virou e voltou na direção da área iluminada do estacionamento e do seu carro.

— Valeu, moça. Eu fico agradecido. Tenha uma boa noite — disse o homem atrás dela.

A testa de Christine parecia quente no ar frio noturno. Dentro do carro, ela trancou as portas e tentou acalmar a respiração. Depois de alguns minutos, desistiu de tentar relaxar sem ajuda e engoliu dois comprimidos. Então, virou a chave na ignição e saiu apressada da parada de caminhões, esperando deixar para trás o espectro da morte.

Estacionada perto da estrada, a caminhonete emprestada do Resort Sweet Lick estava virada na direção das dunas e da água mais adiante. O céu de repente se tornara mais escuro, assim como o lago, apesar da luz opaca que emanava da parada de caminhões e dos terminais. Ele dedilhou a chave pendurada num chaveiro dourado com as letras iniciais do resort. Pegara o ônibus de Chicago para Weaversville na noite anterior como precaução. Além disso, a própria caminhonete ainda precisava de peças, e estava escondida atrás de um prédio abandonado em Delphos a três quadras de distância do próprio apartamento. Quando a agente voara de Weaversville mais cedo naquele dia, ele seguira seus instintos, pegara uma caminhonete emprestada e dirigira direto para Chicago. Fora fácil localizar o escritório do FBI no centro, em meio ao grande prédio do governo, e estacionar na rua em frente à garagem. Ele rapidamente decifrou quais eram as placas dos carros que pertenciam ao FBI, e então tivera um golpe de sorte ao vê-la sair em um grande sedã vinho, completamente sozinha.

A perna direita dele fazia movimentos rápidos. A mente estava a mil. Ele estava pagando o preço. Ele se controlara enquanto a observava parada ao lado do sedã. Ele precisara de muito autocontrole, mas conseguira. Quando ela saiu da vegetação e voltou para as luzes da parada, ele quase soluçara de alívio. Mais cinco minutos e ele a teria seguido, e sabia que aquela não era uma boa ideia. Ainda não.

Ele piscou para afastar as lágrimas que às vezes surgiam em momentos como esse, momentos em que o que ele mais queria era ser tirado de si de repente. Seguir a mulher do FBI até ali fora algo além da curiosidade. Ele teria voltado para lá de qualquer forma, algum dia, para descansar na praia, observar o céu escurecer e morrer, e lembrar-se da menina solitária, quente e molhada ali com ele.

Confinado dentro da caminhonete estacionada, ele girou as duas mãos ao redor do volante, passando por ondas e mais ondas de uma saudade desesperada, de um sofrimento infinito que o levou de volta até aquele garotinho, passando frio e encharcado na escuridão do quarto. Com frio, molhado e terrivelmente sozinho.

CAPÍTULO VINTE E TRÊS

Depois de uma reunião com sua equipe na manhã seguinte, Prusik desceu até o escritório do dr. Emil Katz. Ele, além de ter se revelado um bom psiquiatra forense, era especialista no funcionamento de mentes doentias. Ele fora parceiro dela no caso de Roman Mantowski. Prusik o respeitava profundamente pelo trabalho meticuloso no caso.

Saindo das escadas, Christine deu de ombros. Ela sabia que seu próprio arquivo pessoal no FBI continha todo o seu histórico médico, incluindo a internação pelos ferimentos sofridos em Papua-Nova Guiné. Anos de terapia estavam na sua ficha também, sem dúvida, mas ela nunca compartilhara com ninguém do FBI o motivo pelo qual havia começado a se tratar.

— Christine, entre, entre.

O homem gordo com costeletas grisalhas estava segurando uma caneta esferográfica. Diferente de tantos outros médicos particulares cujos escritórios incluíam uma mesa enorme de madeira sem nenhum rastro de papel, a mesa cinza-escuro de Katz continha pilhas e pilhas.

O médico contornou sua escrivaninha e pegou a mão livre de Prusik.

— Que bom que veio me ver.

— Desculpe pelo atraso — disse ela, encarando a parede de pêndulos. Prusik não conseguia entender a obsessão de Katz por relógios. A sala tinha o barulho constante e ensurdecedor de *tique-taque*.

— Vamos para a sala de conferências? — perguntou Katz, educado. — Onde tem menos barulho?

Prusik concordou, e os dois seguiram para a sala. Prusik se sentou e foi direto ao ponto, dando a Katz um resumo dos assassinatos.

— Nos últimos meses, o suspeito contou ao psiquiatra dele detalhes dos crimes. E de fato, as consultas psiquiátricas aconteceram logo depois de cada assassinato.

Ela cruzou uma perna acima do joelho.

— Bem, então você tem alguma coisa. — O médico uniu os dedos, inclinando-se na cadeira, atento.

Prusik descreveu o interrogatório de Claremont, o comportamento dele, a sensação de estar em um embate consigo mesmo e as características físicas conflitantes — como ele ser canhoto — que não combinavam com o perfil que ela fizera do assassino.

— Essas visões... — Katz virou a ponta mastigada da caneta entre os dentes. — São tendências de delírio, ou você acha que é algo diferente?

— Diferente, mas não sei muito bem o motivo.

— Interessante. — Katz fez que sim com a cabeça. — Muito interessante.

— Por mais estranho que pareça, Claremont não tem histórico de agressões, exceto por um incidente recente onde ele aparentemente estava fora de si. Ele meio que se jogou em cima de uma mulher no estacionamento. Ela não prestou queixa na polícia. Há mais dois outros relatos do suspeito ter tido um desses apagões em público. Uma vez em um festival na primavera, e mais recentemente enquanto jantava em um restaurante com os pais. Ele quase nunca sai da fazenda. A polícia local nos confirmou isso.

— Hummmm.

— O que me traz até aqui. — Prusik encarou diretamente o médico.

— Ah, sim, seu motivo para ter vindo me procurar.

— A testemunha foi identificada por Joey Templeton, um menino de onze anos da cidade. Ele conhecia Julie Heath, a última vítima. Esse menino disse que passou por Claremont de bicicleta no mesmo dia em que a vítima sumiu. Afirma que Claremont estava enfiando algo na caçamba da caminhonete, que estava estacionada na mesma rua onde a vítima havia estado. O problema é...

Prusik encarou o padrão ondulado do piso, lembrando-se do momento em que o suspeito foi identificado.

— Tem algo estranho nisso tudo. Algo está me incomodando.

Katz ergueu as sobrancelhas.

— Diga, Christine. O que foi?

— Ele tinha sete opções. O menino estava claramente assustado, mas se concentrou bastante. Ninguém pareceu se destacar para ele. De vez em quando, ele olhava por cima do ombro para o avô, procurando alguém que o confortasse. Então o número quatro deu um passo à frente. O garoto deu uma boa olhada nele. Ele fez uma pausa, parecia confuso, mas não demonstrou outra reação. Estou dizendo, se Claremont *tivesse* chamado um advogado, a identificação teria acabado bem ali.

— Circunstâncias coercivas?

— Bem, sim, era o que um advogado teria dito. Durante toda a sessão, o menino ficava olhando para o avô, como se estivesse buscando algum tipo de sinal para identificar o homem.

Katz assentiu, escutando com atenção.

— Depois que o menino analisou o número quatro por mais um minuto, ele se virou uma última vez na direção do avô. Foi aí que aconteceu. O menino congelou, encarando o avô nos fundos da sala. Só que Joey não estava realmente olhando para o avô. — Prusik fez uma pausa. — Estava olhando para algum ponto *acima* de onde o avô estava, para um reflexo em uma janela de um escritório escuro.

Katz assentiu de novo.

— Naquela janela estava um reflexo do homem que tinha dado um passo em frente. O garoto praticamente bateu contra o espelho da sala de proteção, completamente apavorado. Todos na sala ficaram aturdidos com a reação do menino. Depois de conseguir voltar a respirar, ele praticamente desmaiou, tamanho o susto.

— Então não houve uma identificação até a testemunha ver o reflexo do suspeito?

— Sim, foi só depois disso. Agora, de alguma forma, eu tenho certeza que foi por causa disso. Foi o reflexo que levou à confirmação.

A porta chacoalhou antes de se abrir.

— Ah, merda! Christine, me desculpe por entrar sem bater. Só que eu sabia que você ia querer ouvir isso imediatamente. Oi, doutor.

Brian Eisen rapidamente assentiu para o médico e entregou para Prusik diversas impressões com digitais.

— Alguma coisa estava travando o nosso sistema de reconhecimento de digitais. Ou foi o que pensei de início. — Ele colocou a mão livre na testa, como se estivesse organizando as ideias.

— Estamos ouvindo, Brian.

Ele assentiu várias vezes.

— Ok, nós temos a marca parcial da mão que tiramos de um dos tênis de Missy Hooper, mas mesmo não sendo idênticas às do suspeito, de fato há uma correlação. Uma correlação muito significativa, na verdade. — Ele esparramou as páginas na mesa da sala de conferências. — Está vendo aqui, os rodopios em cada palma? São quase idênticos aos de David Claremont, só que eles seguem na direção oposta. Como se estivesse olhando por um espelho. São exatamente opostos, mas idênticos em todos os outros aspectos.

Um sorriso largo espalhou-se pelo rosto do técnico.

— Gêmeos espelhados — disse Katz baixinho.

— De acordo com os dados, eu diria com certeza absoluta — concordou Eisen. — E, olha só, você vai amar ouvir isso, Christine, uma marca de mordida no ombro de uma das vítimas confirmou que o assassino sem dúvida tem um canino direito lascado.

— Enquanto o de Claremont está completamente intacto — disse ela. — Eu mesma fiz as impressões dentárias dele. Incrível. E os homens de Howard varreram a fazenda inteira dos Claremont — acrescentou ela —, mas não encontraram nenhum fio de cabelo, fibra ou mancha de sangue que conecte Claremont a qualquer uma dessas mortes.

— Claro que não — disse Eisen. — Ele não é o assassino.

Lentamente, Prusik balançou a cabeça.

— Não, ele não é. Obrigada, Brian, por me trazer isso imediatamente. — Em silêncio, ela agradeceu por não ter dado essas informações a Bruce Howard primeiro. — Excelente trabalho.

— É em momentos assim que eu amo meu emprego — disse Eisen com um sorriso animado, e saiu da sala de conferência.

— Essa questão do reflexo... — Katz flexionou os dedos. — Eu poderia dizer que um gêmeo diabólico está na verdade cometendo esses crimes. Há alguns casos documentados de fenômenos de transposição que podem ser como esse aqui. Um estudo sobre gêmeos em Minnesota reportou ocorrências do tipo.

— Pode traduzir pra mim, por favor, doutor?

— É o estado psicológico experimentado por membros próximos de uma família, especialmente dentro do contexto de uma crise emocional. Não é restrito apenas a gêmeos. — Katz fez uma pausa, unindo as pontas dos dedos. — Vamos dizer que alguém se envolveu em um acidente de carro grave. De repente, do nada, um irmão ou pai na cidade vizinha, ou até mesmo do outro lado do país, tem o pressentimento de que algo horrível aconteceu. Eles podem até dizer em voz alta que estão sentindo que algum membro da família se feriu gravemente. Então ligam para confirmar que o acidente resultou em ferimentos sérios ou até mesmo em morte. De alguma forma, o parente sabia disso. — O médico deu de ombros. — Confesso que parece fantasioso, mas as visões de David Claremont podem ser isso.

— Como? — perguntou Prusik. — David é filho único.

— Presumindo que as visões de Claremont não sejam uma manifestação de algum episódio psicótico, então, hipoteticamente, ele poderia estar vivenciando eventos dessa outra pessoa. Um membro da família que ele talvez não conheça. No caso de Claremont, pode ser um irmão gêmeo. Por isso sua testemunha o reconheceu através do *espelho*.

O coração de Christine acelerou.

— Não há quase nada sobre a infância de Claremont na ficha dele. Talvez ele tenha tido um irmão que foi dado para a adoção?

— Ou talvez ele mesmo tenha sido adotado? — sugeriu Katz.

— Mas se esse é o caso, por que o psiquiatra não anotou isso na ficha? — Ela respirou fundo. — Deixa pra lá. Vou pedir a Eisen para contatar os pais dele imediatamente.

Ela tirou o celular do bolso e deu instruções a Eisen, depois voltou sua atenção a Katz mais uma vez.

— Esse fenômeno de transposição poderia explicar como Claremont conhece esse outro homem pelas suas visões? Ele se refere a esse homem como "outro" ou "duas-caras".

Katz considerou aquela pergunta por um minuto.

— Se eles são mesmo gêmeos, então seu suspeito não conhece esse homem apenas através de visões. — Katz bateu com a ponta do indicador na própria têmpora. — Há uma ligação entre os dois, e, por algum motivo, eles foram separados. Se o verdadeiro assassino for o irmão gêmeo, se é que há um irmão gêmeo mesmo, bem... — Katz deu de ombros. — Isso eu não tenho como saber.

— Sendo realista, se existe mesmo um gêmeo, essa teoria de gêmeo espelhado é plausível o bastante para eu seguir adiante com ela? Ou Thorne vai revogar meu distintivo por isso?

— Não posso aconselhar você quanto ao seu próximo passo, Christine. Só posso dizer que é uma possibilidade, sobretudo com a informação das digitais que acabou de receber. A psique humana é um universo que estamos começando a desvendar apenas agora. Nosso subconsciente é complexo e não muito compreendido. — Katz apoiou o cotovelo na mesa. — Esse fenômeno de transposição supostamente acontece com muitos gêmeos espelhados. Há um estudo de gêmeos idênticos sobre isso. Por mais estranho que pareça, ocorre com mais frequência entre gêmeos idênticos que foram separados logo depois do nascimento. Tem algo a ver com o elo que se forma entre eles muito cedo, e alguns acreditam que é dentro do próprio útero. Como se fosse uma necessidade de manter a conexão com uma parte perdida de si mesmo, se preferir colocar dessa maneira.

Prusik pensou no reconhecimento da testemunha. Não era um sinal que Joey Templeton combinara com o avô. A reação hesitante do garoto enquanto encarava o espelho mudara da água para o vinho, deixando-o apavorado. Quando viu o reflexo de Claremont, Joey reconhecera o verdadeiro assassino, disso ela tinha certeza.

— Uma imagem espelhada. Isso incluiria outros atributos físicos? — perguntou ela. — Por exemplo, ser destro ou canhoto? Claremont é canhoto, mas o assassino sem dúvida é destro.

— Sim — confirmou Katz —, com certeza, também pode descrever temperamentos diferentes. Um pode ser extrovertido, o outro mais quieto. Eles podem pentear o cabelo em direções opostas, ter uma pinta em lugares idênticos, mas em bochechas diferentes, e até os órgãos internos podem estar em posições contrárias.

— Um gêmeo bom e um gêmeo mau — disse Prusik.

— Um conceito bastante ousado que não deve ser descartado. — Katz inclinou a cabeça. — A psicopatologia entre gêmeos idênticos é muito significativa. Mas isso pode acontecer até mesmo entre irmãos que compartilham os mesmos genes, um pode sofrer de esquizofrenia, por exemplo, e o outro não.

— Então o assassino pode ser um lunático, e seu irmão gêmeo não? — perguntou Prusik.

Katz assentiu.

— É possível. Mas há outro traço interessante que pode ser o caso aqui. Às vezes o elo entre gêmeos é tão forte que eles percebem que foram separados e tentam descobrir sobre a existência do outro. A mente percebe sinais. O elo entre gêmeos pode ser o mais forte de todos.

Prusik retirou um frasco do jaleco e o colocou na mesa.

— O assassino coloca estatuetas de pedra dentro das vítimas. É a marca dele. Ele está dizendo "ela é minha". Encontrei essa aqui na garganta de uma das vítimas, Missy Hooper. Recuperei uma quase idêntica do corpo de outra vítima, Julie Heath.

Katz analisou o frasco, girando-o acima do rosto.

— Parece uma peça de xadrez.

Ele aproximou a estatueta do olho, como se estivesse a examinando sob um microscópio.

Prusik retirou outro frasco do bolso, contendo uma estatueta de pedra mais pitoresca, parecida com a outra.

— Essa aqui é feita de um mineral local chamado cherte. Pelo que sei, é encontrado entre formações de sedimentos. David Claremont que fez. Muito parecidos, não acha?

— São mesmo — concordou o médico.

— E tem mais, em março, cinco artefatos de museu, incluindo esse e o que estava em Julie Heath, foram roubados do Museu de História Natural de Chicago. E o mais curioso é que, durante esse mesmo período, David Claremont pegou um ônibus para Chicago sem avisar aos pais, coisa que ele nunca tinha feito. Ele disse que estava indo buscar suprimentos para esculpir pedras.

— É você a antropóloga. Me diga o que acha disso.

— Já comprovamos que essa pedra realmente é uma das peças que foram roubadas do museu. Tem um código entalhado em sua base. É um amuleto de pedra das montanhas de Papua-Nova Guiné, estava na exposição sobre a Oceania.

Ela sentiu o coração bater mais forte e passou os dedos pelo cabelo.

— Não há dúvida de que estamos observando aqui o que parece ser um comportamento ritualístico avançado, doutor — disse ela. — Eu não acho que o assassino esteja minimamente interessado na alma das vítimas.

Ela pigarreou.

As luzes acima pareceram ficar mais intensas. Prusik sentiu o calor e ouviu o som da lama borbulhando nas costas dela. Ela pressionou dois dedos contra o pulso para checar o batimento cardíaco: estava acelerado. Ela não conseguia acalmar seu coração.

— Qual é o problema, Christine? — perguntou Katz, preocupado.

— Nada, só estou um pouco cansada.

Katz ficou em pé.

— Vamos, eu reconheço uma reação de pânico quando vejo uma. — Com delicadeza, ele colocou a palma da mão quente na testa dela. — Pode deitar no sofá. Eu tiro cochilos aqui quando o mundo não quer me deixar em paz.

Prusik não resistiu. A preocupação paternal de Katz ajudou sua mente a se acalmar. Ela recostou a cabeça no braço do sofá de couro. O médico colocou um xale sobre os ombros dela e apagou as luzes.

— Uma das vantagens de nós dois sermos funcionários do governo é que sabemos como pode ser estressante trabalhar em casos tenebrosos.

Prusik esticou a mão.

— Dr. Katz?

Ele pegou uma cadeira ao lado do sofá e se sentou, gentilmente apertando a mão dela.

— Seja lá o que estiver na sua cabeça, garanto que não vai passar dessas quatro paredes. Mas acho que já sabe disso.

Ela olhou de volta para o frasco, para a estatueta que estivera nas mãos do assassino.

— As tribos montanhosas de Papua-Nova Guiné entalham estatuetas de pedra. Eles acreditam que colocar uma imagem de pedra dentro dos mortos é uma homenagem aos espíritos ancestrais.

Os olhos de Prusik permaneceram fixos naquele frasquinho, seus pensamentos voltando para o calor incessante de Papua-Nova Guiné.

— Mas essa estatueta não é nada a não ser um objeto de morte — disse ela, a cabeça sendo tomada por imagens da floresta densa e verde, as águas lodosas, e a lama asfixiante. — Ele só quer a carne. É bem simples.

— Posso te afirmar um negócio. — Ele sacudiu um dedo de uma forma paternalista, como uma bronca. — Essas duas coisas são distintas. Uma delas é esse seu caso peculiar. A outra é seu transtorno de estresse.

— Sim, doutor. — Prusik deu de ombros. — Eu sei a diferença entre calafrios e os estresses normais do trabalho.

— Com certeza. Você é forte, Christine. É uma investigadora brilhante, e está perseguindo esse assassino com a mesma astúcia e zelo que ele utiliza para matar mulheres jovens.

Christine se sentou, magoada pela comparação brutal do médico.

— Não posso... não posso acreditar que falou isso pra mim.

— Ah. — Katz sorriu. — Você não acredita que tem astúcia e zelo? Sinto muito se minha comparação te ofendeu, minha querida. Mas sei que você é a pessoa perfeita para pegar esse assassino.

Lentamente, Christine ficou em pé. O médico a seguiu até o corredor.

— Se vale de algo, eu ficaria mais do que contente em corroborar seu raciocínio, caso Thorne decida questionar seu julgamento. — Ele pegou as mãos dela e as apertou. — E você é a pessoa perfeita para pegar esse assassino. Nós dois sabemos disso. Mas por favor... — Ele novamente apertou as mãos dela.

— Por favor, tenha cuidado, Christine.

Prusik agradeceu ao doutor e voltou para o seu escritório. Precisava de tempo para pensar, um tempo que não tinha. Ela não conseguia se desvencilhar da ideia de que Claremont tinha um irmão gêmeo: uma alma à espreita, que não era nem um pouco igual à de seu irmão atormentado. Os dois seguiram caminhos absolutamente diferentes, e, por mais bizarro que fosse, as ações abomináveis do assassino estavam fazendo a vida do irmão inocente desmoronar.

CAPÍTULO VINTE E QUATRO

Lágrimas causadas pelo vento escorriam pelas bochechas de Prusik. Ela pressionou o botão da chave, e o sedã escuro do governo apitou.

Sua reunião era às nove em ponto, dali a quinze minutos. Hilda Claremont confirmara que ela e o marido adotaram David em Chicago quando ele tinha onze meses. Graças a essa informação, Eisen e Higgins conseguiram localizar a agência de adoção e a certidão de nascimento de David.

Um sopro de vento bagunçou o seu cabelo enquanto ela atravessava a rua, em direção à Agência Loving Home. James Branson, o presidente da agência, estava ocupado demais para encontrá-la, então a repassara para Joan Peters, a responsável pelos registros.

Seu cabelo ainda estava bagunçado quando ela entrou.

— Droga — murmurou ela.

— Dia ruim, não? — O segurança deu uma risadinha. O nome SEGURANÇA HANSEN estava bordado em cima do bolso do peito.

Prusik observou o diretório na parede atrás da escrivaninha do segurança.

— A Agência Loving Home ainda fica no décimo quarto andar?

O guarda se inclinou sobre o balcão.

— Sim, senhora. Só ir por ali — disse ele, apontando para o elevador.

Quando ela chegou ao andar, a responsável pelos registros já estava aguardando por ela.

238

— Srta. Prusik? Eu sou Joan Peters. O sr. Branson queria se certificar de que não ficaria esperando. — Ela se virou para caminhar pelo corredor rapidamente na frente de Prusik. — Ele é muito cuidadoso com seus clientes. — Ela baixou a voz. — Ele não queria que ninguém tivesse alguma impressão errada... bem, sabe, já que é policial. Você entende.

Ela franziu o nariz e lançou um sorriso forçado.

— Não, eu não entendo. A não ser que o sr. Branson tenha algo a esconder...

— Ah, não, isso posso garantir. É só que com todo o estresse do processo de adoção, tentamos deixar nossos clientes o mais tranquilos possível.

— E um problema com a polícia não é o ideal — comentou Prusik, direta.

— Bem, não. Não mesmo.

Peters a levou através de um escritório luxuoso, o que incomodou Prusik profundamente. Um jovem casal estava sentado em um sofá carmim, esperando ansiosamente para serem atendidos.

A mulher abriu uma porta onde se lia ACESSO RESTRITO.

— Está meio abafado aqui. Peço desculpas.

— Como os arquivos estão organizados? — Prusik passou por Peters e começou a analisar as caixas empilhadas.

— Eu não tenho muito como ajudar com os registros da agência Crowder. Meu empregador comprou o negócio antes de eu ser contratada. Receio que a maior parte dos arquivos foi simplesmente jogada aqui dessa forma.

— Não estou vendo nenhuma data nessas caixas — comentou Prusik, pegando uma delas.

— O que está aqui está aqui, srta. Prusik. Eu devo ter entrado nesta sala apenas uma ou duas vezes no último ano. Estava ajudando um garoto a achar seu pai biológico, algo do tipo.

— Chega de papo furado, srta. Peters — disse Prusik friamente. — Se eu não puder contar com a sua ajuda, vou trazer minha equipe inteira para tirar todas essas caixas daqui e levá-las para o meu escritório. O que seus clientes achariam disso?

A mulher franziu a testa.

— Você não pode fazer isso. São arquivos confidenciais, protegidos por...

— Srta. Peters, eu não dou a mínima para o que está protegido nem para a sua agência. Encontre a ficha de David Claremont ou voltarei daqui a vinte minutos com um mandado de busca para revirar todos os escritórios, incluindo o do sr. Branson.

A mulher ficou boquiaberta.

— Não pode fazer isso!

— Espere e verá — desafiou Prusik, esperando que seu blefe não fosse óbvio demais. Christine de fato precisava da cooperação da mulher. — Olhe, essa informação é muito importante para uma investigação que estamos conduzindo. Sinto muito se passei a impressão de que o FBI está minimamente interessado na sua agência.

— Bem, não precisa me ameaçar dessa forma! — Peters se ajoelhou aos pés de Prusik e obedientemente pegou uma das caixas. — Tudo que fazemos aqui é cem por cento dentro da lei.

Prusik abriu a tampa da caixa.

— Aqui estão os registros com a letra C — disse Prusik.

Peters se juntou a ela.

— Aqui, deixe-me ajudá-la com isso.

— Obrigada — disse Prusik, contente com a cooperação da mulher.

Peters folheou rapidamente os arquivos. Um minuto depois, ela pegou uma pasta amarelada.

— Lawrence e Hilda Claremont, é isso?

— É.

Prusik leu a ficha.

— Esse é o nome da mãe biológica, Bruna Holmquist?

Peters ficou em pé e olhou o formulário.

— Parece que sim.

— O espaço do número de identidade da mãe está em branco — disse Prusik. — E também não contém nenhum endereço. Como uma ficha oficial pode ser feita dessa forma?

Peters ergueu a palma das mãos, assentindo.

— Eu sei, eu sei. Algumas agências de adoção são negligentes com esse tipo de registro. Se me recordo bem, há muitos arquivos incompletos da Crowder. Muitas mães chegavam lá desesperadas.

Prusik analisou outro documento.

— O depoimento que foi dado à corte está estampado com o nome do representante da agência Crowder. A mãe não assinou o documento da entrega voluntária do próprio filho? Como isso pode ter acontecido?

— Acredito que era comum algumas agências fazerem a petição em nome da mãe biológica. E muitos imigrantes frequentavam a agência, então várias mães não falavam inglês muito bem.

Peters lançou um olhar nervoso para Prusik.

Os outros documentos na pasta de Claremont traziam informações sobre os possíveis novos pais, seus hábitos e sua renda. Prusik precisava de respostas sobre Bruna Holmquist, mas não havia nada ali.

Ela passou por Peters, seguindo direto para o escritório onde estava o sofá luxuoso. Bateu uma vez na porta e entrou sem esperar, mostrando o distintivo para um homem de terno. Ele estava sentado ao lado do mesmo casal que ela vira mais cedo. O homem de terno deveria ser Branson. O seu cabelo penteado com gel parecia ter sido congelado no lugar.

— Posso ajudar a senhorita? — As sobrancelhas de Branson estavam erguidas, e o rosto dele ficou corado.

— Sr. Branson, eu sou a agente especial Christine Prusik, do FBI. Preciso falar com o senhor a sós. — O tom de sua voz era exatamente igual ao que usaria se estivesse detendo alguém. — Se possível agora, senhor.

O rosto dele ficou mais vermelho.

— Por favor, me deem licença — disse ele ao casal, gesticulando para que voltassem à sala de espera.

Assim que saíram, ele se voltou para ela.

— O que significa isso, entrando no meu escritório desse jeito, assustando as pessoas? — perguntou ele, com raiva, e então abaixou a voz. — Você sabe o que eles passaram? Não, claro que não.

— Já acabou? — disse Prusik. — O senhor havia me dito que esse problema seria sua prioridade. Talvez você não esteja acompanhando as notícias. Três jovens em Indiana foram brutalmente assassinadas. Esses assassinatos me trouxeram até aqui.

Branson ficou pálido.

Prusik amenizou seu tom de voz.

— Sinto muito por ter interrompido sua reunião, mas, de fato, preciso de sua ajuda para localizar informações sobre o suspeito. Estamos entendidos?

— Sim, srta. Prusik, estamos — afirmou Branson, alvoroçado. — Eu já tinha reuniões marcadas, mas não quero problemas. Eu não sei o que essa agência poderia ter a ver com qualquer *assassinato*.

Ele balançou a cabeça.

— Bem, há uma conexão. Tenho um suspeito, e ele foi adotado através da sua agência, mas suas fichas estão incompletas — disse Prusik. — O que sabe sobre a agência Crowder?

— Owen Crowder e eu não nos conhecíamos muito bem. Ele era bem mais velho e mantinha registros detalhados. Isso foi antes dos computadores, sabe. — Branson retirou um gaveteiro de dentro de um armário e o colocou em cima da escrivaninha. — Havia dois esquemas de registros. Um para clientes que queriam adotar e o outro para as mães que davam os filhos para adoção — disse ele, lendo os nomes nas fichas conforme seguia.

— David Claremont nasceu por volta do dia 10 de dezembro de 1987 — acrescentou Prusik, enquanto observava o homem com desconfiança. — Os arquivos que a sra. Peters me mostrou estão incompletos. Não há número de identidade nem o endereço dos pais, ou menção a algum irmão.

Branson balançou a cabeça.

— Por mais que Crowder fosse cuidadoso com essas fichas, as mães nem sempre cooperavam, e ele atendia muitos imigrantes.

— Ele comprava bebês de imigrantes? É isso que você está me dizendo, sr. Branson? — Prusik o encarou.

Ele deu um sorriso nervoso, tentando encontrar uma saída.

— Você está se referindo à falta do número de registro? Veja bem. Sei que isso não é exatamente uma coisa boa, mas Crowder nunca protegeria imigrantes ilegais. Muitas vezes, quando uma mulher solteira fica grávida, ela prefere usar um pseudônimo. Não acontece aqui na minha agência, só para que você saiba, mas mães imigrantes frequentemente nos dão informações falsas por medo de serem deportadas.

Branson retirou outro gaveteiro de fichas.

— Infelizmente, ainda não tenho tudo cadastrado no computador. Eu realmente deveria fazer isso. Tem tantas pessoas procurando por seus pais biológicos hoje em dia. — Ele parou e tirou uma ficha. — Aqui diz que B. Holmquist é a mãe biológica. — Ele entregou a ficha a Prusik. — Temo que não seja muita coisa.

Prusik verificou a ficha.

— Também tem uma referência para uma *ficha própria* da mãe separadamente, sr. Branson.

Ela apontou.

Branson pegou um par de óculos de leitura.

— Ah, tem mesmo.

Ele vasculhou por mais gavetas dentro do armário. O arquivo pesado de madeira parecia antigo. Prusik se perguntou se ele herdara tudo de Crowder.

— Aqui estão as mães começando com a letra H. Holmquist vírgula Bruna. Você está certa. Tem outra ficha separada para a mãe.

Prusik examinou a tinta azul. Bruna Holmquist, trinta e oito anos, caucasiana, de Oslo, Noruega. Sob o cabeçalho de OUTROS FILHOS estava uma mancha de tinta, algo que fora apagado. Algo definitivamente tinha sido rasurado ali. Mais uma vez, não havia endereço.

— O que tem de errado com essa ficha, sr. Branson? — perguntou Prusik, entregando a ficha para ele.

O diretor da agência ficou parado em silêncio, olhando a ficha.

— Tem mais alguma outra ficha sobre a qual não está me contando, sr. Branson?

Branson pigarreou.

— Vou dar uma verificada. Eu realmente nunca vi essas fichas.

— A linha de "outros filhos" está borrada — apontou Prusik. — Ela teve outra criança que não foi relatada? Será que pode haver outra ficha de Crowder perdida por aí em algum canto?

— É possível, sim.

Agitado, ele voltou ao gaveteiro de carvalho e retirou as fichas que se seguiam à de Bruna Holmquist. Duas estavam grudadas uma na outra, então ele passou o dedo para desgrudá-las. Uma caiu no chão.

— O que é isso? — perguntou Prusik.

Branson pegou o papel. Uma folha com o logo da maternidade St. Mary estava grampeada a uma das fichas, escrito "Holmquist, Bruna, ficha dois de dois". O nome e o endereço da extinta agência Crowder junto das palavras "às oito da noite em ponto" eram tudo o que estava escrito no papel.

— A maternidade St. Mary foi demolida há dez anos — disse Branson. — Mas os registros do hospital devem ter sido guardados em algum lugar.

— Tem algo escrito na parte de trás da ficha.

Prusik se aproximou.

Branson entregou a ficha para ela. O nome Donald continha um risco proposital em cima, e David fora escrito no lugar. *Donald*. Abaixo, havia mais uma coisa.

— Pai dos *filhos*? Sabe o que isso significa, sr. Branson?

— Mais de um filho? — Ele a encarou, a testa franzida.

— Muito bom. E o fato de que o nome Donald foi riscado, e o nome David foi escrito no lugar não significa algo? O sr. Crowder sabia que a mãe teve dois filhos? Essa letra é do sr. Crowder, não é?

— Talvez a mãe tenha decidido não dar o outro filho para adoção?

— Obrigada, sr. Branson. — Prusik pegou as fichas e foi em direção à porta.

— Srta. Prusik. — Branson a seguiu até o corredor, unindo as mãos em um gesto de súplica. — Não precisará voltar aqui, certo?

Ela ofereceu a ele um sorriso doce.

— Vamos ver como as coisas vão se desenrolar.

Prusik se sentou no carro parado com o ar-condicionado ligado no máximo e estudou as fichas amareladas da agência Crowder. Ela se perguntou sobre o significado daquele borrão. Será que Bruna Holmquist tinha mudado de ideia sobre qual bebê daria? Será que ela tinha planejado entregar os dois bebês, mas decidira ficar com Donald? Bruna Holmquist sem dúvida havia acabado de chegar ao país e estava passando por dificuldades. Provavelmente, não sabia falar muito bem inglês, e cuidar de dois filhos sozinha devia ser complicado. Então ela tentara fazer o melhor por eles, entregando um bebê para adoção, que acabou se tornado David Claremont, um rapaz problemático. O outro filho se tornou Donald Holmquist, um verdadeiro *serial killer*. Ela precisava falar com Eisen imediatamente.

Prusik pegou o celular com a mão trêmula. O dedo mindinho latejava sem parar.

Ela não se apressou para voltar à cidade, precisava de mais tempo para pensar em paz. Então, assim que chegou, vestiu seu maiô e foi nadar na piscina. Ela já tinha arquitetado um plano e estava rezando a Deus para que seu próximo passo não custasse mais vidas.

CAPÍTULO VINTE E CINCO

Prusik parou o carro no estacionamento do aeroporto O'Hare. Nuvens cinzentas chegavam do oeste, cortando um pouco o mormaço do meio da tarde. O xerife McFaron havia aceitado o convite dela e chegaria em breve.

Nas últimas vinte e quatro horas, Paul Higgins tinha descoberto que Donald Holmquist só tinha concluído o segundo ano do ensino médio no colégio Southside High. A secretaria da escola informara que o último endereço registrado dele era em Hawthorne Boulevard, 1.371, apartamento 3C, Delphos, Illinois, um prédio residencial entre um monte de blocos condenados que seriam demolidos no ano seguinte. Uma varredura feita pelos registros policiais na área metropolitana de Chicago resultara em mais uma ocorrência, o que levou a uma conversa reveladora com o sargento Gatto, que parecia bastante satisfeito por alguém estar procurando Donald Holmquist cinco anos depois do desaparecimento de Benjamin Moseley, que tinha cinco anos e morava no mesmo prédio. Holmquist fora a última pessoa a ver a criança. Gatto suspeitava do homem, mas não conseguira nenhuma evidência que o condenasse.

Bruce Howard e a unidade de campo permaneceram em Weaversville, vasculhando a propriedade dos Claremont. Thorne havia exigido que Prusik entregasse um relatório das evidências encontradas para corroborar o caso contra Claremont, como se o assunto estivesse basicamente encerrado, mas não havia nada de novo.

Seu celular tocou. O nome de Brian Eisen piscou na tela.

— O que tem aí, Brian?

— Uma cópia da admissão de Bruna Holmquist no hospital St. Mary's. Você não vai acreditar. Há três anos ela teve um infarto e deu entrada lá.

— E?

Prusik não parava de olhar as portas de acesso em busca do xerife.

— Ela morreu na mesma noite. Uma autópsia revelou que a garganta dela estava parcialmente bloqueada por uma pedra de granito. O tecido do esôfago estava bastante esfolado. Por mais estranho que pareça, não há relatório de acompanhamento. A procuradoria não foi acionada. Acho que pacientes de hospital público não valem muita coisa.

Prusik não disse nada, mas se perguntou o que aquela mãe havia feito ao filho para merecer aquilo.

— Bom trabalho, Brian.

Ela avistou o chapéu de McFaron, saiu do carro e acenou.

— Tenho que ir. Qualquer coisa, me avise.

Ela olhou para os lados para ter certeza de que não havia nenhum conhecido por ali, então deu um beijo em Joe, segurou seu braço e o conduziu em direção ao veículo. Os olhos castanhos dele a estremeceram, o que tornou tudo ainda mais difícil.

— Preciso confessar uma coisa, Joe — afirmou ela assim que entraram no carro.

A cabeça dela pendeu para a frente, o cabelo curto caindo em seus olhos.

McFaron colocou o chapéu no painel grande e olhou para ela, confuso.

— Estou ouvindo.

— Eu queria muito te ver, por isso pedi para nos encontrarmos. Mas não só para jantar.

Christine se sentia constrangida e envergonhada. Ela tinha sido injusta ao tirar vantagem da situação? Provavelmente.

Joe continuou calado.

Ela olhou pela janela, buscando as palavras certas. McFaron permaneceu parado, esperando-a continuar.

— Não fui totalmente sincera. — Ela o encarou. — Eu queria mesmo te ver, eu juro. Mas esse não é o motivo principal para ter te chamado aqui.

McFaron a olhou sem reação.

— Certo. Desembucha logo.

Ela respirou fundo.

— Estou fazendo uma investigação paralela. Sem a minha equipe, Thorne ou Howard.

— Tem certeza de que é o certo a se fazer?

— Óbvio que não e é por isso que fico preocupada de envolver você nisso.

— Então o que está dizendo, Christine? — Era difícil decifrar a expressão de McFaron. — Está me contando isso agora para ver se eu vou fugir ou está me pedindo para te ajudar? É algum tipo de teste para ver se sou confiável? Vou esperar para ver se o Joe aparece, depois jogar essa bomba nele e descobrir se ele fica ou se mete o pé?

Ela contou a ele o que havia descoberto sobre o vínculo entre gêmeos e sobre o passado de David Claremont.

— Então você vai ficar? — perguntou ela, tentando ver sinais no rosto dele.

McFaron refletiu sobre o que acabara de ouvir.

— Você não facilita as coisas, agente especial Prusik. — Um sorrisinho levantou os cantos da boca dele. — Mas vou te ajudar. Já escolheu um lugar bacana para jantarmos?

Christine soltou um suspiro de alívio.

— Você vai ter que fazer por onde primeiro, caubói. — Ela se aproximou, ainda um tanto cautelosa, beijou sua bochecha e sussurrou: — Obrigada.

Prusik acelerou o sedã pela interestadual enquanto passava os detalhes para McFaron.

— Pelo que sei, Claremont não tem cooperado muito. Ele continua se dizendo inocente e Joey Templeton ainda é nossa única testemunha.

— Da última vez que falei com Bruce, ele não parecia muito satisfeito com as buscas na casa dos Claremont — revelou ela.

— Thorne ainda acha que o caso está encerrado?

Ela olhou para o xerife.

— Ele ainda não disse nada que sugerisse o contrário. Mas essas descobertas recentes e o que quer que nós dois descubramos vão fazê-lo mudar de ideia.

Menos de uma hora depois, ela virou na Segunda Avenida no centro de Delphos. Passaram por vários prédios residenciais cheios de tapumes. Havia uma fábrica de baterias do tamanho de um galpão na extremidade da avenida que lembrava um grande mausoléu enferrujado, um tributo a dias melhores que se foram. Prusik se questionou se a mãe de Donald havia trabalhado na fábrica, se talvez até tivesse conhecido o pai dele lá. Ela virou à esquerda na rua Hawthorne.

— Meio deprimente, não é? — comentou McFaron, esticando o pescoço. — Consegue enxergar os números das ruas?

— Aquela entrada ali é o número 412 — indicou Prusik —, então a casa de Hawthorne deve ficar na direita.

As residências eram estruturas de tijolos construídas no fim da década de 1930, quando o país estava começando a sair da Grande Depressão. Dez quarteirões depois, degraus de concreto levavam a entradas não adornadas de casas ainda mais decadentes.

— Chegamos no 1.371 — anunciou McFaron. — Porra, parece uma zona de guerra.

O xerife observou um córrego à direita que passava por uma galeria debaixo da rodovia e desembocava do outro lado, no rio Little Calumet.

Christine parou o veículo próximo ao meio-fio.

A madeira compensada lacrando a entrada principal parecia intacta.

— Que tal tentar pelos fundos? — sugeriu o xerife. — Por aquele beco? Podemos encontrar uma entrada mais fácil.

— Beleza então.

O carro sacolejou ao passar por cima de entulhos soltos no beco entre os prédios. Eles saíram em uma área de cascalho coberta de ervas daninhas. O silêncio dos prédios abandonados ao redor deles abafava o som distante do trânsito. O único barulho vinha do córrego que fluía perto do estacionamento. O céu estava cinza e não havia pombos voando. A vida havia esquecido aquela parte de Delphos.

McFaron foi até uma folha de madeira compensada escorada na porta dos fundos e a empurrou para o lado.

— Isso foi fácil.

— Alguém esteve aqui. Melhor colocar isso. — Prusik passou a ele um par de luvas de látex. — Para preservar alguma digital que esteja na maçaneta.

— É tudo ou nada.

Eles entraram no prédio, então McFaron iluminou o corredor com uma lanterna.

— Melhor que seja tudo — respondeu ela. — Estou contando com isso.

O xerife testou a porta do apartamento do primeiro andar, mas estava trancada. Enfiou uma chave de fenda no batente, desmantelando a dobradiça frágil. A porta desabou para dentro.

— Por que está fazendo isso?

— E se esse esquisito estiver morando aqui embaixo? — perguntou ele com um grunhido. Devagar, McFaron iluminou o lugar em meio à poeira. A maior parte das coisas estava jogada no chão. — Parece que o nosso garoto não ficou por aqui.

Observando-o avançar em meio às sombras do apartamento imundo, Christine se sentiu grata pela presença do xerife.

— Os Holmquist moravam no terceiro andar — informou ela. — Acho que deveríamos começar de cima e ir descendo.

— Você que manda, chefe. — Ele abriu um sorriso grande, afastando uma teia de aranha do chapéu. — Diga, a que distância estamos do restaurante?

— Para de gracinha e vamos andando — sussurrou Prusik, pulando uma pilha de jornais.

Amontoados de detritos fizeram barulho sob seus pés.

— Por que está falando baixo? — sussurrou ele de volta.

— Acho que não quero incomodar os fantasmas — falou ela, meio brincando, meio séria. — Vamos.

No caminho, eles passaram por uma mesa antiga com gavetas faltando, apoiada de forma precária em três pernas, uma cadeira estofada com a parte interna acolchoada escurecida por ter pegado fogo, um sapato esmagado sem cadarço. A atmosfera era bolorenta e úmida, desprovida de qualquer sinal de vida.

— Terceiro andar — disse o xerife. — Prontos ou não.

Subiram os degraus com cautela, o xerife McFaron iluminando o chão próximo aos pés de Prusik.

A porta do apartamento 3C se abriu quando o xerife tocou nela. Ele projetou a luz pela cozinha. Pegadas marcavam o piso por todo o espaço.

— Está com a câmera em mãos? Com certeza alguém veio aqui. E não faz muito tempo.

Do corredor, Prusik tirou várias fotos, então atravessou a soleira da porta e se ajoelhou, fazendo o registro de uma pegada nítida de bota. Quando seus olhos se acostumaram à escuridão, Prusik e McFaron inspecionaram a sala de estar. A luz do dia entrava por persianas de madeira que cobriam as janelas. McFaron direcionou a lanterna para além da sala. No quarto, perto da entrada do apartamento, Prusik encontrou várias roupas femininas amontoadas em cima de um colchão. No canto, uma boa camada de poeira tinha se acumulado em uma televisão velha. Parecia intocada. A janela do banheiro tinha apenas um painel de vidro fosco.

Prusik remexeu em uma pilha de roupa velha na cama. Detectou um cheiro forte parecido com amônia.

McFaron voltou à cozinha. Havia uma mesa de fórmica nova, com duas banquetas acomodadas debaixo dela, como se o último habitante não tivesse tido a intenção de abandonar o local. Ele soltou parte da madeira da janela, permitindo que entrasse mais luz, e tirou o revestimento de outra janela. Uma tampa de garrafa saltou do peitoril.

Já estavam trabalhando por quase uma hora no prédio abafado sem elevador, se ajoelhando, remexendo em cantos, identificando e ensacando evidências para serem analisadas, como:

uma bolsa feminina vazia e embolorada com uma alça dilacerada, uma meia-calça velha rasgada quase de um lado ao outro na altura da virilha e uma pilha de anúncios semanais manchados de mofo. Mas nem sinal de comida podre. Nenhuma migalha, latas vazias, nem lixo recente indicando que alguém estivera escondido ali, o que deixou McFaron confuso, considerando as muitas pegadas no chão da cozinha. Seu estômago roncava de fome. Cansado, encostou o ombro na porta estreita no canto da cozinha. De repente, a porta cedeu, fazendo-o perder o equilíbrio.

— Jesus.

McFaron esfregou o braço e apontou a lanterna na direção de uma passagem íngreme. Parecia ser o acesso ao telhado. O xerife roçou em ambos os lados da passagem ao subir. No meio do caminho, um cheiro forte de podre o fez parar. Por reflexo, sacou a arma e continuou devagar, cobrindo o nariz com o colarinho da jaqueta. Ele viu manchas marrom-avermelhadas ao redor de uma maçaneta suja de um quartinho.

Digitais.

Com a ponta da lanterna, abriu a porta e iluminou rapidamente o local, mantendo a mira da arma na altura do peito. A luz projetou sombras bruxuleantes na parede de gesso rachada.

Ele piscou um pouco, os olhos se acostumando à escuridão. Devagar, guardou a arma, convencido de que estava sozinho. Ao se virar para ir embora, McFaron avistou alguém imóvel no canto da sala. Por instinto, o xerife se agachou e sacou a arma novamente.

— Mãos ao alto!

Não houve movimento. Ele estreitou os olhos para a figura: um manequim com uma espécie de cocar esfarrapado em cima da cabeça de gesso.

— Mas que...

— Joe? — chamou Prusik da escada.

Ao redor do pescoço do manequim estava uma pedrinha verde que brilhava à luz da lanterna. No chão próximo a ele, estava um colchão com manchas amarelas, cheio de nódulos escuros. Havia um cooler de isopor ao lado com marcas de dedo na tampa. Parecia que tinha sido manuseado recentemente. Ali perto, havia seis frascos de conserva cheios, ainda fechados.

— Que porra é essa?

Ele se ajoelhou ao lado do colchão e dos frascos. Levou algum tempo para compreender o que via.

— Tudo bem aí em cima? — chamou Prusik de novo.

Podia ouvir os passos dela na escada.

Ele ficou ali, trêmulo. Com cuidado, saiu do cômodo fedorento e voltou ao topo da escada, a repulsa o deixando enjoado.

— Preciso de uma antropóloga forense aqui, Christine. Rápido. — Ele engoliu em seco, com dificuldade. — É melhor se preparar.

Começou a relampejar enquanto Prusik e McFaron faziam ligações de dentro do carro no final daquela tarde. Prusik ligou de imediato para o escritório do diretor Thorne.

— Oi, Roger, é Christine. Estou em um prédio residencial abandonado em Delphos. Acredito que esse local possa ser relevante para o nosso assassino, o irmão gêmeo de David Claremont.

— Você está onde? Viu que Bruce Howard deixou seis mensagens querendo saber o status da sua análise do material da fazenda Claremont?

— Posso explicar, senhor? Descobrimos evidências significativas...

— Christine, considere isso um conselho de amigo. Volte ao laboratório assim que possível. Pare de colocar o seu trabalho em jogo dessa maneira.

— Mas, senhor, há evidências físicas aqui que...

— Há *montanhas* de evidências físicas esperando você no laboratório. Volte para lá e faça o seu trabalho.

Thorne encerrou a ligação.

Ela ligou para o laboratório.

— Preciso que você e Hughes venham aqui assim que possível fazer um trabalho de campo discreto — informou ela a Eisen.

Ela descreveu a localização para ele.

— Peça para Hughes trazer o kit de digitais e de recuperação de manchas. E o coletor tecidual também. E bastante gelo seco.

— Howard está em cima da gente. — Havia um tom de nervosismo na voz de Eisen. — Temos quase duzentas sacolas de evidências de Weaversville para analisar. Ele já pediu várias vezes para falar com você, Christine. Ele quer saber por que não está aqui procurando por provas.

— Escute, Brian, agora não é hora de discutir. Só venham para cá depressa. É a porra da toca do assassino, pelo amor de Deus.

— Beleza, beleza. Aliás, recebi uma dica estranha de um amigo que faz matérias investigativas para o *Indianopolis Star*.

Prusik endireitou a postura, atenta.

— E?

— Parece que uma mulher ligou toda nervosa para o escritório de Indiana depois da meia-noite de um domingo e disse que o suspeito que mostraram na TV estava sentado ao lado dela em um ônibus da Greyhound saindo de Chicago para Indianápolis. Ele era idêntico ao suspeito, segundo ela. Foi no dia em que Claremont foi acusado dos assassinatos.

— Viu! — Prusik sorriu para McFaron, que olhou para ela de volta, curioso. — Howard já sabe disso?

— Não que eu saiba.

Eles recebiam ligações todos os dias de pessoas alegando terem visto um suspeito, com certeza Howard não deve ter dado muita atenção a essa informação.

— Deixe isso na gaveta, Brian. Preciso de mais tempo sem Thorne se metendo. Venham para cá o mais rápido possível.

Ela desligou o celular.

— Desgraçado.

— Então? — murmurou McFaron. — Vai me contar?

— É possível que Donald Holmquist esteja evitando usar o próprio veículo. — Prusik queria acreditar na informação dada por Brian, mas sabia que era uma possibilidade remota. Ainda assim, sua intuição estava trabalhando além da conta. Ela se virou para o lado e olhou para o xerife. — Ele está sendo cuidadoso.

Christine abriu a maleta e tirou o retrato que recolhera no quarto do apartamento. Ela aproximou do rosto a fotografia preta e branca enquanto a analisava. Mal conseguia conter o entusiasmo. Cutucou Joe, que olhava por cima do ombro dela a imagem de duas mães, cada uma segurando um bebê.

— Está vendo? — questionou ela. — Olhe com atenção para cada criança.

Christine entregou a foto a ele.

Ela percebeu o xerife estreitando os olhos.

— Não consegue enxergar? — perguntou ela, sem conseguir conter o entusiasmo.

— Não tenho certeza do que eu deveria estar vendo. Por que não me conta?

— É bastante sutil, tenho que admitir.

Ainda que fosse só uma fotografia, os detalhes eram inconfundíveis.

— Olhe o cabelo dos bebês. — Ela apontou para a cabeça de cada criança. — Espirais opostas: os topetes vão em direções contrárias. Um bebê está levantando a mão esquerda, o outro, a direita.

McFaron bufou, consternado.

— Christine, como pode ter tanta certeza de que são dois garotos?

— Pela foto, não tenho como. Mas é a única coisa que faz sentido. David Claremont não pode ser o assassino. Imagine ser separado do seu irmão gêmeo ainda bebê. Você cresce e talvez nem se lembre dessa outra pessoa. Então, de repente, *voilà*, o rosto dele, o seu próprio rosto, ou quase isso, aparece na TV do seu país, em todos os noticiários. Lá está. Seu rosto é o dele. E seu crime também é dele agora. Ainda assim, é um rosto que está vendo pela primeira vez em anos. Alguém que se parece com você, uma presença que você já sentiu em diferentes momentos.

O coração de Prusik batia forte.

— Ele não consegue ficar longe, Joe. Ele foi de ônibus até Indianápolis porque não consegue ficar longe.

— A capital do estado, a rodoviária — indicou McFaron —, onde ele precisaria ir para pegar outro ônibus para Weaversville.

O xerife ainda não acreditava totalmente nas suposições de Christine, mas as crianças na foto eram, sim, parecidas e os registros de adoção eram uma confirmação definitiva de que eram irmãos.

Prusik apertou o braço do xerife com as duas mãos.

— Ele está indo ao encontro do irmão. — Ela esmurrou o painel da porta com força. — Sim! Faz sentido.

— Pega leve com a porta — alertou McFaron. — É propriedade do governo.

Ela considerou as opções. Não poderia esperar. As coisas estavam acontecendo rápido demais. Joe e ela haviam encontrado uma mina de ouro e estavam bem na cola do assassino. Não havia tempo para tentar convencer Thorne e Howard. Com aquele último pensamento, Christine checou a lista de tribunais e promotores do distrito sul de Indiana. Hesitou. O que estava fazendo poderia custar seu emprego. Poderia até ser presa. Ela não tinha realmente outra opção? Seu dedo mindinho começou a latejar; nem tinha notado que estava com a mão fechada. *Calma, Christine, pense direito*, aconselhou a si mesma. Não só estava considerando fazer algo que seus superiores nunca aprovariam, mas algo que com certeza resultaria na fúria do departamento inteiro. Estaria infringindo a lei. Sem dúvida. Mas Holmquist pode estar indo atrás de mais uma garota inocente nesse instante. Que alternativa ela tinha para impedir que aquilo acontecesse?

Sem pensar mais, Prusik saiu do carro, discou o número da procuradoria de Weaversville e caminhou devagar pela calçada, se afastando de McFaron.

— Procurador Gray, por favor.

— Preston Gray falando.

Prusik contou as novidades a ele: desde a prisão de Claremont três dias antes, não haviam encontrado nenhuma evidência concreta que o ligasse a qualquer um dos assassinatos. Ela garantiu a Gray que não haveria nenhuma. O caso não vingaria.

— Achei que Bruce Howard e a equipe dele ainda estavam reunindo provas, agente Prusik.

— Estão apenas dando voltas em evidências que já testamos — revelou.

A informação de que Holmquist estava em movimento significava que as coisas estavam progredindo com rapidez. O timing era tudo e ela precisava fazer com que Gray a ajudasse a armar a emboscada.

— Descobrimos provas de que Claremont tem um irmão, um gêmeo idêntico. Verificamos tudo com as digitais e análises de sangue. Uma análise de perfil de DNA mais detalhada está sendo feita. A questão é que temos uma janela de oportunidade aqui, e estou autorizada a repassar ao senhor nosso apoio a um pedido de fiança.

O coração dela estava acelerado. Por mais que detestasse mentir para um oficial público, ela temia ainda mais o tique-taque do relógio e a chance cada vez maior de outra jovem cruzar o caminho de Donald Holmquist.

— Não pode estar falando sério — Gray parecia incrédulo. — Sabe o que está dizendo? A mídia vai armar um circo.

— Não estou dizendo para deixá-lo totalmente livre, senhor, longe disso. Estou falando de vigilância vinte e quatro horas. Estou falando de pegar o verdadeiro assassino. — Ela engoliu em seco e se virou, olhando para os próprios pés. — Tenho autorização para esse pedido. O senhor terá o apoio total do escritório nisso.

— Está dizendo que o FBI vai assumir total responsabilidade? — questionou Gray devagar.

— Vou pedir que enviem um fax confirmando isso ao senhor hoje à noite.

— Disse que Claremont tem um irmão gêmeo? Um sósia que é responsável pelos assassinatos?

— Sim, senhor. As provas comprovam isso sem sombra de dúvida.

— Como tem certeza de que não foi Claremont, em vez do irmão gêmeo, que cometeu os crimes?

Christine podia praticamente ouvir Gray balançando a cabeça, tentando registrar a informação e considerar os efeitos do pedido dela no próprio escritório.

— Olhe, entendo que a sua preocupação é primeiro com a sua comunidade. Que mensagem você mandaria se liberasse Claremont com a fiança? Montamos um plano que nossos especialistas acreditam que resolverá o caso e lhe dará o que precisa para uma condenação bem-sucedida.

Ela cobriu o fone enquanto respirava fundo de novo.

Silêncio do outro lado da linha. Prusik percebeu que Gray precisava de mais. Ele não conseguiria responder à mídia nem atender às ligações que com certeza receberia, explicando que um gêmeo cometera os crimes, um irmão que ainda estava à solta. Aquilo colocaria uma pressão absurda no departamento dele.

— Há um fenômeno em curso aqui, sr. Gray, uma forma de vínculo entre gêmeos que é difícil de explicar por telefone. Basta dizer que as melhores mentes no escritório apoiam esta linha. O interrogatório de Claremont confirmou isso. Além disso, descobrimos provas de que ele realmente tem um irmão gêmeo. Lawrence e Hilda Claremont adotaram David antes de ele completar um ano. Não acho que Claremont saiba que tem um irmão. Estamos muito perto de prendê-lo. O verdadeiro assassino, senhor.

— Perto? Sinto muito, agente especial. "Perto" não é o bastante.

Ela andou mais para a frente, afastando-se do carro.

Prusik sabia que convencer Gray seria complicado, e perder a compostura naquele momento não ajudaria em nada.

— É verdade, senhor, não é o que o escritório gostaria também. *Se* tivéssemos escolha. Todos nós queremos proteger o público. — O tom dela ficou mais urgente. — É precisamente esse o motivo para pedirmos isso agora. Para conseguirmos pegar o irmão antes que ele cometa outro assassinato, precisamos aceitar correr o risco, sr. Gray. Claremont não vai ficar de fora da nossa vista em nenhum momento. Pode confiar em mim. Mas para que possamos encurralar o irmão, precisamos de publicidade. Essa é a isca: anunciar em todas as emissoras de rádio e TV que David Claremont foi liberado. Estamos contando que a mídia faça sua parte, senhor. O chefe do nosso escritório acredita que isso levará à captura do assassino. Contudo, o tempo é essencial.

Ela parou antes de perguntar se ele gostaria de ter o peso do próximo assassinato em sua consciência.

Mais silêncio interminável do outro lado da linha; aparentemente Gray estava considerando. Ele deu um suspiro demorado, então disse:

— Mande a diretiva. Vou analisar. Se for isso mesmo, vou conceder a prisão domiciliar sob vigilância e monitoramento policiais. Meu escritório vai estipular a fiança. Vou começar a organizar a papelada amanhã cedo.

— Ótimo.

Prusik conseguira. Ainda assim, era uma atitude ousada, que Thorne não teria aprovado. Ele não fazia ideia das dimensões do caso. Ele *pediria* a cabeça dela por causa daquilo, a menos que ela trouxesse resultados.

Ela ligou para a secretária, Margaret, e entrou no carro. Olhou para Joe, então abaixou a cabeça, sem saber como contar o que acabara de fazer.

— Então vai me dizer qual foi a dessa ligação? — questionou McFaron.

Christine encontrou o olhar dele e deu um sorriso fraco, sabendo que poderia ser a última conversa entre os dois por um tempo. Respirou fundo e explicou.

McFaron não respondeu de imediato. Enfim, pigarreou e falou:

— Foi uma coisa meio... audaciosa, não acha?

Christine concordava com ele, mas não conseguia admitir.

— Estou pensando no que é melhor para você — continuou ele. — Não quero te ver em maus lençóis. Perdendo o emprego ou algo assim.

— Tente dizer isso à próxima vítima de Holmquist, que tal?

— Mas mandar uma diretiva da agência? — retrucou o xerife. — Tem que haver um jeito melhor. Isso pode acabar com a sua carreira.

— Acha que não sei disso? Mas você sabe tão bem quanto eu que não adianta apenas preencher uns formulários, quando fazemos só isso são as pessoas que pagam o pato. E vidas são perdidas. Não percebe? Com alguma sorte, Holmquist vai aparecer em Weaversville logo, logo. Não há tempo para politicagem, Joe. Não agora.

— Não vou dizer a você como fazer seu trabalho. — Ele parou de falar, lançando a ela um olhar sério. — E não vou discutir com você se estiver realmente atrás de um suspeito. Mas isso? Sabe, Christine, isso está parecendo uma justificativa para você fazer só o que te interessa, os meios para um fim.

Ela abriu a boca para responder, mas McFaron levantou a mão.

— O procedimento e a burocracia policiais *são* importantes. É o que faz as prisões e condenações criminais darem certo. Tenho que lidar com a polícia estadual, os xerifes de outros condados, promotores, o FBI, o laboratório criminal do estado, agentes do departamento estadual. Meu ponto é: toda essa lenga-lenga que você citou não me dá o direito de fazer o que eu quiser.

Ele olhou para ela de maneira resignada.

— Então, se as coisas não acontecerem do jeito que espera, o que você vai fazer? — perguntou ele.

Prusik parecia bem séria.

— Considerando que eu não esteja usando um macacão laranja e pedindo para ligar para o meu advogado?

— Ora, caramba, Christine, você ao menos pensou por um momento em debater isso comigo?

McFaron massageou a boca.

— Óbvio que sim. — Ela fechou os olhos. — E eu sabia o que você diria.

— Qual é, Christine, temos as evidências do apartamento. Vale a pena jogar o caso no lixo assim?

— Na verdade, é bem simples, Joe — respondeu ela, direta.

— O assassino está em movimento. Fiz a ligação para capturá-lo. E se eu estiver totalmente errada, ou for demitida, então que seja.

McFaron saiu do carro. Prusik o seguiu. Uma meia-lua se espreitava acima de uma fileira de prédios.

— Bonita, não é? — comentou ela, olhando para a lua, tentando evitar que as coisas ficassem ainda mais tensas.

— Sim, Christine, é — concordou McFaron, resignado. — Olhe, considerando as circunstâncias... — Deu de ombros. Não conseguia deixar o assunto de lado. — Você ao menos parou para pensar que meu emprego pode estar em risco também? Considerou isso em algum momento?

— Se quiser pular fora, entendo completamente. Saí do carro antes de fazer a ligação para evitar que você fosse uma testemunha, não quero colocar *você* em risco. Na verdade, ninguém do meu escritório sequer sabe que você está aqui em Chicago. Pode ir embora agora mesmo — informou ela sem emoção —, não vou te julgar. Você me fez um grande favor me ajudando em Delphos. Eu não conseguiria ter feito aquilo sozinha.

McFaron analisou o rosto dela.

— Imagino que não tenha como voltar atrás, certo?

— Está nas mãos do promotor.

Prusik havia ligado para a secretária e a escutado digitar palavra por palavra da diretiva. Christine prometera que iria assumir a culpa por qualquer consequência, mas Margaret a apoiou e disse que não se importaria em se aposentar mais cedo. Depois de ler o documento de volta para ela, a secretária falsificou a assinatura de Prusik e enviou o documento para o escritório de Gray.

— Olha, admito que seja uma ação arriscada e entendo que discorde. — Ela encarou Joe. — Mas estou preparada para levar a culpa se der errado. Só estou tentando prevenir o próximo assassinato, Joe.

McFaron assentiu, sério.

— Considerando as circunstâncias, acho que é melhor eu voltar hoje, ver como tudo se desenrola. — Com a voz gentil, ele continuou: — Nós dois sabemos que não serei de grande ajuda para você a partir daqui. Se eu tentar te ajudar, no mínimo, vão achar estranho e piorar ainda mais as coisas para você. E com certeza vou acabar prejudicando meu próprio escritório ficando aqui. Concorda?

O desalento no rosto do xerife a deixou mal. O jantar em um restaurante legal e aconchegante não era para ser. Ela fizera uma escolha e colheria o que plantara. Não tinha escolha. Queria que o xerife ficasse, mas sabia que ele não poderia.

Christine respirou fundo.

— Certo, então. Devo levá-lo ao aeroporto?

Os vinte minutos para o O'Hare foram silenciosos. Por mais que quisesse, Christine se conteve para não se explicar de novo. Qualquer esperança de salvar as coisas com Joe teria que ser deixada para outro dia. Ela olhou para o xerife e percebeu sua mandíbula tensa, os músculos tremendo perto do olho. O silêncio de Joe estava custando caro para ele também.

O carro parou próximo ao meio-fio em frente às portas de entrada da United Express.

— Obrigada por vir tão de última hora, Joe — afirmou ela. — Eu não conseguiria ter ido àquele lugar horrível sem você. Não mesmo.

McFaron cerrou os lábios.

— Certo, então. — Ele abriu a porta do carro e colocou um pé na calçada. — Ligo para você mais tarde. Para ver como estão indo as coisas.

Ela não foi capaz de fazer contato visual, temendo ter perdido mais do que um bom amigo. Quando levantou a cabeça um momento depois, ele estava passando por um quiosque de

262

segurança perto da entrada. Ele acenou educadamente, o rosto contido, diferente de quando havia chegado, com um sorriso radiante. Com os olhos lacrimejando, Prusik sentia estar no final em vez de no início de uma relação.

Um trovão a assustou e gotas de chuva começaram a atingir o vidro. Christine se afastou da área de desembarque de passageiros e acionou o limpador de para-brisa. Uma linha fina vermelha escorreu pelo vidro, então sumiu sob a chuva forte que não conseguia eliminar o fato de que era real, tão real quanto qualquer evidência que tinham descoberto naquela tarde. Ela pegou sua bolsa e procurou pelos comprimidos. Em seguida, pegou um saco de evidência da maleta no banco traseiro e saiu do carro, alheia à torrente. Com desconfiança, olhou para os dois lados e piscou para afastar a água da chuva. Então, com cuidado, ergueu o limpador e com a outra mão enluvada removeu com delicadeza a pequena pluma azul e verde presa debaixo dela.

CAPÍTULO VINTE E SEIS

Na manhã seguinte, a cerca de quatrocentos e sessenta quilômetros, em Weaversville, os pais de Claremont expediram um título de propriedade no valor de quinhentos mil dólares após uma audiência de fiança, literalmente apostando a fazenda na inocência do filho. Mais tarde, Hilda ficou de pé diante da janela da sala de casa, contemplando as brumas do fim da manhã, à espera do dr. Walstein. O marido não quis tomar o café da manhã e estava incomodado com o novo ruído que surgiu em sua caminhonete depois que o FBI removeu os bancos à procura de evidências.

David ainda era o único suspeito, e agora estava em prisão domiciliar. O policial Richard Owens e seu parceiro, Jim Boles, foram designados para ficar lá dia e noite. Ao ouvirem o som de freios, eles olharam para a estrada. Um ônibus parou em uma interseção perto do milharal dos Claremont. Alertas, os oficiais ficaram de olho para ver se alguém descia. Depois que o ônibus partiu, Owens analisou o local, mas não havia ninguém lá.

Após alguns minutos, um carro preto parou perto dos policiais, então Walstein abriu a janela e cumprimentou Owens.

Os termos da fiança exigiam que Claremont se submetesse a uma avaliação psicológica duas vezes por semana. Hilda desceu correndo os degraus do alpendre quando o carro de Walstein estacionou na entrada.

— David está no celeiro, doutor.

Walstein seguiu os rastros do velho trator até os fundos do celeiro. O som abafado de um rádio da polícia soava no interior do carro. "Jenkins relatou que é para valer. Claremont saiu após pagar fiança." Walstein estava preocupado. E se as visões perturbadoras de David fossem mais do que visões? Será que ele tinha deixado algo escapar no diagnóstico? Passou a manga do casaco na testa para secar o suor.

Uma rampa de madeira levava a portas grandes que estavam escancaradas. Walstein estacionou e olhou para o interior do celeiro cavernoso antes de sair do veículo. Ele conferiu os bolsos do paletó para se certificar de que a seringa contendo sedativos e o taser estavam ali. Não tinha intenção de usá-los, mas prometeu à esposa que os levaria para aplacar a preocupação dela.

Ele deu uma última olhada para trás e ficou aliviado. Conseguia ver a viatura da polícia.

Uma sombra passou em um piscar de olhos pela rampa através das portas duplas, chamando a atenção do médico. Ele hesitou junto ao limiar, sentindo os odores abafados lá de dentro.

— David?

Não houve resposta.

Walstein se aventurou a entrar na penumbra. Ao fim de uma longa fileira de pilares de metal, ele avistou uma luz saindo pela fresta de uma porta. Um rock antigo tocava no rádio em algum lugar dos fundos.

— David?

Por instinto, Walstein enfiou as mãos nos bolsos do paletó. Ele passou pelos pilares e chamou David de novo.

Mais uma vez, nenhuma resposta.

Walstein ouviu algo batendo atrás de si. Virou-se, as mãos a postos. Ficou tenso, piscando diante dos recantos escuros, mas não havia ninguém lá. Uma brisa fez uma das portas externas balançar. Walstein sentiu uma corrente de ar mais frio o atingindo. Ele relaxou um pouco as mãos nos bolsos.

— David, aqui é o dr. Walstein. Vim fazer o acompanhamento, lembra?

O médico avançou devagar.

— Se estiver ocupado, posso esperar lá fora, no carro.

As portas do celeiro se fecharam de uma vez, deixando o médico na escuridão completa. Ele tirou a seringa e o Taser do bolso. O ruído distinto de passos rápidos o fez se virar à esquerda.

— David — disse Walstein, inspirando pela boca. — Eu... eu não ouvi você entrar.

O médico deu um passo para trás e tropeçou, caindo pesadamente no chão. Ao tentar se levantar, percebeu que a agulha da seringa estava espetada em sua mão.

Uma faixa de luz atravessou uma tábua solta na parede do celeiro. Não era ruim ficar deitado no escuro, só estava tendo um pouco de dificuldade para respirar. Letárgico, Walstein piscou algumas vezes, apalpando a agulha com dedos cada vez mais anestesiados. Seus braços ficaram moles como os de uma marionete, o olhar desfocado. A penumbra ao redor dele se alterou. Dois olhos cintilaram sobre ele no vazio empoeirado do celeiro: o rosto de David Claremont.

Ou não.

Walstein não conseguia processar o que estava acontecendo. De repente, estava sendo erguido em meio à poeira.

— David... você... não deveria...

Walstein já não reconhecia a própria voz. O médico relaxou o queixo no tecido gasto da jaqueta do sujeito, como um bebê ao adormecer. As luzes se apagaram.

Meia hora depois que o dr. Walstein foi liberado para entrar na residência dos Claremont, os dois policiais acenaram para o sedã preto que ia embora.

Embora o vidro da janela fosse escuro, Boles percebeu que havia um cobertor amarrotado sobre o banco traseiro. O oficial sentiu o celular vibrando e, assim que viu o nome de sua namorada na tela, deixou os pensamentos de lado e deu toda a sua atenção a ela.

* * *

Pouco após a hora do almoço, Prusik recebeu a ligação que estava aguardando do laboratório. Ela esperava que os testes de DNA estivessem concluídos antes de passar todos os detalhes a Thorne, mas isso levaria mais setenta e duas horas, e ela queria esperar.

Ao entrar na sala do diretor administrativo, Prusik ficou surpresa ao ouvir Howard pelo viva-voz. Ao lado da mesa de Thorne havia um segurança de pé.

— O que significa isso, pelo amor de Deus?! — vociferou Thorne, batendo uma caneta na mesa com tanta força que ela saiu quicando; as veias de ambos os lados do pescoço saltaram.

Thorne deslizou um papel sobre sua mesa. Prusik o pegou e leu: a diretiva assinada.

— No que você estava pensando, Christine? Que deveria esperar Howard sair da sala antes de me aparecer com isso?

Prusik manteve a cabeça baixa, tentando formular palavras que não vinham.

— Não, Roger, digo, senhor, não mesmo. Minhas ações se basearam nas informações mais recentes e nas evidências que encontrei em um prédio condenado em Delphos. Assim que descobri tentei te ligar — disse ela, falando mais alto para ser ouvida por Howard, que ainda estava na linha. — Bruce, se você quiser conferir o local, podemos...

— Conferir? — interrompeu Thorne, lançando outro papel na direção dela. — Por que você não confere isso aqui primeiro? Explique, por favor, Christine.

Prusik olhou a folha com a data daquela manhã.

— Você está falando sobre a fiança de Claremont? — perguntou Prusik, com o coração acelerado.

— Você sabe muito bem a que me refiro! — exclamou Thorne, tensionando a testa. — Howard já confirmou que a culpa é sua por Gray ter liberado o suspeito. Pelo amor de Deus, Christine!

— Roger, se você me der um minuto, posso explicar tudo isso. Descobrimos novas informações cruciais sobre um tal de Donald Holmquist, irmão gêmeo de Claremont, que vão responder a todas as suas...

— Então você não vai ter nenhuma dificuldade de explicar isso aqui para mim!

Thorne atirou um terceiro documento na beirada da mesa. Era um boletim da polícia sobre David Claremont, acusado de cometer três homicídios e sequestrar o dr. Irwin Walstein.

Prusik arfou.

— Já que você não sabe o que dizer, vou falar. Você está dispensada de suas funções. E agradeça por eu não tirar seu distintivo por causa disso... permanentemente. A equipe do laboratório será notificada de que você está fora do caso. Eles não cumprem mais suas ordens.

Thorne tirou os óculos.

— Sejam quais forem suas desculpas, elas não importam agora. Guarde-as para a audiência da sua dispensa.

Prusik engoliu em seco e então, finalmente, conseguiu falar.

— Existe uma explicação perfeitamente lógica para Claremont ter conseguido sair sob fiança. Eu posso explicar.

— Explicar? — retrucou Thorne, balançando a cabeça e bufando de desgosto. — Você não podia aprontar uma dessas, Christine. *Liberar um suspeito de assassinato?* Você enlouqueceu? Nenhuma explicação vai ser suficiente. Tem sorte por não estar sendo demitida logo de cara. Do jeito que as coisas estão, eu fiquei de mãos atadas. Não há mais nada que eu possa fazer por você.

O que ele queria dizer era que a diretoria já estava sabendo. E ele estava seguindo as ordens deles.

— Seu querido xerife McFaron está vasculhando agora a região sul de Indiana atrás de Claremont. Certo, Bruce? — perguntou Throne.

— Acabei de receber a ligação — ressoou a voz de Howard. — Ele disse que está conversando com uma testemunha que identificou Claremont pelo retrato falado.

— Suas mãos podem estar atadas, senhor, concordo — disse Prusik, se enrijecendo —, mas a questão é que Donald Holmquist ainda está solto. Eisen e Higgins conferiram o histórico dele.

Prusik pôs as mãos na beirada da mesa de Thorne.

— Estou com os pertences dele, Roger. David Claremont não é o responsável pelo desaparecimento do dr. Walstein nem pela morte daquelas garotas. Holmquist é o cara que estamos procurando, senhor. E...

Ela parou antes de contar sobre a pena que encontrara sob o limpador de para-brisa de seu carro, percebendo como aquilo soaria ridículo para Thorne.

— E ele não vai parar.

— Teoria interessante, srta. Prusik. — A voz de Howard soou irritante pelo alto-falante. — Mas nós achamos impressões digitais de Claremont no celeiro.

— E essas impressões digitais provam o quê? Que Claremont esteve lá? Ele mora na fazenda. Além do mais, as impressões digitais podem ser de Donald.

Prusik entregou a Thorne o boletim da polícia.

— Eu o desafio, Bruce, a me mostrar uma evidência que incrimine seu suspeito. Até agora, nada do que você mandou para o laboratório liga Claremont a qualquer um desses casos.

— Com licença — interrompeu Thorne —, mas tem uma comunidade revoltada pedindo minha cabeça e exigindo uma resposta do FBI por ter autorizado a liberação de Claremont. O fato, agente especial Prusik, é que você está oficialmente dispensada no momento. Ponto final.

— Há mais uma informação, senhor — disse Christine. — Na noite da prisão de Claremont, uma mulher chamada Henrietta Curry viu Holmquist em um ônibus que partiu de Chicago com destino a Indianópolis. Ela sentou ao lado dele por mais de três horas, senhor. Nós o perdemos de vista assim que chegou a Indianápolis, mas tenho certeza de que conseguiremos confirmar que ele foi logo em seguida para Weaversville. Ele está ao nosso alcance, senhor.

Thorne abriu um sorriso amargo, balançando a cabeça.

— Você é uma figura mesmo — comentou ele. — Não sabe quando é hora de parar, não é? Nunca soube, Christine.

A expressão dele ficou muito séria.

— Um dos policiais que estavam na fazenda dos Claremont viu quando o carro de Walstein partiu — prosseguiu ele. — Ele registrou quando o doutor chegou e meia hora depois anotou que o carro do médico tinha ido embora. E agora Claremont está desaparecido, sem mais nem menos.

Thorne bateu o dedo indicador com força na mesa e continuou:

— Você deveria ser mais esperta para não mandar uma dessas. As impressões digitais dele estão por toda a seringa!

A secretária de Thorne enfiou a cabeça pela porta.

— O vice-comissário está na linha um.

— Encerramos por aqui — declarou Thorne, dispensando Christine.

O segurança escoltou Prusik até a sala dela e a esperou na porta enquanto ela recolhia suas coisas. A agente se movimentava o mais devagar que podia, tentando organizar os pensamentos para formular um plano. O verdadeiro assassino permanecia à solta. Apesar das atuais circunstâncias, ela precisava encontrar um jeito de agir, senão mais uma garota acabaria assassinada. Ela tinha que entrar em contato com McFaron.

Fechou a maleta e tentou ligar para Eisen e Higgins, mas não teve sorte. Sem dúvida eles estavam na sala de conferências conversando com Howard.

Margaret apareceu na porta com uma expressão de pesar.

— Sinto muito, Margaret. Eu não tinha o direito de envolver você nisso. Não tinha mesmo. Por favor, não me diga que você foi suspensa também.

— Ora essa! — exclamou Margaret, dispensando o comentário. — A poeira vai baixar, e eu estou mesmo precisando de férias.

— Sinto muito, de verdade.

Prusik abaixou a cabeça e olhou confusa para a mesa.

— Ah, quase esqueci — disse Margaret, entrando na sala e fechando a porta. — Seu voo para Crosshaven... vai partir em noventa minutos.

Ela estendeu uma passagem aérea.

Prusik olhou para cima, intrigada.

— Eu fui afastada do caso.

— Ué, não está lembrada? Falei para você depois que o xerife McFaron voltou de avião. A sra. Greenwald, a líder das escoteiras, ligou para confirmar sua presença. Está tudo combinado, Christine. O grupo Brownie está aguardando você para uma palestra durante a excursão delas ao Parque Estadual Echo Lake hoje à tarde.

Prusik despencou em sua cadeira.

— Não posso ir agora — disse ela, massageando as têmporas. — Fui suspensa e provavelmente serei demitida. Não posso aparecer lá como um exemplo de profissional bem-sucedida.

— Então você não vai honrar seu compromisso com aquelas garotinhas?

Prusik levantou a cabeça, surpresa com a rispidez na voz da mulher.

— Fui dispensada das minhas funções, Margaret. Mesmo que eu quisesse ir, não poderia. Eles praticamente me demitiram, pelo amor de Deus!

— Pobrezinha... agente do FBI afobada cancela palestra para um grupo de escoteiras esperançosas — zombou Margaret. — Não está esquecendo que fui *eu* que assinei seu nome naquela diretiva?

— Sim, por ordens minhas.

— O que todas aquelas garotinhas vão pensar quando souberem que a agente que iria conversar com elas não apareceu porque foi afastada de um caso e ficou com muita vergonha de olhar nos olhos delas?

Margaret parecia quase tão transtornada quanto Thorne. Ela continuou, inclinando-se para a frente:

— Olhe, não é da minha conta, mas eu ouvi você conversando com o agente especial Eisen. Não deixe aqueles patetas intimidarem você, Christine. Você é boa demais para ceder a isso.

Prusik franziu os lábios e engoliu em seco.

— Obrigada — disse ela.

Ela enfiou a passagem aérea no bolso da jaqueta e pegou a maleta.

— Qualquer dia, vamos sair para fofocar e tomar uns bons drinques.

— Um carro está esperando lá embaixo — avisou Margaret, apontando para a porta. — Agora vá.

Prusik saiu do prédio onde passou a maior parte do tempo nos últimos dez anos, jogou a maleta no banco de trás do carro que a esperava e pediu que Bill a levasse para o terminal do aeroporto. Ficou aliviada quando ele só sorriu e assentiu, o que significava que ele ainda não sabia de nada. E como ele era bom em ler sinais, percebeu que ela não estava a fim de conversa. O que era bom, porque ela não queria ter que mentir para ele. Contar a verdade só o colocaria em uma enrascada.

O celular dela vibrou. O nome do dr. Katz surgiu na tela.

— Sim, doutor?

— Desde que você saiu da minha sala, estou com uma pulga atrás da orelha.

Pelo tom de voz dele, Prusik presumiu que ele também não estava sabendo das últimas notícias.

— No que está pensando?

— O comportamento que você descreveu pode fazer parte de uma progressão mais ampla.

— Como assim?

— Christine, está faltando uma peça crucial nesse quebra-cabeça. As visões de Claremont provavelmente indicam que, a esta altura, eles já sabem da existência um do outro. O assassino sabe que o irmão foi preso. Está na TV, no rádio, em todos os jornais. Isso pode alterar as coisas de maneira drástica. Não lembro se mencionei na nossa última conversa, mas estudos sobre doenças metabólicas cerebrais demonstraram haver uma concordância entre gêmeos maior do que a esperada.

— E o que isso significa?

— Um irmão pode fazer o outro cometer esses atos desprezíveis. Você mesma afirmou que não avaliou o suspeito direito. Eu com certeza não fiz isso. Não sabemos a total extensão da patologia dele. É um terreno desconhecido e problemático. Meu conselho é que você tenha cuidado.

— Olhe, doutor, se o que você disse sobre esse elo entre gêmeos for verdade, acredito que o assassino vai procurar o irmão.

— Sim, sim. Mas é justamente por isso que estou ligando — interrompeu o médico. — Isso tem a ver com você. Foi você a oficial responsável pela prisão de Claremont?

— Tecnicamente foi Howard, mas, sim, eu interroguei Claremont.

— Ele sabe seu nome, sua aparência e provavelmente onde você trabalha. Seria fácil para o verdadeiro assassino descobrir quem você é. Você representa uma ameaça real para ele, Christine. Estou preocupado com a sua segurança. Você está entrando em território desconhecido.

Christine engoliu em seco. O assassino sabia *mesmo* quem era ela. A pena que ela encontrou debaixo do limpador do para-brisa era prova disso.

— Estou indo dar uma palestra — disse ela, preferindo ignorar a ameaça por ora; já estava bastante desconfortável por não contar a Katz sobre sua suspensão.

— Fique perto do celular, vou tentar ligar para você outra vez. Você é uma boa pessoa, querida, não se arrisque. Promete?

— Prometo. Obrigada, doutor.

Ela se lembrou de sua pistola escondida debaixo de um suéter na gaveta do armário em casa, mas não disse nada a Bill. Não tinha tempo para buscá-la. Ela teria que confiar na sua astúcia e nos seus instintos. Foram as armas que a levaram até ali.

Dennis Murfree encontrou Prusik no aeroporto de Crosshaven às três e meia da tarde. A reunião das escoteiras estava marcada para às quatro e meia no Parque Estadual Echo Lake. O velho calhambeque mal acelerava. Ao passarem por

Crosshaven, não viu o carro de MacFaron estacionado na frente do escritório.

Prusik repassou em sua mente a ligação de Katz e ficou comovida por ele se importar tanto com ela. E se ele tivesse ligado para Thorne e descoberto a verdade sobre a dispensa dela? Que humilhação. Ela balançou a cabeça. Aquela situação toda era um desastre completo. Depois da palestra para as escoteiras, ela teria que encontrar um jeito de fazer alguém ouvi-la.

De repente, o motor fez um barulho estranho. Murfree pisou no acelerador algumas vezes, mas não funcionou.

— Deve ter morrido — resmungou ele.

Eles pararam no acostamento de cascalho. Murfree tentou ligar o motor novamente, mas não teve sucesso.

— Qual é o problema, Dennis?

— Ele apronta de vez em quando — admitiu ele, coçando a careca. — Mas é a primeira vez hoje.

Depois de mais algumas tentativas malsucedidas, ele levantou o capô. *Essa droga de lata-velha*, pensou Prusik. O relógio mostrava 16h05.

— Quanto falta para chegar a Echo Lake?

— Uns oito quilômetros mais ou menos — respondeu ele, ainda debruçado sobre o motor, chiando.

Prusik tentou ligar para McFaron. Continuava fora de área. Impaciente, ela considerou ir andando mesmo. Pegou a bolsa e o celular.

— Ouça, Dennis, não posso perder essa palestra. As garotas estão contando comigo. Se eu for a pé, tem alguma chance de alguém passar e me dar uma carona?

Murfree olhou para cima e piscou algumas vezes.

— É possível. Eu não contaria com isso, mas pode ser que role. As pessoas passam de carro por aqui, sim.

Christine assentiu, decidida a ir.

— Certo. Você pode avisar ao xerife, por favor? — pediu ela, então deu a ele uma nota de vinte dólares. — Fique com o troco.

— Sim, dona. Desculpe por...

274

Mas ele já estava falando sozinho, enquanto observava Prusik desaparecer em uma curva, encoberta pelos galhos escuros de cicuta. Ele decidiu esperar uns quinze minutos para o motor desafogar. Nesse meio-tempo, ligou para o escritório do xerife.

— É o Murfree. Mary, você está aí, querida?

CAPÍTULO VINTE E SETE

O botão do rádio girou, parou e girou de novo. O motorista estava zapeando pelas estações assim como Claremont costumava fazer. David teve a impressão de que era ele no banco do motorista, mas, no fundo, sabia que não era. De fato, tinha certeza de que estava espremido desconfortavelmente no banco traseiro. O carro tinha cheiro de novo; mas havia algo estranho nele. Aquilo tudo não fazia sentido. O zumbido em seus ouvidos também o deixava inquieto; ele não sabia exatamente por quê. Parecia que não conseguia mexer nada além das pálpebras. Tampouco conseguia enxergar o que havia além do para-brisa. As sombras das árvores passavam zunindo enquanto o carro sacolejava pelos buracos.

O rádio começou a tocar um rock do The Doors. "Break on through to the other side". Claremont cantarolou o refrão, uma de suas músicas favoritas. Ele também ouviu a voz de alguém cantando no banco da frente, batucando de leve no volante.

A música acabou. Claremont reconheceu a voz gutural do locutor comunicando a agenda de eventos do dia.

— O festival de artesanato da igreja batista de Cave Springs está com jogos de cama lindíssimos, vale a pena conferir. O evento começa às duas em ponto, pessoal.

Depois de um intervalo comercial com uma propaganda da Henderson Galochas, veio um boletim de notícias anunciando a fuga do suspeito David Claremont. O motorista desligou o rádio e jogou o chapéu que estava usando no banco do passageiro. Ele virou o pescoço para os dois lados, coçou a orelha direita com o dedo indicador e piscou os olhos rapidamente, e, na mesma hora, Claremont fez o mesmo. Era como se houvesse uma corda invisível entre eles. Mas algo não estava certo. A maneira como seu estômago se revirava lhe dizia isso. Ainda assim, ele não conseguia tirar os olhos das mãos tamborilando sobre o topo do volante da mesma forma que ele fazia.

Aquela agente escrota do FBI acha que sacou tudo. As palavras não ditas fluíram pela mente de Claremont, palavras que ele não controlava, que não faziam nenhum sentido racional. O homem no banco da frente estava tendo um pequeno diálogo interno. *Aonde vamos agora: Paoli, Blackie ou de volta para Delphos?* A voz na cabeça de Claremont se tornou ensurdecedora.

O motorista inclinou o espelho retrovisor e encarou um par de óculos de armação dourada que se apoiava quase na ponta de seu nariz. Ele deu uma olhada rápida em Claremont. Estreitou os olhos com força. Aqueles óculos pareciam familiares; Claremont já os vira antes. *São do dr. Walstein!*

A garganta de Claremont ficou seca. Não era imaginação. Não estava louco. Aquela outra pessoa *realmente* existia. Claremont teve um flashback de todos os estranhos acontecimentos de sua vida. Ele se lembrou de estar no banco traseiro da caminhonete do pai quando era criança e de repente começar a engasgar. O pai parou no acostamento de terra. David sentiu uma irritação inexplicável na garganta, como se tivesse engolido algo áspero, como se estivesse sendo punido. Eram sensações abomináveis que ele agora percebia que tinham vindo do homem ao volante.

O motorista fez uma careta que tirou um sorriso de David. Ele fez menção de se sentar, mas algo o impedia. Então se concentrou na dor. Precisava detê-lo de alguma forma. Mas como?

Ele focou no espaço entre os bancos da frente, onde havia um post-it afixado no painel em que se lia: DR. IRWIN WALSTEIN. Os olhos dele se arregalaram. *O carro de Walstein! Os óculos dele! O chapéu dele!* Claremont se esforçou para disfarçar a respiração ofegante.

— O que você fez com o médico?

Os lábios do motorista se abriram em um sorrisinho irônico.

— Eu? Quer dizer, o que *você* fez, né? — retrucou ele, apertando o volante com mais força. — Era o *seu* nome que ele estava chamando naquele celeiro, pelo que me lembro.

Ele deu uma batidinha no forro do teto com o dedo indicador para provar seu ponto de vista.

— É você, maninho, não eu, quem está em todos os jornais da TV e do rádio. Quem semeia espinhos não pode colher rosas.

O homem piscou exageradamente para dar ênfase. O vazio de seus olhos queimava ao mirar Claremont pelo retrovisor.

— Ele está no porta-malas — acrescentou o homem com naturalidade. — Não vai a lugar nenhum. Nem você, maninho.

Cãibras dolorosas se espalhavam nas panturrilhas de David conforme o carro trepidava pela estrada de terra esburacada. Um apito abafado soou. O motorista esticou a mão até o lado do passageiro e abriu o porta-luvas com um soco. O volume dos apitos aumentou.

— Ora, veja só: um rádio da polícia — disse ele.

Uma transmissão estava em andamento, algo sobre uma agente do FBI indo a pé para Echo Lake. Uma agente chamada Prusik.

"Entendido. Vou relatar ao xerife McFaron", respondeu a despachante. "Câmbio e desligo."

O motorista pisou fundo no acelerador e fitou os olhos de David no retrovisor.

— O que foi que você disse?

Claremont não tinha dito nada, mas reconheceu o nome da agente.

— Não minta para mim. É ela que está atrás de você por causa das meninas?

O homem se virou para trás e se debruçou por cima do banco.

— Você falou de mim para aquela moça do FBI?

O hálito quente dele atingiu o rosto de David. Ele não estava prestando atenção na estrada.

— Não pense que não saquei qual é a sua, maninho. Estou na sua cola.

Ele deu uma conferida rápida no para-brisa, então se lançou com tudo em cima de Claremont outra vez. Naquela fração de segundo, o rosto do homem se transformou da fúria para a alegria. De repente, ele era um homem diferente.

— Você já agiu sem pensar? — indagou ele, empolgado como um garotinho.

Ele deu um tapinha de leve no ombro de Claremont, como se nada de ruim tivesse acontecido entre eles.

— Nada como sair por cima, né não, maninho?

O homem virou o pescoço de um lado para o outro e coçou um dos braços com força.

— Fico todo arrepiado só de pensar nela correndo pela mata.

As palavras dele atingiram David como uma facada. O suor escorreu por seu rosto.

— Me deixe em paz! — gritou ele. — Deixe elas em paz!

O motorista se inclinou para trás do banco e pegou Claremont pelo pescoço.

— Para quantos tiras você contou? Hein? Só para aquela mulher do FBI? Quantos?

Ele soltou Claremont e acelerou o carro ao passar por uma curva. Eles seguiam a leste, rumo a Echo Lake. Claremont tentou se desvencilhar da corda que amarrava seus punhos às costas. Ele tinha que encontrar um jeito de impedir que as visões voltassem a acontecer. Tinha que encontrar um jeito de interromper a matança.

O homem estacionou o carro e foi para cima de Claremont outra vez.

— Você já deveria ter morrido, foi o que a mamãe falou. Ela me contou que você tava morto — disse ele, apertando tanto a garganta de Claremont que ele estava começando a ficar sem ar. — Você planejou isso o tempo todo, né? Você queria acabar comigo.

Os olhos de Claremont se reviraram. A luz desvaneceu. Quando recobrou a consciência, estava arfando, com dificuldade de respirar. O teto do carro girava e sua visão estava turva. As palavras do motorista pairavam em sua cabeça: era para David estar morto.

— Às vezes acho que você não me entende mesmo — disse o motorista com uma voz hesitante. — Como se eu não me sentisse mal por tudo. Como se eu não tentasse de verdade. Ser como você.

Claremont encarou o rosto triste do irmão, já sem qualquer sinal de raiva. O homem parecia mais próximo do luto do que de uma vingança. E mais próximo de Claremont do que qualquer outra pessoa na terra.

— A gente teve muitos problemas, não é?

Uma lágrima escorreu do canto do olho do homem. Ele se endireitou no banco, resoluto por um momento. Como se estivesse nascendo algo realmente bom entre eles.

Uma sensação confusa, mas familiar, inundou a mente de Claremont. Viu a si mesmo murmurando no banco da frente, mesmo sabendo que era o outro. O motorista se virou, se esticando sobre o banco. Obedientemente, Claremont se sentou. Sem que uma palavra fosse dita entre eles, o motorista tirou do bolso uma pequena pedra e a colocou dentro da boca de Claremont.

Vinte e três garotas de seis, sete e oito anos corriam atrás umas das outras no gramado aparado na frente do prédio do Centro Recreativo de Echo Lake. Rapidamente, as monitoras as reuniram e as levaram para dentro. Depois de ficar sabendo da busca por David Claremont, Arlene Greenwald, a líder das escoteiras, decidiu não se arriscar de forma alguma. O fato de a cabana do guarda-florestal ficar do outro lado do centro recreativo a deixava mais tranquila. De qualquer forma, ela havia chamado os pais das garotas para decidir se deveriam remarcar a excursão para outro dia. A líder das escoteiras conferiu o relógio e se perguntou por que a agente Prusik ainda não tinha chegado.

As garotas se reuniram na sala para os anúncios de praxe da tropa, exceto por Maddy, que estava apoiada na parede dos fundos, longe do grupo. Ela escapuliu do prédio e foi até a beira do lago. A calmaria da solidão era reconfortante. Desde a morte da irmã, Julie, não suportava ficar perto de outras pessoas além dos pais. Ela se agachou na margem e observou um sapo-boi desaparecer debaixo da água.

Maddy vagou pela margem do lago, olhando para seu reflexo. Uma estreita trilha adentrava a mata ao redor do lago. A garota seguiu por ela sem pensar. Seu nono aniversário seria em um mês.

— Aí está você! — exclamou a sra. Greenwald, arfando atrás dela. — Achei que tivesse te perdido.

A líder das escoteiras pegou Maddy pela mão.

— A gente nunca encontraria você aí no meio dessa mata — disse ela, piscando para a garota. — Vamos nos juntar às outras, está bem?

Maddy não disse nada. Ela se soltou; não gostou de ser puxada pela mulher. Marchou na frente da sra. Greenwald e se uniu ao restante das meninas do grupo, que já estavam sentadas de pernas cruzadas no chão.

— Quem sabe que tipo de pássaro predador fica naquelas árvores ao redor do lago? — perguntou uma das mães, movimentando o braço como um pássaro dando o bote, encarando um mar de escoteiras.

Todas as mãos se levantaram com grunhidos para chamar a atenção. Maddy não queria brincar. Enquanto as escoteiras cantavam uma canção, ela pediu para ir ao banheiro e uma monitora a acompanhou até a porta. Os olhos de Maddy focaram em uma janela externa com o vidro fosco perto da pia. Ela girou a trava do centro e abriu tudo. Uma lufada de ar vindo do lago atingiu suas narinas. Sem pensar, ela passou a perna sobre o parapeito e foi para o lado de fora, atraída pela tranquilidade das enseadas do lago.

Um sedã preto antigo passou pela área de piquenique e desapareceu pela estrada secundária.

Maddy voltou para a trilha do lago. A alguns metros mata adentro ficou mais escuro. A cantoria das outras garotas reverberava a sua volta. Por entre troncos de árvore, ela avistou um prédio marrom.

Ela avançou por um ponto enlameado da trilha cheio de pegadas de veado. Logo à frente, um pequeno riacho desaguava no lago. Os olhos dela acompanharam o leito do riacho. Uma gota de água pingou de uma pedra calcária no alto, desafiando a garota a continuar subindo. Ela saltou de uma pedra a outra, com os braços abertos para se equilibrar melhor, completamente alheia à reunião de escoteiras, a centenas de metros atrás de si.

O conjunto de pedras amontoadas no leito ficou mais íngreme. No caminho, ela encontrava pontos de apoio para as mãos, tomando cuidado para não escorregar. Chegou ao cume da cachoeira e contemplou o lago, enquanto recuperava o fôlego e pela primeira vez em muito tempo experimentou uma sensação de triunfo.

Um grito estridente cortou o silêncio. O grito angustiado se repetiu, dessa vez como um eco agudo perfeito voltando pelo lago, o som de alguém se sufocando. Havia algo errado. Um arrepio subiu pelos braços de Maddy. Um ruído de algo sendo arrastado se aproximou e a fez se agachar atrás de um toco de árvore. Ela notou que havia uma estrada mais à frente.

Tudo ficou calmo outra vez. Ela não ouvia mais aquela respiração ofegante. Maddy se levantou com cautela, prendendo a respiração. Seus batimentos cardíacos pulsavam em seus ouvidos. Será que foi só imaginação?

O barulho de alguém rolando e gemendo nas folhas a paralisou. Alguém estava em apuros, talvez precisando de socorro.

Ela foi caminhando com cuidado, mantendo uma distância segura de quem quer que estivesse gemendo. Uma faia bloqueava sua visão da estrada de terra. Havia uma placa de sinalização enfiada ali. Ela a vira pela janela do carro antes de chegar ao lago. Dizia: ÁREA DE PIQUENIQUE A 400 M.

Ela avistou o rosto ensanguentado de um homem apoiado no poste de madeira que segurava a placa. Ele estava com a camisa e a calça rasgadas e sujas, uma das bochechas em carne viva. Maddy nunca havia visto alguém em um estado tão deplorável antes. Será que ele tinha sido atacado por algum animal selvagem? Ele parecia muito atordoado. Talvez tivesse se perdido e passado a noite na floresta, ou talvez quebrado a perna? O pai de Maddy sempre a alertou sobre sair vagando por aí. As matas de Crosshaven eram conhecidas por serem um lugar perigoso, onde os jovens se perdem, se machucam ou passam por coisa pior, como Julie.

O homem mudou de posição desajeitadamente. Ele raspou o ombro ao longo do tronco da árvore para se apoiar, fazendo careta e se contorcendo. Seus braços estavam amarrados às costas. De repente suas mãos se soltaram. O homem esfregou os pulsos avermelhados. Caiu de joelhos, a cabeça inclinada para baixo. Maddy foi subindo até a estrada, preocupada.

— Senhor, você está bem?

Ele balançou a cabeça, então fechou e abriu os olhos uma vez.

— Melhor... ir embora — avisou ele, o queixo enterrado no peito. — Vá... rápido.

Mary não se mexeu.

— Quem machucou você? Quer que eu vá atrás de socorro?

O homem virou a cabeça de um lado para o outro, como se estivesse esperando por alguém. Um motor roncou ali por perto, um carro se aproximava em alta velocidade, lançando para longe os cascalhos sobre os quais passava. Os faróis brilharam através das árvores adiante.

O homem caiu no chão e rolou pelo aterro na direção dela. Maddy deu um salto para trás. Seu boné de escoteira caiu enquanto ela se lançava por entre as folhas, sem se importar com o barulho que fazia ao correr. Não tinha tempo, já que o veículo estava freando bruscamente atrás de si. Os cortes e as feridas do homem machucado diziam em alto e bom som: VÁ EMBORA!

* * *

Já passava das cinco da tarde, e o céu estava escurecendo sobre a estreita estrada florestal. Uma bolha feia tinha aparecido no calcanhar direito de Prusik. Ela se repreendeu por ter decidido ir a pé como se estivesse usando sapatos confortáveis. A bolha estava deixando sua perna direita cansada, e não havia sinal do lago à vista. Pior, ninguém tinha passado de carro para que ela pudesse pedir uma carona.

Ela enfiou a mão no bolso do casaco e tentou ligar para McFaron de novo. A bateria do celular já estava quase acabando. Ela resmungou alto para si mesma. Não podia acreditar: estava mancando por causa de uma bolha dolorosa, no meio do nada e com um celular prestes a ficar sem bateria. Mais adiante, através das árvores, faróis piscando chamaram sua atenção. Ela ouviu o zumbido distinto de um motor de carro se aproximando: alguém estava vindo na sua direção.

— Finalmente. Agora vai dar certo.

Os feixes de luz do carro iluminaram a mata sombria. Prusik protegeu os olhos, mostrando o distintivo do FBI. O carro freou. Ela correu para o lado do passageiro. O motorista se inclinou e abriu a porta.

— Você não poderia ter chegado em hora melhor — disse Christine, entrando no veículo e fechando a porta.

Ela tirou com cuidado o sapato direito.

O motorista acelerou com força.

— Você é a sra. Prusik? Do FBI? — perguntou ele.

— Isso mesmo, agente especial Prusik — respondeu ela, reparando no rosto do homem escondido sob o chapéu.

Quando ela notou que o queixo e a mandíbula dele eram idênticos aos de David Claremont, seu coração começou a martelar no peito.

Ele segurava o volante firmemente com a mão direita enquanto apoiava o cotovelo esquerdo na beirada janela — o que comprovava sua teoria de que ele era destro, ao contrário de David. Ela pressionou o dedo mindinho em seu punho fechado.

— Você falou com alguém do escritório do xerife? — perguntou Prusik em sua voz mais assertiva.

Ela se saía bem na sala de interrogatório, mas agora ela definitivamente não estava no controle.

— Sim. Não quis errar suas credenciais, agente especial. Eles me mandaram procurar você assim que ficaram sabendo.

Ele era ousado e confiante, o oposto de David.

— Então você estava em contato com o xerife McFaron? — perguntou ela, se sentindo cada vez mais inquieta.

Como aquele homem poderia saber quem ela era e onde estaria?

— O próprio.

Christine passou os dedos pelo cabelo. Precisava ganhar tempo.

— Então você deve saber que estão me esperando no Parque Estadual Echo Lake. Já devem estar me procurando a esta altura.

— O trabalho de uma mulher nunca acaba — pronunciou ele de forma enigmática.

Christine percebeu como ele estalou o pescoço da mesma forma que Claremont durante o interrogatório.

— Obrigada por ter vindo me buscar — disse ela o mais casualmente possível. — Estamos perto da área de piquenique?

O motorista acelerou. Eles estavam correndo por extensões de floresta pelas quais ela tinha passado mancando por quase uma hora.

— Logo ali — respondeu ele, apontando para a frente com o dedo indicador logo acima do volante. — Tem um atalho que leva ao lago mais rápido.

— Aham — respondeu Prusik, forçando uma risada abafada. — Conheço os atalhos daqui.

— Não é como na cidade grande, né? Cheio de gente para ajudar quando você precisa — disse o homem, quase contente.

Prusik piscou, surpresa, diante dessa segunda observação enigmática, algum tipo de código interno dele, ou ameaça velada. Ela decidiu assumir um risco calculado.

— Você sabe que seu irmão, David, virou uma celebridade na mídia? Acho que vale a pena conhecer sua história também.

285

O carro ganhou velocidade, passando por um cruzamento que Prusik se lembrava de ter visto meia hora antes. A mente dela estava a mil.

— Tem certeza de que não perdemos o retorno? — perguntou ela, usando a terceira pessoa para parecer menos ameaçadora. — Poderíamos pegar o retorno ali?

Ele fez uma curva um pouco rápido demais, amassando o cascalho debaixo do carro.

— Não mesmo — respondeu ele, então afirmou com uma voz mais profunda: — Mamãe sempre dizia: quem faz a fama deita na cama.

A forma como ele se expressava assustava Prusik. Assim como o fato de que ele dirigia rápido demais e estava indo na direção errada. A garganta dela secou. Ela abriu a boca para falar, mas não saiu nenhum som. Tinha encontrado o homem que estava procurando. Ou ele a encontrara.

Ela se enrijeceu, concentrando-se no para-brisa. Prusik se imaginou nadando na piscina, dando uma braçada após a outra, os braços a impulsionando pela água, as pernas se agitando, o abdômen rígido a cada respiração. Aquele lugar era seu refúgio.

— Por falar na sua mãe, Donald — disse ela, dando um tiro no escuro —, o que ela diria se soubesse que você ainda faz xixi na cama? Entrei no seu quarto em Delphos. Mas você já sabe disso, não sabe? Você fez uma zona naquele lugar.

Prusik observou as mãos do homem apertarem o volante.

— O que acha que sua mãe diria sobre aquela sujeira no colchão? — pressionou Prusik. — Um homem da sua idade ainda molhando o colchão *dela*... ora, *fala sério*.

Os lábios de Holmquist tremiam.

— E eu não vou nem perguntar se ela aprovaria as outras coisas que você vem aprontando ultimamente.

O carro desacelerou. A cabeça do homem tombou para baixo, ele parecia envergonhado.

— Acho que ela não aprovaria nem um pouco. Definitivamente, não mesmo.

— É melhor você fechar o bico — disse ele baixinho.

— Tudo bem, Donald, vamos deixar esse assunto pra lá por enquanto. De acordo com os registros do Hospital St. Mary, você nasceu primeiro.

Ele olhou para ela desconfiado.

— Isso mesmo. O que faria de você o irmão mais velho, Donald, o homem da casa, considerando que seu pai desapareceu. Você não sabe que ser o irmão mais velho é uma grande responsabilidade? Significa que deve dar um bom exemplo para seu irmão mais novo.

— Eu já falei para fechar o bico!

Ela não podia correr o risco de parar, mesmo que isso significasse adentrar em um território desconhecido.

— Agora tenho certeza de que David não é um assassino. Também sei que você sabe disso. Estou certa, Donald? Vocês dois já se conheceram? Já, não é, Donald? Viu seu irmão hoje? Talvez até antes?

O rosto de Holmquist estava suando. Ele parecia confuso, em pânico, encurralado. Assim como ela se sentiu poucos minutos antes.

— O que foi que o irmão mais velho Donald fez hoje? Hein? Você tratou seu irmãozinho bem? Colocou-o debaixo de sua asa como Bruna iria querer que você fizesse?

O homem pisou no freio com tanta força que o carro sacolejou. Ela ouviu algo se mexer no porta-malas, um baque pesado e abafado.

— Então você deixou David amarrado no porta-malas, Donald?

— Não diga que eu não avisei, moça do FBI.

Antes que ela pudesse pensar no que responder, uma série de fagulhas azuis acertou seu peito, causando uma repentina escuridão.

McFaron acelerou o Bronco com tudo. A despachante o avisou que o táxi de Murfree havia quebrado e que Christine decidira ir a pé até o Parque Estadual Echo Lake. Ele foi voando do Resort Sweet Lick em Cave Springs, Indiana, normalmente uma viagem de meia hora que ele fez em menos de vinte minutos. Mais cedo naquela tarde, Brian Eisen o informou sobre uma ligação de Lonnie Wallace, zelador do resort. Wallace tinha visto uma foto de David Claremont e dito que parecia muito com um pintor de letreiros esquisitão que Wallace não via fazia quase um mês e que tinha fugido sem terminar um trabalho. Um homem chamado Donald Holmquist, que Wallace suspeitava que estivesse envolvido no roubo recente de um veículo do resort.

O xerife estava preocupado por não ter conseguido falar com Christine. O celular dela estava fora de área. Por que ela não o esperou? Ele se deu conta de que Christine e Murfree haviam parado a apenas oito quilômetros de Echo Lake. Talvez ela tivesse deixado o celular no táxi com sua maleta. Será que ela o desligou? Ele duvidava disso. A impulsividade de Christine o angustiava.

Um grande sedã preto passou correndo por McFaron na direção oposta. O xerife distinguiu a silhueta de duas pessoas no branco da frente e ninguém no de trás. Ele não tinha passado por nenhum outro carro. O brilho do lago aparecia por entre as árvores. O sol estava baixo sobre a copa das árvores, se refletindo na superfície da água. Já tinha passado das cinco e meia. No minuto seguinte ele deslizou até parar atrás de uma van. As crianças estavam amontoadas ao redor de várias mulheres, chorando.

— Xerife! — exclamou a sra. Greenwald, correndo até ele. — Xerife, venha rápido! É a Maddy Heath. Ela desapareceu! Rachel, amiga dela, viu um homem desgrenhado na trilha do lago que parecia aquele da TV, o que está sendo procurado pelo...

A líder das escoteiras hesitou, já que havia tantas crianças por perto. Ela apontou para a placa da trilha.

— Eu deveria ter imaginado. Eu a encontrei mais cedo indo naquela direção — disse a mulher, cobrindo a boca. — Eu deveria ter imaginado.

288

— MADDY! — Um grito agudo ecoou pelo lago de encostas íngremes.

Três escoteiras, em uníssono, gritaram o nome da garota desaparecida novamente.

McFaron partiu em direção à mata, desabotoando o coldre. Na entrada da trilha ele sacou sua arma. Fazia seis meses desde a última vez que usara a arma. Ele nunca havia atirado em alguém antes; sua passagem de dois anos pelo Exército não envolveu nenhum combate de verdade.

Ele foi caminhando pela trilha enlameada, alerta a qualquer movimento, empunhando a arma com cautela. Mais à frente, avistou uma figura cambaleando e se agachou. Será que era tarde demais? O homem estava mancando atrás de algumas árvores altas ao longo da margem do lago. Carregava alguma coisa e falava de maneira hesitante.

O homem se aproximou, agora de lado, passando por cima de árvores caídas. Ele levava uma garota nos braços. McFaron viu os pés dela dependurados. O rosto da menina estava afundado contra o peito do homem. Um dos pés estava descalço. Era perigoso demais arriscar um tiro.

McFaron olhou ao redor em busca de um local para armar uma emboscada perto da trilha. Ele se recostou num tronco de bétula e destravou a arma, com cuidado para não tocar no gatilho.

CAPÍTULO VINTE E OITO

Uma coceira desconfortável debaixo da costela a despertou. O carro tinha parado no acostamento. Ela estava recostada na porta do lado do carona. Sentiu o cheiro do hálito do homem perto dela — um odor salgado e pungente —, o que fez seu estômago revirar. Prusik abriu os olhos o suficiente para ver Holmquist e o sentiu cutucando seu abdômen, com os olhos arregalados e uma expressão de fascínio. Um gemido baixo escapou dele.

— Sai de cima de mim!

Por impulso, Christine bateu os pés com força no chão e se ergueu no assento.

Holmquist continuou onde estava e agarrou o braço dela.

— Vai ficar calada agora?

Ele sacudiu a arma de eletrochoque bem perto do rosto dela. O zumbido agudo do aparelho foi aumentando até atingir força total.

— Você não me contou da sua surpresinha — continuou ele.

Ela levantou as mãos e acenou com a cabeça, percebendo que havia desmaiado depois de Holmquist tê-la atacado com a arma. A pele perto da clavícula ainda ardia por causa do choque. De que surpresa ele estava falando?

Ele voltou para o banco do motorista e afundou o pé no acelerador antes de ela sequer pensar em abrir a porta. Ela secou a saliva do queixo, sentindo-se tonta, dolorida e tola por não andar armada, como o departamento exigia. Como antropóloga forense, ela normalmente conduzia investigações na presença de agentes armados e, portanto, quase nunca precisava portar uma arma também.

— Se incomoda se eu ligar o rádio?

Ele ligou sem esperar a resposta. Um boletim de notícias especial interrompeu a música. "Urgente: David Claremont foi encontrado hoje à tarde no Parque Estadual Echo Lake..."

Ele desligou o rádio e jogou o chapéu no banco de trás. Prusik prendeu a respiração. Seu coração ameaçou saltar pela boca.

Ele virou o rosto para ela.

— Viu aquela pena que deixei para você? — indagou ele, confiante. — Você e aquele policial bisbilhotando por aí? De início, não gostei de descobrir alguém metido na minha casa, mas quando soube que era você...

Ele assentiu e sorriu, como se explicasse tudo.

— Donald... por favor... não vou...

Prusik estava confusa. Donald parecia tranquilo demais.

— Vi você lá no museu, na frente de toda aquela gente chique. Pois é. Eu estava lá. Nossa história já é antiga — falou, abrindo ainda mais o sorriso. — O gato comeu sua língua, é? Que nem quando você viu aquele selvagem lá no museu?

Ele riu um pouquinho, parecendo um pai condescendente com o filho.

A cabeça de Prusik girava. Ele estivera lá.

— Viu, é disso que gosto em você. Eu e você entendemos bem. Somos parecidos.

— Como assim, somos parecidos, Donald? — perguntou ela, tentando soar tranquila. — Não saio por aí matando gente inocente.

Ele gargalhou.

— Você é bem engraçadinha, né, moça do FBI? Você é *igualzinha* a mim. Por isso tenho deixado aqueles presentinhos para você. A primeira menina ganhou só uma pedra comum, mas foi antes de eu saber que tinha alguém por aí que nem eu. E era você, uma policial! — Ele gargalhou outra vez. — Mas não adianta chorar pelo leite derramado.

Prusik estava enjoada. Ele tinha deixado estatuetas de pedra na garganta das vítimas para que ela encontrasse.

— Você saiu correndo da sala por causa do poder, né? — perguntou Holmquist, puxando alguma coisa da gola da camisa e balançando. — Viu? Eu entendo.

Prusik não ousou olhar. O fato de ele a ter a seu alcance desde o começo a chocou. Ela apertou os joelhos e tentou se imaginar no seu refúgio, nadando tranquilamente. Dessa vez, não conseguiu visualizar. Não conseguia se agarrar a nada além do medo.

Ela se concentrou no post-it preso ao painel onde estava escrito o nome do Dr. Irwin Walstein. O baque na mala do carro quando Holmquist freou repentinamente lhe veio à mente. Ela sentiu vontade de falar, mas as palavras não saíam. Ela se recompôs e então conseguiu perguntar:

— Onde está o dr. Walstein?

As mãos de Holmquist se retorceram ao redor do volante, e ele deu de ombros.

— O médico do David?

Ele alongou o pescoço.

— Fiz com ele o que ele teria feito comigo — explicou.

Prusik se esforçou para manter a calma. Ela sentiu o impulso terrível de pular do carro em movimento, pensando em rolar e correr. *Atenha-se ao plano A*, pensou. *Fique calma, mantenha ele distraído, dê um jeito de chegar a um lugar público, e rápido.*

Prusik se lembrou dos dedos dele cutucando seu abdômen enquanto ela estava desacordada, momentos antes.

— O que você quis dizer com "surpresinha", Donald?

Ele olhou de relance para o retrovisor, antes de voltar a se concentrar na estrada.

— Vamos falar dessa história de pedra. Do poder delas, como você disse.

Holmquist estava escutando. Ela notou que ele rolou a língua por dentro da bochecha, ou talvez mastigou alguma coisa.

— Como você sabe, sou antropóloga — continuou Prusik, cerrando os dentes, tentando se manter calma. — Há muito tempo, fiz pesquisa de campo em Papua-Nova Guiné. Vi estatuetas de pedra como as suas.

Ele fez que sim com a cabeça levemente.

— E algo que me deixa intrigada... são as pedras em si, e a importância delas para você.

Holmquist se virou para ela, com um sorriso exagerado e estranho.

— Por quê? Quer outra? — falou, em voz baixa.

Ele entreabriu os lábios. Entre os dentes estava um objeto duro: algo prateado e cintilante, reluzente de saliva. Uma pedra.

Prusik estreitou os olhos para tentar ler o medidor de gasolina. Do ângulo em que estava, parecia quase vazio. Se o carro parasse, ela certamente sairia correndo. Ela tirou os sapatos, se preparando. Esfregou a sola dos pés no chão.

— Por que tirou os sapatos? — questionou ele.

— Eu... Estava machucando.

Ela voltou a ficar agitada; o coração martelava sob a blusa.

— Como está a gasolina? — soltou.

— Dá para chegar a Blackie.

Prusik tateou com a mão entre o banco e a porta. Botou a mão na bolsa e tossiu com força enquanto apertava o botão de atalho para o número de McFaron, rezando para que ele atendesse a tempo. Ela não ousou olhar para baixo e correr o risco de perder sua única chance.

— Donald, por que estamos indo para o norte? — perguntou ela. — Echo Lake não fica para o outro lado? Você falou em Blackie? Por que vamos para Blackie?

Eles passaram por baixo de uma grande placa verde que indicava oito quilômetros até o aeroporto de Crosshaven, onde ela tinha pousado algumas horas antes. *Por que ele está voltando a Blackie?*

— Podemos ir para o aeroporto, por favor? — instruiu ela, bruscamente. — Esqueci minha bolsa lá.

A mão direita dele voou para a coxa dela, apertando-a até doer.

— Até parece. Você não vai precisar de bolsa nenhuma.

Ele voltou a mão ao volante e batucou num ritmo animado.

O coração de Prusik batia acelerado. A confiança dele fazia o medo dela aumentar. Assim como a pedrinha reluzente que ele expusera entre os dentes. Por que perguntara se ela queria outra? Ela espalmou as mãos suadas nas coxas, lutando para se recompor.

As luzes do posto de gasolina que ficava na interestadual, ao norte de Crosshaven, surgiram ao longe.

Atordoada pelos picos de adrenalina, Prusik tinha perdido qualquer desejo de brigar. Bem como ele queria. Ela pensou nos programas sobre natureza que via na televisão quando menina. Nas gravações em câmera lenta de um guepardo caçando uma gazela, o guepardo atacava, dando uma rasteira na presa graciosa, e parava tranquilamente acima dela, sem nem precisar segurá-la. Aquela postura era suficiente para o animal ficar paralisado. Prusik, então, batia o pé no chão diante da televisão, exigindo que a gazela fugisse:

— Levante, vai! Fuja, você consegue!

No carro, ela era como aquela gazela caída: sentia o mesmo terror paralisante, como se uma corrente elétrica invisível a conectasse a Holmquist, predador e presa. Ele a olhou. Ela notou um leve brilho vermelho refletido pelas luzes de um carro que se aproximava.

— Não tente nenhuma gracinha, se é que me entende — avisou ele, como se lesse seus pensamentos.

Prusik apertou a maçaneta com a mão direita. Ela fugiria, se precisasse. Mas primeiro precisava se recompor.

O som de um veículo se aproximando em alta velocidade chamou a atenção de Christine. A luz dos faróis atravessou o vidro traseiro. Uma grande caminhonete foi invadindo a pista de Holmquist, tentando ultrapassá-lo, atingindo o painel da frente do carro do médico e fazendo-o derrapar pelo acostamento em uma nuvem de poeira. Mais adiante, a caminhonete deslizou rapidamente pela lateral de cascalhos soltos. Em um instante, o carro saiu voando, inclinado, e caiu pela ribanceira íngreme. Christine estremeceu ao ver o veículo bater em uma terra recém-arada e parar de cabeça para baixo.

Os pneus da frente do sedã estavam girando sem sair do lugar, atolados na profunda vala para irrigação, três metros abaixo do acostamento. Holmquist escancarou a porta e pulou na vala, sumindo de vista e se debatendo no matagal. Do outro lado da vala, Christine ouvia o ruído distante do pneu do veículo capotado girando no ar até parar. Ela identificou a silhueta do carro e leu, de cabeça para baixo, as grandes letras na porta: DELEGACIA DE CROSSHAVEN.

Christine abriu a porta e desceu pelo dreno de irrigação íngreme, se agarrando a punhados de mato para manter o equilíbrio. Ela escorregou nos ladrilhos cheios de limo que revestiam o fundo do canal escavado, envolta em uma repentina escuridão. Precisava fugir daquela vala escura. Prusik se arrastou para subir pelo outro lado e chegou ao terreno arado. Um som de passos chapinhando veio da vala atrás dela — Holmquist estava fugindo.

Christine foi avançando, desajeitada, pelos sulcos da terra, abrindo os braços para se manter firme de pé. O Bronco estava capotado na outra ponta do terreno. Através da janela destruída do lado do motorista, ela apalpou a carótida do xerife, procurando sua pulsação. Estava forte.

— Joe — sussurrou ela, apertando o braço dele de leve. — Está me ouvindo?

McFaron não respondeu. Ela tateou o coldre dele e tirou a lanterna. Acendeu a luz. O rosto de McFaron estava ensanguentado. As pálpebras dele estremeceram.

— Claremont está aqui atrás — disse ele.

Prusik passou o feixe de luz da lanterna pelo par extra de galochas e por um kit de primeiros socorros que se soltara do lugar. Estilhaços das janelas quebradas reluziam.

— Ele não está aqui. Deve ter sido jogado.

Christine iluminou o entorno do veículo e notou um rastro de pegadas recentes atravessando o terreno. Seguiu aquela direção com o facho de luz, mas não viu mais sinal do homem.

McFaron fechou os olhos de novo. Ela temia que movê-lo fosse causar mais danos, então não soltou o cinto e pegou o revólver dele.

Um ruído soou do rádio de repente, vindo do receptor pendurado.

— Xerife McFaron, aqui é Mary, câmbio.

Prusik pegou o fone.

— Mary, aqui é a agente especial Prusik. Ocorreu um acidente a aproximadamente seis quilômetros ao norte do posto de gasolina central da interestadual, em um terreno à margem da pista da estrada na direção norte. O xerife McFaron está ferido e semiconsciente. Precisamos de ambulâncias e de reforço policial imediatamente. Donald Holmquist me sequestrou hoje à tarde e agora fugiu a pé. Ele matou pelo menos três meninas em Indiana, até onde sabemos.

Christine esperou pela resposta de Mary e saiu correndo pelo campo, na direção de um pequeno grupo de choupos reflorestados, segurando a arma do xerife na altura do quadril. Ao se aproximar das árvores, ela se agachou junto à ribanceira, escutando sinais de movimento. O horizonte reluzia além das árvores. Menos de um minuto depois, uma parte da lua cheia surgiu acima da colina, iluminando a paisagem. Um galho estalou. Alguma coisa se movia mais adiante, no matagal ao redor do terreno — uma sombra se escondia atrás de uma caminhonete. Donald Holmquist ou David Claremont?

Com a arma firme, Christine apontou a luz forte da lanterna de um tronco a outro. Ela tinha certeza de que Holmquist estava escondido ali. Claremont já teria se revelado ou dito alguma coisa. Ela avançou pelo mato, apontando a arma e lançando fachos de luz de um lado para o outro. O assassino provavelmente já estava de olho nela, planejando o próximo ataque.

— Donald Holmquist, aqui é o FBI. Saia com as mãos para o alto. Você está preso pelo assassinato de Betsy Ryan, Missy Hooper e Julie Heath.

Prusik não ouviu nada além do próprio coração batendo forte. Ela se aproximou lentamente, mantendo-se agachada. Parou sob a copa escura da maior árvore e iluminou a mata.

— Apresente-se, sr. Holmquist, com as mãos para cima!

Pela primeira vez, era *ela* quem se sentia a predadora. Ela tinha uma boa mira, e segurar a arma ajudou a lhe dar confiança.

— Holmquist, é sua última chance. Entregue-se agora. — As palavras vinham de maneira automática. — Se necessário, atirarei para matar.

Um galho estalou no alto. Holmquist caiu em cima dela, de braços esticados. Prusik atirou uma vez, na barriga dele. A força repentina da queda dele a derrubou no chão. Ela soltou a arma e a lanterna. Ele estava bem acima dela, ofegante — ela o tinha ferido.

— Belo tiro, moça do FBI — ele conseguiu dizer, arfando.

Prusik levantou o joelho com força, atingindo a virilha do homem. Holmquist fez uma careta, mas não relaxou e continuou segurando-a pelos punhos. Ele aproximou o rosto do dela.

— Você não vai mais precisar me encher de bala.

Ele pegou os dois braços de Prusik com a mão esquerda e levantou a blusa dela, cutucando e apalpando seu abdômen, como se quisesse avaliá-lo. Ela ficou impressionada com a força dele, mesmo ferido.

Evocando toda a sua fúria, Prusik esticou o pescoço e mordeu o queixo de Holmquist. Ele grunhiu e deu um tapa no rosto dela, o que a fez morder com ainda mais força.

Ela conseguiu soltar uma das mãos e puxou a pedra pendurada do pescoço dele. Com um golpe violento, perfurou o ouvido do assassino com o amuleto, e o girou para aumentar o dano. Ele saiu de cima dela.

Ele precisava apenas de um pico de adrenalina para retomar o foco e sair correndo pelo terreno. Prusik tateou o mato freneticamente, em busca da arma e da lanterna até encontrá-las.

Ela se levantou e olhou na direção por onde Holmquist havia fugido. O brilho da lua desapareceu de repente, escondido por uma nuvem passageira, como se estivesse ajudando-o. Mas ela sabia que o tiro que dera na barriga dele era fatal.

A lua cheia ressurgiu por cima das árvores, alaranjada. A céu aberto, era fácil identificar as pegadas de Holmquist na terra fofa. Ela esperava localizar o homem caído no chão, mas encontrou apenas as pegadas dele.

Ao longe, ela ouviu o som de sirenes e viu uma fileira de luzes cintilantes. Saber que a polícia estava chegando a deixou mais tranquila. Prusik pegou a arma e a lanterna e começou caminhar pelo terreno sem perceber que estava se afastando mais ainda.

Mais adiante, uma mancha escura marcava o terreno lavrado. A perna de alguém se mexeu nos sulcos. Holmquist. Prusik se aproximou com cautela do homem encharcado de sangue e iluminou o rosto dele. Ela avançou e cutucou a perna dele com o pé. Nenhuma reação.

Ela se abaixou, então Holmquist despertou, se debatendo e chutando a lanterna da mão dela. Ele se levantou e avançou contra a agente. Christine perdeu o equilíbrio e caiu no chão.

— Fique longe dela!

Alguém se jogou em cima de Holmquist, afastando-o de Prusik.

— Mandei sair de perto dela — rugiu o defensor, furioso.

Os dois lutaram no chão.

Christine se ajoelhou e mirou no assassino.

— Tudo bem, senhor — falou ela. — Sou policial, agente especial Christine Prusik. Por favor, solte o suspeito.

Os homens continuaram a brigar, como se não a tivessem escutado.

Prusik atirou para o alto.

— Solte o suspeito! É uma ordem!

Quando o homem que a resgatara hesitou, Holmquist se desvencilhou. Em seguida, foi cambaleando até a margem escura do terreno. Dessa vez, Prusik não o perseguiu. Holmquist não sobreviveria por muito mais tempo, e ela estava exausta. Arfando intensamente, o outro homem pediu:

— Por favor, senhora, não atire nele.

Prusik imediatamente reconheceu a voz.

— David?

Ele levantou a mão em resposta.

— Por favor, não atire no meu irmão.

Prusik abaixou a arma. O braço dela tremia, devido à tensão do combate.

— Devo desculpas a você, David.

Claremont voltou a olhar pelo terreno, acompanhando as pegadas cambaleantes do irmão.

— Vou ficar com ele até a polícia chegar. Prometo.

— Eu sou da polícia, David. Ele está ferido, não vai muito longe — retrucou, e percebeu o estado de Claremont. — Você foi arremessado pelo carro na batida?

Ele se levantou, remexendo as mãos.

— Desculpe por não ter ajudado antes. Tive medo de levar um tiro na confusão.

Enquanto falava, Claremont olhava atentamente para onde Holmquist fugira, retorcendo as mãos, preso em um turbilhão que Prusik mal conseguia imaginar. À luz fria da lua, o rosto dele o fazia parecer alguém que carregava o peso do mundo nas costas.

— Tenho que ir, sra. Prusik. Tenho que encontrar ele.

Claremont saiu no encalço de Holmquist.

Christine limpou um pouco da terra de sua calça, exausta demais para impedi-lo. A angústia de Claremont — e era pura angústia — era insuportável de ver. Que agonias profundas aquele elo entre os gêmeos desencadeara? Que luto Claremont estaria experimentando ao ver a vida se esvair de sua imagem espelhada?

Christine sacudiu a cabeça, tentando desanuviá-la. Ela nem se lembrava da última vez que chorara, mas se sentia à beira das lágrimas. Raios de luz iluminavam o céu do oeste, vindos das viaturas policiais logo acima daquela elevação. Ela olhou para o leste, o caminho por onde Claremont seguira, e se virou para voltar à estrada.

CAPÍTULO VINTE E NOVE

O sol se ergueu ao som de pássaros agitados. Uma forte chuva havia caído, dando a impressão de que um combate havia acontecido no dia anterior.

Os pneus do carro alugado giraram na lama. McFaron estacionou. O fazendeiro que o acordara às quatro da manhã insistira que ele fosse até lá imediatamente. Como já acordava cedo havia anos, o xerife optara por não incomodar Christine, que tinha passado a noite na casa dele em Crosshaven. Ela parecia exausta depois da coletiva de imprensa do dia anterior.

McFaron normalmente gostava do silêncio sereno da manhã, uma tranquilidade que naquele momento era interrompida pelo estardalhaço incômodo dos pássaros perto de uma sebe a menos de dois quilômetros de onde o Bronco ainda estava capotado. Alguma coisa estava perturbando as aves. Ele pegou as galochas no banco de trás. Seu braço esquerdo estava apoiado na tipoia, tinha ficado com uma lesão feia nos tendões dos ombros no acidente. Ele acompanhou as pegadas do fazendeiro, conforme as instruções do homem. Era difícil caminhar pelo terreno enlameado, e ele fazia uma careta ao levantar cada pé com força, sacudindo o braço ferido para se equilibrar. Ele arfou devido ao esforço. Sapos coaxavam de um laguinho artificial. Quando ele passou por lá, o coro cessou abruptamente, silenciado pelo ruído de sucção das galochas de borracha.

Onde é que está? O xerife olhou ao redor do perímetro do terreno. Surpreendeu-se ao ver que os pássaros não se dispersaram quando ele se aproximou. Ele acompanhou com o olhar os pássaros voarem em um turbilhão frenético no céu, acima do arbusto denso e vasto. Ele se arrastou para mais perto. Um homem surgiu de repente, como se acenasse. Mas não estava se mexendo.

Por um breve momento, McFaron ficou tenso. Então continuou, mais devagar, parando antes de chegar perto do primeiro tentáculo espinhento, a pelo menos três metros de onde um corpo estava emaranhado. Não era uma imagem bonita. A mão do homem estava presa acima da cabeça, enganchada por um espinho afiado no dedo indicador. Na boca escancarada, a língua dele estava ensanguentada de tantas bicadas. Ainda assim, por mais que os pássaros protestassem e atacassem, o homem se mantinha inteiramente imóvel, morto, seus olhos arrancados.

McFaron reconheceu a camisa marrom da Woolrich que David Claremont usava quando o xerife o prendera em Echo Lake. Claremont não era mais um suspeito para a polícia. Na verdade, tinha ajudado a salvar Maddy Heath e Christine. Aos olhos do público e da polícia, ele se transformara, de repente, de psicopata em herói.

No entanto, o herói parecia um espantalho bizarro. Uma graúna saltitou, furiosa, no peito do cadáver. Outros pássaros mergulharam perto da cabeça do xerife, parecendo incomodados, como se fosse ele a próxima ameaça a perfurar.

Era lamentável ver o corpo de Claremont daquele jeito. McFaron se sentia mal por ter mandado a polícia continuar a busca pela manhã. Não tinha sido uma boa ideia. Ocorreu a ele que, talvez, Claremont tenha entrado em pânico depois da morte de Holmquist. Deve ter sido algo similar a perder uma parte de si, mesmo que o outro fosse um assassino. A cena era grotesca demais para McFaron continuar observando.

O xerife tirou algumas fotografias, espantando os pássaros. Ele achou muito estranho David estar emaranhado nos espinhos, igual ao irmão, a menos de dois quilômetros dali.

* * *

Os acontecimentos no Parque Estadual e na fazenda ao norte de Crosshaven tinham alterado milagrosamente a situação em Chicago. Thorne cancelara suas reuniões, assim como a viagem a Washington para a promoção de Bruce Howard, e se desculpara com Prusik, que se surpreendeu.

McFaron a levou até o aeroporto de Crosshaven. Eles esperaram no carro, próximo ao terminal. Prusik olhou para o céu e se concentrou no avião que estava chegando, o último voo que sairia para Chicago naquela noite.

Eles ficaram sentados, em silêncio, vendo o avião chegar.

Ela se sentia exausta desde a noite anterior. Fechando os olhos, recostou a cabeça no banco e murmurou:

— Já reparou, Joe, que de um jeito ou de outro a vida dá uma rasteira na gente?

— Como assim?

McFaron colocou a mão sobre a dela e a olhou confuso.

Ela soltou a mão rapidamente.

— Eu não contei... Preciso contar a você...

— O que houve, Christine? O que quer dizer com isso de a vida dar uma rasteira na gente?

Ela revirou a bolsa, de onde tirou frascos de comprimidos.

— É disso que estou falando. Meus comprimidos para ataques de pânico.

— É compreensível. Foi um caso muito estressante.

Prusik recostou a cabeça de novo e engoliu dois comprimidos a seco.

— Você não sabe da missa a metade, Joe.

A voz dela soou estranhamente grave.

O xerife lançou a ela um olhar de dúvida. Gotas de suor se formavam na testa dela. Seu rosto estava vermelho.

— Está tudo bem, Christine?

Ela se forçou a se endireitar, sentindo-se fraca e cansada.

— Quero mostrar a você.

A expressão do rosto dela se suavizou, e, sem olhar, ela levantou a blusa, expondo a cicatriz roxa e comprida no lado esquerdo do tronco.

302

McFaron olhou da cicatriz para o rosto dela, e de volta à cicatriz. A borda inferior tinha uma casquinha escura, um ferimento recente. Ele imaginou se teria sido causado pela briga com Holmquist, mas não perguntou nada.

— Você sabe que eu conduzi uma pesquisa em Papua-Nova Guiné, não é, Joe?

Ele confirmou com a cabeça.

— Não sei o que me motivou. Não sei no que eu estava pensando. Viajei sozinha para estudar os comportamentos de aldeias do interior. Queria descobrir se ainda existem sobreviventes de um clã de canibais. Eu queria estudá-los.

Ela se remexeu desconfortavelmente no assento.

— Um dia, decidi sair sozinha. A srta. Bukari, minha informante, me viu saindo da aldeia.

Enquanto ela falava, o som estridente e teatral de uma cacatua-das-palmeiras soou em sua cabeça como se ainda estivesse lá.

— Eu sabia que era um clã perigoso. Mas fui fazer a trilha na floresta sozinha mesmo assim. Eu estava me metendo onde não devia, Joe. Sei que foi loucura, quando paro para pensar. Jamais deveria ter saído desacompanhada.

McFaron fez que sim com a cabeça.

— Você costuma fazer esse tipo de coisa.

— A questão é que, na época, eu não sabia muito sobre o comportamento deles. Tinha lido apenas alguns artigos acadêmicos. Eu era uma isca fácil. Uma mulher marcada.

— Por que diz isso, Christine?

— Eu não fazia ideia. Fiz por merecer. Eu achava que daria conta. Que a dissertação iria ser interessante e original. Agora estou pagando o preço — falou, e fechou os olhos. — As lembranças. Os ataques de pânico. Este caso. As semelhanças.

— Que semelhanças? O que aconteceu?

Ela olhou bem nos olhos de Joe.

— Não ouvi ele chegar. A máscara de plumas, o colar, o pingente de pedra. Eu estava no rio...

Ela hesitou.

— Ele me cortou, com a faca... — continuou.

Ela passou de leve os dedos sobre a blusa, seguindo a cicatriz abdominal, antes de secar o suor da testa com o dorso da mão.

— Não precisa...

Ela levantou a mão.

— A máscara dele caiu de lado quando me debati, era um homem grisalho, da idade do meu pai, pelo amor de Deus.

O cheiro azedo do hálito, a estatueta de pedra balançando no rosto dela — a memória veio como se tivesse acontecido no dia anterior. Isso a surpreendeu, mas ela prosseguiu.

— Dei uma joelhada nele. Caí no rio. Graças a Deus. Meu único acerto. Foi o líder do clã que me atacou — falou, com uma certeza crescente. — Naquele dia, eu nadei mais rápido do que ele e deixei tudo para trás.

McFaron sacudiu a cabeça, incrédulo.

— Esse caso deve parecer um caso inacabado para você — comentou, baixinho. — Sinto muito, Christine.

— Parte do tempo, pareceu *mesmo* — replicou ela, olhando pelo para-brisa. — Sem a menor dúvida.

O rosto dela relaxou. O remédio estava fazendo efeito.

— Nadei com a correnteza pelo que me pareceram horas — retomou. — Não faço ideia de como consegui, com um ferimento desses. Cheguei a uma doca lotada. Estavam esperando a balsa. Tudo parecia tão normal, tão simples.

Ela se perdeu em devaneios.

Ele massageou a nuca de Christine.

— É tão bom — suspirou ela. — A sensação da sua mão no meu pescoço.

Prusik olhou diretamente nos olhos de McFaron e continuou:

— Vou sair do FBI, Joe. Você é o primeiro a saber. Cansei.

McFaron passou por cima do console e a abraçou.

— Não decida hoje. Pense mais um pouco. Você fez um trabalho incrível, Christine — falou, beijando a testa dela. — Você se arriscou, insistiu até o fim. Estou muito orgulhoso.

Christine se recostou no assento, com os olhos embaçados de repente. Ela sentia o estômago embrulhado. Por um momento, avistou duas estrelas reluzentes do outro lado do vidro. Com a voz cansada, falou:

— Não sei, Joe.

Ela continuou a olhar o céu noturno cada vez mais escuro.

— Como duas galáxias... sempre prestes a colidir, mas nunca colidem. Na verdade, nem próximas estão. Estão a milhões de anos-luz de distância. Que nem a gente — continuou ela, piscando para conter as lágrimas. — Pode parecer que estamos nos tocando, mas estamos igualmente distantes...

— Olhe — disse McFaron, pegando a mão dela. — Passei a maior parte da vida reprimindo meus sentimentos. Não levou a nada além de tristeza. Aceite. As coisas nunca acontecem como a gente quer. E não dá para salvar todo mundo. Às vezes, a gente mal consegue se salvar. Agora que estou aqui com você, eu penso: não seria uma pena se não tivéssemos tido a oportunidade de nos encontrar?

Ao ouvir isso, ela olhou para ele.

McFaron prosseguiu:

— Só sei que me sinto bem com você. Não quero perder isso.

Sem dizer mais nada, ela o beijou, e eles se abraçaram até o barulho das turbinas do avião se tornar um zumbido distante e irreconhecível. O último voo para Chicago tinha partido.

Christine olhou para McFaron e sorriu, fraca.

— Parece que meu relatório vai atrasar um pouco. De novo.

— Parece que sim — disse Joe, beijando a orelha dela. — Mas será um prazer te ajudar, agente especial. Talvez seja bom começarmos logo.

Ele parou de acariciá-la e encostou a palma na testa dela.

— Christine? Você está bem febril.

Prusik não respondeu. Ela estava vermelha e suando.

— Christine?

Ela tentou se mexer, fez uma careta e se dobrou de dor.

McFaron acelerou o carro e ligou para o hospital.

* * *

305

Christine se mexeu. O bipe repetitivo de um monitor media seus sinais vitais. Havia um cateter intravenoso conectado ao braço direito. Pela janela, via uma vasta plantação de milho. Ela chamou a enfermeira.

— Então, srta. Prusik, como está se sentindo esta tarde?

Christine tentou se sentar.

— Não, não — disse a enfermeira, dando tapinhas delicados na mão da paciente. — Precisa ficar deitada, senão vai arrebentar os pontos. Vou chamar o médico.

Christine leu o nome da mulher no crachá. Srta. Rodriguez. Ela se esforçou para ler as etiquetas nas bolsas de fluido conectadas a seu braço: uma era de um antibiótico bem forte, e outra, de um composto de esteroides que ela não conhecia. Um jovem magro entrou no quarto. *Provavelmente um residente inexperiente*, pensou. Ele tinha a cabeça raspada, tão lisa quanto seu rosto. Usava um avental verde e botas da mesma cor, e trazia um estetoscópio pendurado no pescoço. Ele sorriu para ela.

— Como está se sentindo minha primeiríssima paciente do FBI?

— Por favor, me diga que você não é médico.

— Bom, eu era o cirurgião de plantão ontem à noite quando o xerife McFaron a trouxe para cá — respondeu ele, lendo o prontuário. — Então acho que sou médico, sim.

— Cirurgião? Tive uma apendicite?

O homem parou de ler o prontuário e a fitou por um momento.

— Não teve apendicite. Foi uma infecção. Causada por isto.

O médico tirou do bolso do avental um frasco, que entregou a ela.

Prusik imediatamente identificou a estatueta de pedra escura — muito parecida com as que Holmquist inseriu em suas vítimas. O coração dela acelerou.

— De onde veio isso?

O médico se debruçou na beira da cama e levantou o lençol.

— Com licença, preciso ver como está a cicatrização do ferimento, se não se importa.

Ele afastou um pedaço de gaze, inspecionou e murmurou algumas instruções para a enfermeira enquanto ajustava o curativo. Conferiu o monitor de sinais vitais.

— Estou esperando uma resposta, doutor.

— Removi esse objeto de pedra de uma camada subcutânea em seu abdômen. Você sofreu um trauma penetrante, ainda não sei exatamente como. Felizmente, não perfurou a parede abdominal. Caso contrário, a infecção teria sido muito mais grave.

Uma onda de pânico tomou conta dela: Holmquist debruçado do lado dela no assento do carro, sua camisa levantada, ele passando os dedos pela cicatriz. Ele abrira a cicatriz e inserira a pedra enquanto ela estava desacordada depois do choque.

O monitor começou a apitar rapidamente. O médico ordenou que administrassem um sedativo. Massageando a mão dela, falou:

— Entendo que você foi atacada. Minha suposição é que...

— Por favor, doutor, me passe meu celular. Preciso fazer uma ligação. É urgente. Por favor.

Ela ligou imediatamente para o dr. Katz e pediu que o médico e a enfermeira se retirassem.

— Ele não me matou. Não enfiou na minha garganta. Por que não, doutor? — começou a falar imediatamente.

— Talvez tenha sido por alguma coisa que você disse? — respondeu Katz.

Ela repensou no trajeto caótico que fizeram.

— Não sei. Mas sei que ele me viu no museu quando eu... quando tentei fazer o discurso.

Ela estava confusa com tudo o que ocorrera naquele dia.

— Viu?! — exclamou Katz. — Havia uma conexão entre vocês dois. Você mesma me contou que, ao longo dos milênios, os papuásios inseriam essas estatuetas de pedra nos mortos por respeito aos ancestrais. Você disse que Holmquist roubou essas pedras do museu. Ele sabia da prática. Fez isso por respeito a você.

Ela passou a mão por cima do curativo. Holmquist tinha dado um jeito de encontrar a antiga cicatriz dela. Será que havia algum espaço para respeito aos vivos na mente transtornada de um psicopata? Não fazia o menor sentido.

— Respeito? É muito improvável, doutor. Não combina com o perfil de Holmquist.

— Não está esquecendo de uma coisa?

Ela fechou os olhos e soltou um longo suspiro, reconfortada pela voz de Katz.

— David Claremont.

Ela não sabia como, mas Eisen relatou que, no dia anterior, as câmeras de segurança do museu tinham capturado imagens suspeitas. Em três ocasiões diferentes, Claremont e Holmquist visitaram a exposição de amuletos de pedra, mas não havia nenhum indício de que os irmãos tenham se encontrado. Será que David tinha "visto" o diorama? Ou seu fascínio por colecionar e esculpir pedras o teria levado até ali por conta própria? Se fosse o resultado de uma visão, explicaria o motivo das viagens repentinas de David a Chicago. Ele agia assim por estar compelido a encontrar a parte que faltava de si, esse outro que também gostava de pedras, mas fazia coisas inimagináveis e horrendas com elas.

As gravações do museu também tinham mostrado que, na noite da festa de gala, entre o grupo de visitantes, um se destacava: um homem jovem de calça de operário azul-marinho e uma jaqueta manchada. O rosto dele, à sombra do boné, nunca ficava inteiramente visível, mas a postura, os gestos e os passos eram inconfundíveis.

— Não fazemos ideia de como Claremont pode ter influenciado Holmquist antes da morte deles — disse o dr. Katz, trazendo-a de volta ao presente. — Não é um perfil simples, Christine. Os dois tinham mentes transtornadas e estavam tentando preencher um vazio em suas almas.

— Talvez seja verdade — suspirou Christine.

— Talvez seja verdade, talvez não seja — disse ele. — Só estou pensando nas possibilidades. É um caso estranho, mesmo. A genética em si só explica até certo ponto. Sabemos muito pouco da infância de Holmquist, mas os pais adotivos de Claremont provam que um bom ambiente familiar faz diferença.

Você precisa descansar, Christine. Parabéns por provar a todos como você é boa.

— Obrigada, doutor — respondeu ela, e se despediu de Katz, mas a cabeça continuava a mil.

Pensar em Holmquist enfiando uma estatueta de pedra no corpo dela a deixava enjoada. Será que a cicatriz era a "surpresinha" a que ele se referia? Ele achava que eles compartilhavam algo em comum? A ideia era repugnante.

E Claremont. A angústia dele ao seguir o irmão noite adentro foi tão palpável que, ao lembrar, Christine quase a sentiu no próprio corpo. Será que ele sentira a própria vida se esvaindo também? Aquele era um tipo de luto que Christine nem imaginava. E Claremont acabara no espinheiro, assim como o irmão. Christine estremeceu. Será que David encontrara o espinheiro, ou o espinheiro o encontrara? Ela lera sobre como gêmeos idênticos poderiam ficar atordoados ao saber da morte do irmão. Mesmo que ele fosse um monstro. Pobre David Claremont. Ele tentou, mas nunca teve a menor chance. Ela sentiu uma dor profunda ao pensar.

Uma enfermeira entrou e ajustou os remédios, então Christine fechou os olhos e sentiu o sedativo fazer efeito.

McFaron deu um tapinha de leve na mão dela e cochichou:

— E aí, parceira? Está fazendo o quê?

O xerife deixou o chapéu ao pé da cama.

— Dormindo o dia inteiro? — continuou.

— Tem lugar para mais um aqui — disse ela, abrindo espaço como podia.

De repente, não tinha nada que ela quisesse mais do que sentir o corpo dele junto ao seu.

Ele se aproximou, e eles se beijaram.

— Não está falando isso só por causa das drogas?

Ele sacudiu o suporte de metal do soro.

— Provavelmente, mas quando é que isso impediria um xerifão de se aproveitar?

Ele se abaixou e a abraçou. Ela envolveu o peito dele com o braço, apertando-o.

— Senti tanto medo de perder você, Christine — disse ele, baixinho. — Não quero te perder nunca.

— Ah, Joe, também não quero te perder. Sei que nem sempre sou uma pessoa tão legal. E me desculpe por não ser direta com você, e por fazer algo que poderia te prejudicar, e...

— *Shhh* — interrompeu ele. — Já chega desse assunto.

Ele se afastou um pouco e beijou os dedos dela de leve.

— Joe.

Ela o olhou e não conseguia imaginar um homem mais bondoso e sincero. Lágrimas começaram a escorrer por seu rosto.

— Eu estava errada a respeito de tanta coisa — continuou. — O que eu falei sobre a colisão das nossas galáxias? Acho que... acho que talvez seja possível. Se você ainda quiser.

— Eu ainda quero, Christine — sussurrou ele, e seu sorriso a encheu de alegria.

Ela suspirou e se aninhou junto a ele, se sentindo grogue mais uma vez. Aquele dia era um alívio bem-vindo. Ela estava agradecida por estar viva. Tinha sobrevivido, assim como Joe, e assim como o futuro que existia para os dois, juntos. Por enquanto, era o suficiente.

EPÍLOGO

A chuva caía em pancadas esporádicas e uma brisa soprava pela plantação de milho. O ar ao redor da Casa de Repouso Blackie parecia ácido, apesar de as minas a céu aberto da Lincoln ficarem a cerca de oito quilômetros dali.

A dica tinha vindo da enfermeira, que entreouvira Earl Avery, um dos pacientes que moravam na casa de repouso, rir e falar dos dois filhos ficarem famosos ao assistir a uma notícia na TV sobre Claremont e Holmquist. A enfermeira depois confirmou o fato, remexendo nas gavetas de Avery e encontrando quatro cartas antigas de uma tal Bruna Holmquist, suplicando que ele mandasse dinheiro para ajudar a sustentar os dois filhos: Donald e David.

A van parou bruscamente na rua em frente ao estacionamento de visitantes. Uma equipe de TV atravessou o gramado às pressas e entrou pela porta dos fundos. O câmera entregou uma nota de cem dólares a ela pelo trabalho. Uma apresentadora alta, de terno elegante bege e lenço de seda turquesa, veio logo depois.

Silenciosamente, a enfermeira os levou pelo corredor, e eles entraram, sem ser notados, no quarto vinte e nove. O câmera acendeu a luminária, apontando-a diretamente para os olhos de Avery. Ele abriu os olhos, as pálpebras trêmulas.

A apresentadora começou a rotina — "Teste, um, dois, três, teste" — e o câmera acenou com a cabeça.

— Luz boa. Som pronto — disse ele. — Três, dois, um...

— Boa noite, senhoras e senhores. Aqui é Marguerite Devereux, ao vivo da Casa de Repouso Blackie, em Blackie, In-

312

diana. Estamos no quarto de Earl Avery, um ex-minerador de carvão, recentemente confirmado como pai biológico de David Claremont e Donald Holmquist. Holmquist é o assassino de pelo menos três meninas, e do psiquiatra que tratou seu irmão gêmeo, David Claremont. A polícia atirou em Holmquist em um milharal há uma semana e depois encontrou seu corpo emaranhado em um espinheiro, em uma aparente tentativa de fuga. Em uma reviravolta macabra, Claremont foi encontrado morto no dia seguinte, também preso em um espinheiro.

A apresentadora voltou a atenção a Avery.

— Sr. Avery? — chamou, sacudindo o braço do homem idoso. — Está me ouvindo?

A cabeça dele estava apoiada em vários travesseiros grandes. Ele abriu os olhos, então apresentadora se inclinou sobre a cama de Avery.

— Marguerite Devereux, da WTTX TV Indianápolis. Gostaria que o senhor respondesse a algumas perguntas para nossos telespectadores.

Suas maçãs do rosto eram bem marcadas e as sobrancelhas cheias, muito semelhante às de Claremont e Holmquist. Tirando o cabelo branco e algumas rugas mais profundas, as feições eram as mesmas.

— Entendo que o senhor é pai de David Claremont e Donald Holmquist. É verdade?

Um sorriso fraco expôs alguns dentes desgastados e bastante amarelados.

— Jenny Sprade, de onze anos, desapareceu quase dez anos atrás da mineradora onde o senhor trabalhou. Penny Simons, de treze, desapareceu dois anos antes.

A intuição de Devereux estava a mil. Ela não tinha nenhuma prova contra Avery, além da associação genética — se o filho, Donald Holmquist, era um assassino cruel, ele também poderia ser.

— O senhor pode, por favor, dizer às famílias dessas meninas, que ainda vivem o luto, assim como ao resto dos telespectadores, se sabe algo a respeito do assassinato delas? Sr. Avery?

Avery começou a tossir, e não parecia conseguir parar. Olhou um copo de água na mesa de cabeceira.

A apresentadora notou.

— Quer um gole?

Ela segurou a mão do homem.

— O senhor sabia que a polícia acabou de encontrar os restos mortais delas em um túnel abandonado na propriedade da mineradora Lincoln?

A apresentadora chamara sua atenção. O olhar de Avery estava fixo na silhueta esbelta sob o paletó. Outro acesso de tosse irrompeu. Ela deu mais água para ele.

— Jenny Sprade e Penny Simons, as meninas mortas? Diga, pelo bem das famílias, que têm o direito de saber o que aconteceu com suas crianças.

Ela se aproximou mais dele.

A boca de Avery se abriu. Ele mal conseguia respirar. Os olhos dele se iluminaram quando o câmera mudou de posição para gravar mais de perto.

Frustrada, a repórter abaixou o microfone. Cochichando, se virou para o técnico:

— Você falou que ele ia falar. O que rolou?

Avery de repente levantou a cabeça do travesseiro.

— Isso seria tão chocante quanto a explosão de uma mina — disse ele, e se recostou, arfando em soluços ásperos.

A repórter nem pestanejou diante da expressão de dor do homem. Estava muito nervosa.

— Então está admitindo que sabe algo a respeito dos assassinatos? É só questão de tempo até a polícia provar.

O velho minerador sorriu, mostrando os dentes para a câmera.

A apresentadora pareceu assustada.

— Corta — disse o câmera, interrompendo a gravação.

Devereux ouviu uma campainha — Earl Avery usava um controle remoto para chamar a enfermeira.

— Com licença. Isso é uma violação das regras da casa — declarou a enfermeira-chefe, surgindo na porta, sem deixar qualquer margem para discussão. — Vocês todos devem ir embora imediatamente.

A enfermeira mediu a pulsação de Avery. Pegou uma máscara de oxigênio, que pendia de um gancho próximo, e a posicionou sobre o nariz e a boca do paciente, ajustando o fluxo do tanque.

Depois que a enfermeira e o pessoal da televisão foram embora, Earl Avery afundou mais nos travesseiros e deixou a memória vagar. Bruna... ele se lembrava de encontrá-la em um bar em Chicago. Era uma mulher grande, com sotaque escandinavo. Feinha, mas com um corpaço que o deixou faminto na hora. Logo depois de ela beber o resto da cerveja, ele fizera o que qualquer cavalheiro faria e perguntara se ela gostaria que ele a acompanhasse até sua casa, e ela aceitara. Ele a levara a uma rua deserta, a empurrara contra uma parede de tijolos e se aproveitara. Ele tinha ficado surpreso ao acordar depois com um galo na cabeça. Bruna tinha partido, e era o fim. Até as cartas começarem a chegar, escritas naquele inglês atrapalhado. Cartas ridículas e chorosas, implorando dinheiro para ela não precisar entregar os filhos para a adoção. As cartas pararam, e ele acabou praticamente esquecendo. Por que guardara uma delas, não sabia bem, mas gostava da ideia de ser pai.

Com a mão trêmula, Avery pegou o copo de água na mesinha. Bebeu um gole, que escorreu pelo queixo, e deixou os pensamentos fluírem. Era o fim do verão, ele tinha dezessete anos. Fazia calor. Ele gostava, apesar de trabalhar na fazenda e passar horas empilhando feno. Estava preparando os fardos para o inverno, no celeiro de três andares. Da porta aberta onde a polia pendia para levantar os fardos, ele a viu: a jovem filha de um fazendeiro vizinho, com um vestido florido que esvoaçava graciosamente. Era justo na parte de cima, marcando a cintura fina. O movimento do corpo dela dentro do vestido o fez descer correndo os degraus de madeira.

Avery sorriu, a lembrança lhe dava prazer.

Ela entrou em um milharal, batendo nas folhas verdes e compridas, e desapareceu por uma fileira, tomando um atalho para casa. Ele a seguiu, atraído por ela como ferro por um ímã, empurrando as folhas e os caules grossos no calor evanescente do dia. Ele acelerou e vislumbrou o vestido florido. Correu atrás dela e esperou até que avançasse mais no labirinto. Aos poucos, foi se aprofundando na plantação de cheiro doce, repleta de abelhas que voavam de milho em milho.

A pele dele começou a coçar, como se tivesse caído num formigueiro. Arfando, ele foi atingido e sua visão ficou turva. Caiu de joelhos. Tudo escureceu. Arranhou o chão e se sentiu ofegante. Devagar, a luz voltou, e, com ela, um novo desejo ardente.

Desajeitado, ele foi abrindo caminho pelo milharal, temendo tê-la perdido de vez. Correu desesperadamente, em zigue-zague, esmagando o milho, até vê-la quinze metros à frente, passeando por ali com as mãos esticadas para tocar de leve as folhas amplas. Ele não podia mais se conter — a ânsia criara raízes. Ele correu desenfreadamente, e ela gritou quando se virou e o viu vindo atrás dela. Ele se jogou sobre a garota, derrubou-a no chão e a sufocou. Passou o braço em volta do rosto dela. A jovem o mordeu com força, mas, ainda assim, ele só sentia alegria, procurando e encontrando a linha suave de seu maxilar. Com a mesma força tremenda que usava para puxar a polia, ele estalou o pescoço dela para o lado, e o ouviu quebrar. Ela era dele. Ele nunca se sentiu tão vivo, deitado sobre o corpo dela, ainda quente, em meio aos aromas do milho e do solo escuro, profundo e efervescente.

Ele carregou o corpo dela por uma longa distância, até uma caverna de calcário antiga que descobrira no meio de uma floresta. Com cuidado, desceu pela entrada íngreme. Curvado sobre o corpo dela, na luz fraca do subterrâneo, ele abriu o canivete, quase sem força, de tanto que tremia. Enfiou a lâmina fina abaixo da costela dela. E se banqueteou. A cada mordida, ele ganhava mais força, o que permitiu que, depois, ele a erguesse na beirada de um enorme precipício vertical dentro da caverna. Após jogá-la, segundos se passaram até que ouvisse o baque surdo do corpo atingindo o fundo.

Quando emergiu da escuridão, de mãos vazias, a luz foi forte demais. Ele tropeçou, fraturando o tornozelo. Lembrar-se disso ali, na cama do hospital, fazia sua perna doer imensamente. Mas, ah, a dor valera a pena. E como valera.

AGRADECIMENTOS

Agradeço muito a minha maravilhosa agente, Elisabeth Weed, por fechar contrato comigo, investir seu tempo e sua paciência em mim e nunca perder o entusiasmo e a fé neste livro. Ela manteve o projeto em andamento e me fez cruzar a linha de chegada. Muito obrigado, Elisabeth! E obrigado a Stephanie Sun pelo apoio e entusiasmo. Não há como agradecer o suficiente a minha querida editora, Nan Gatewood Satter, por me levar a Elisabeth, e por seu olhar atento e sua sensatez; ela desafiou meu enredo, tirou as expressões desajeitadas e tomou todos os cuidados do mundo.

A admiração de Andrew Bartlett, editor sênior de aquisições, pela minha escrita fez tudo acontecer. E obrigado à equipe toda da Amazon Publishing: Jessica Fogleman, Jacque Ben-Zekry, Leslie LaRue e Reema Al-Zaben, que merecem muitos elogios pelo profissionalismo, pela competência, pela cortesia e, acima de tudo, por me fazer sentir um verdadeiro membro da equipe. Devo especiais elogios a Kate Chynoweth por seu olhar afiado, que limpou o livro e ajudou a elevar a história a um nível melhor. Obrigado, Kate!

Pat Sims e Chris Noel fizeram críticas muito necessárias nos estágios iniciais do livro e me desafiaram a ser mais ambicioso.

Para minha irmã, Susan Richards, uma escritora muito talentosa, que acreditou com todo o coração na minha escrita desde o início e me incentivou a nunca desistir. Sou profundamente grato, Sooz! Para Nathaniel, Marguerite e Evan — é um privilégio ser pai deles, pois me ensinaram muito sobre mim mesmo. Sem eles, meu maior presente me teria sido negado —

demonstrar aos meus filhos a importância da determinação ferrenha, do amor pelo trabalho e da confiança em si.

E, acima de tudo, para minha esposa, Cameron, que nunca duvidou de mim e nunca reclamou enquanto eu passava horas escrevendo no sótão. Sou muito abençoado.

intrinseca.com.br

@intrinseca

editoraintrinseca

@intrinseca

@editoraintrinseca

editoraintrinseca

1ª edição	MAIO DE 2023
impressão	CROMOSETE
papel de miolo	PÓLEN NATURAL 70 G/M²
papel de capa	CARTÃO SUPREMO ALTA ALVURA 250 G/M²
tipografia	SABON LT PRO